MANI BECKMANN

DIE KETTE

Ein Berlin-Krimi

Dieser Roman erschien erstmals 1994 in der Reihe DIE-Krimis im Verlag Das Neue Berlin. Die vorliegende Ausgabe ist vollständig überarbeitet und entspricht den Regeln der neuen Rechtschreibung.

Weitere Informationen im Internet unter www.manibeckmann.de

Bibliografische Information der Deutschen Nationalbibliothek:
Die Deutsche Nationalbibliothek verzeichnet diese Publikation in der Deutschen Nationalbibliografie; detaillierte bibliografische Daten sind im Internet über http://dnb.d-nb.de abrufbar.

© 2014 Mani Beckmann
Herstellung und Verlag: BoD - Books on Demand, Norderstedt
Printed in Germany
ISBN 978-3-7386-0254-8

ERSTER TEIL

»Ich schätze Männer, die gut sind, aber nicht zu gut – denn die guten sterben früh, und ich hasse tote Männer.«   Mae West

1. Der Professor

Hilkenbach stand, hin und wieder zaghaft an seiner Zigarette ziehend, am Fenster und blickte hinaus auf den gepflegten Rasen. Eine lange, hagere Gestalt, ein dürrer Schatten vor einer riesigen, gläsernen Verandatür. Aus der Ferne betrachtet, erinnerte seine Figur an eine ausgedörrte Yucca-Palme. Aus der Nähe auch.

Sein Gesicht war eingefallen und grau. Und knittrig wie ein ungemachtes Bett. Seine spitze Nase beschattete einen schmalen Schnurrbart und ein farbloses, zusammengekniffenes Paar Lippen. Seine Augen waren katzenhaft, seltsam lidlos, mit winzigen Pupillen. Sie starrten fasziniert nach draußen und sahen einen Garten, der beinahe einem Park glich. Gewundene Wege, mit Kieselsteinen bestreut, ein künstlich angelegter Fischteich, hohe und wahrscheinlich sehr alte Bäume. Hilkenbach überlegte, ob es wohl Buchen seien. Buchen sollst du suchen. Eichen sollst du weichen. Wahrscheinlich waren es Eichen.

Mitten auf dem fast übertrieben grünen, frisch geschnittenen Rasen plätscherte ein Springbrunnen. Umringt von steinernen Amoretten.

Egener hatte es wirklich geschafft, dachte Hilkenbach. Eine herrliche Parkanlage, eine schnuckelige kleine Villa in Dahlem, Fischerhüttenstraße, direkt an der Krummen Lanke, beinahe mit Aussicht auf die nackt badenden Studenten der nahe gelegenen Universität, von denen es jetzt, im Februar, eher wenige gab.

Ja, Egener hatte es zu etwas gebracht. Alles recht hübsch und stilvoll. Und ungemein teuer. Und obwohl Egener kaum zwei Meter von ihm entfernt in einer inzwischen angetrockneten Blutlache auf einem großen, sehr wertvollen Perserteppich lag, beneidete Hilkenbach ihn.

»Morgen«, hörte der Kommissar plötzlich eine ihm nicht ganz unbekannte Stimme hinter sich sagen. Gleich würde ihn das Gesicht eines Teddybären angrinsen.

»Sieht nach Raubmord aus, was?«, fuhr die Stimme fort. »Ausgerechnet am Wochenende. Warum können die Leute sich nicht an den Werktagen die Köpfe einschlagen?«

Hilkenbach drehte sich um.

»Ach, Wigger, Sie sind's«, murmelte er in Gedanken versunken und sah durch seinen Assistenten hindurch. Asche fiel von der Zigarette auf seine Schuhspitzen.

»Na ja, wer soll's auch sonst sein, Chef?«, sagte Wigger mit seiner hohen, fast singenden Stimme. Er grinste munter hinter seiner Brille und betrachtete ungläubig die Asche auf Hilkenbachs Schuhen. »Sie sind wohl noch nicht ganz wach, wie?«

Er fuhr sich mit seinen erstaunlich schmalen, zierlichen Fingern über seinen rotblonden Struwwelkopf. Er wartete nicht wirklich auf eine Antwort, das Warten hatte er bei Hilkenbach vermutlich längst aufgegeben.

Der Kommissar schien seinen Assistenten auch gar nicht zu beachten, sein Blick schweifte durch das prunkvolle Arbeitszimmer: Eiche-Natur. Alles in diesem Raum war massiv und schwergewichtig; ein wuchtiger Schreibtisch stand schräg in der Ecke neben der Verandatür; an allen vier Wänden hohe, in die Vertäfelung eingelassene Regale; darin unzählige Bücher, viele davon antiquiert und, den Lederrücken nach zu urteilen, nicht gerade wertlos. Nicht die billigen Bücherclub- oder Lesering-Ausgaben, die Hilkenbach zu Hause in den Regalen hatte. Aber das meiste war eh keine Belletristik, sondern Fachliteratur.

Auf dem dunkel gebeizten Parkettfußboden orientalische Teppiche und hier und da ein kleines Messing- oder Holztischchen, mit Fachzeitschriften beladen. »Psychologie heute«, las der Kommissar. Das ganze Arbeitszimmer sollte offenbar ausdrücken, welch schwerwiegende Arbeit darin verrichtet wurde.

Direkt neben dem Schreibtisch, unweit der Tür zum Flur, stand ein kleines, dunkelbraunes Vertiko mit Vitrinenaufsatz. Das Glas der Vitrine war zerschlagen, die Schubladen des Zierschrankes aufgebrochen und durchwühlt.

Staunend und ein wenig widerwillig kreiste Hilkenbachs Blick durch das Zimmer, diesen hölzernen Sarkophag, und wurde immer wieder, wie von einem Magneten, von der Leiche Egeners angezogen.

Egener lag, die zerbrochene Lesebrille noch auf der Nase, halb mit dem Gesicht auf den Boden und präsentierte an seinem schwarz gelockten Hinterkopf eine hässliche, klaffende Wunde. Direkt daneben lag ein schwerer, silberner Kerzenständer. Beides, Kopf wie Kerzenständer, war in mittlerweile rostbraun angetrocknetem Blut getränkt.

Egener trug ein schlichtes, weißes Baumwollhemd und blaue Jeans. Freizeitkleidung für zu Hause. Zum Lesen oder Fernsehen. Ein Morgenmantel hätte besser gepasst. Mit Seidenschal. Hilkenbach war beinahe enttäuscht.

Egeners Füße steckten in uralten, ausgelatschten, fleckig-braunen Kordpantoffeln. Wohl das einzige in diesem Raum, vielleicht im ganzen Haus, das eine persönliche Note besaß. Wahrscheinlich hatte er diese Latschen schon als Student getragen.

Hilkenbach schaute wie gebannt auf Egeners weit aufgerissenes linkes

Auge und den sprachlos offen stehenden Mund. Eine nicht mehr gestellte Frage schien auf den Lippen zu liegen.

Schon als der Kommissar in die Einfahrt zum Grundstück Egeners eingebogen war, hatte er ein mulmiges Gefühl gehabt. Der Name an der Tür war dann wie ein Schlag in die Magengrube gewesen. Als sie ihn aus dem warmen Bett geworfen hatten, hatten sie ihm lediglich die Adresse und ein ironisches »Viel Spaß« mit auf den Weg gegeben. In der Villa war Hilkenbach schnurstracks zur Leiche gelaufen, hatte nicht auf seine fleißigen Kollegen geachtet, auch nicht auf seinen Assistenten Wigger, der in der Küche einige Leute befragte. Hilkenbach hatte Gewißheit gebraucht. Und die hatte er jetzt.

»Ich hab ihn gekannt«, murmelte Hilkenbach undeutlich, er wandte seinen Blick ab und betrachtete die eingeschlagene Scheibe der Schiebetür und die Scherben zu seinen Füßen. »Ich hab Friedhelm Egener gekannt«, sagte er nun lauter und seinem Assistenten zugewandt. »Ist verdammt lange her, in den Siebzigern. Das war zu meiner Studienzeit.«

»Sagen Sie bloß, Sie sind 'n Studierter. Das hätt ich nun wirklich nicht gedacht.«

Hilkenbach sah seinen Kollegen misstrauisch an, in Wiggers rundem, stets rotbackigem Sommersprossengesicht war jedoch kein ironisches Grinsen zu entdecken. Noch schlimmer, dachte der Kommissar, ließ sich aber nichts anmerken.

»Ja, ich habe ein paar Semester studiert«, er redete nicht wirklich mit Wigger, sondern sinnierte abwesend. »Philosophie und Geschichte. Aber irgendwie war das nichts für mich.«

»Philosophie … interessant.« Wigger presste die Lippen aufeinander, kniff das rechte Auge zu und nickte vielsagend. »Na, der hier«, sagte er schließlich und wies mit einer Kopfbewegung auf den Toten, »scheint ja dabeigeblieben zu sein. Jedenfalls war er Professor an der Uni. Soziologe, glaube ich.«

Wigger spitzte die Lippen und kratzte sich hinter dem Ohr, ein untrügliches Zeichen dafür, dass gleich ein kluger Spruch folgen würde.

»Chef, seien Sie nur froh, dass Sie zur Polizei gegangen sind. Egener wird jedenfalls seine Pension nicht mehr in Empfang nehmen können.«

O Gott, dachte Hilkenbach, warum hatte man diesen Idioten nicht in Westfalen lassen können. Er kannte zwar nur wenige Münsterländer, aber die reichten ihm schon. Hilkenbach war seit langem klar, warum man nach diesem Menschenschlag lediglich eine Hunderasse benannt hatte.

Der Kommissar ging hinüber zum Schreibtisch und betrachtete das Chaos, das darauf herrschte. Er nahm ein Buch, das obenauf lag, in die Hand und las den Titel: »Civitas. Die Großstadt und die Kultur des Unterschiedes.« Warum mussten Sozialwissenschaftler ihren Abhandlungen immer solche Titel geben, die den Lesern jede Lust verboten, sie überhaupt zu lesen? Hilkenbach legte das Buch beiseite und kramte weiter. Aktenordner, weitere Fachbücher, wild und bunt mit Anmerkungen und Unterstreichungen versehen, nur wenige Briefe, zumeist mit Universitätsstempel oder an die Uni adressiert, lose Blätter und Papiere lagen verstreut umher. Außerdem Urlaubsfotos, Landschaften in Griechenland, so schien es. Keine Porträts, nur unpersönliche und menschenleere Postkartenansichten, sehr schön und sehr langweilig. Schönheit war immer langweilig, jedenfalls für Hilkenbach.

»War die Spurensicherung schon da?«, fragte er, obwohl offensichtlich war, dass seine Fährten lesenden Kollegen längst alles bepinselt und auf den Kopf gestellt hatten.

»Natürlich«, antwortete Wigger gereizt, »wir sind nämlich heute schon sehr früh aufgestanden. Sie sollten sich allmählich daran gewöhnt haben, dass die Drecksarbeit immer schon getan ist, wenn Sie auftauchen.«

»In meinem Alter ist man eben nicht mehr so schnell.«

»Sicher«, meinte der Assistent. »Ich versteh das. Die Haare fallen aus, die Prostata ist auch nicht mehr das, was sie mal war. Und dann das Rheuma, das macht einem schon zu schaffen.«

»Na, dann schießen Sie mal los, Wigger«, sagte der Kommissar, während er in den Papieren Egeners herumkramte und sich hin und wieder mit dem Zeigefinger über seinen Haaransatz fuhr. Da oben war es tatsächlich ziemlich licht, viel zu kraulen gab's jedenfalls nicht.

»Also«, begann Wigger und zündete sich eine Zigarette an, »Egener wurde heute morgen, so gegen sieben, von seiner Haushälterin gefunden … Die müsste eigentlich noch im Haus sein, wenn Sie sie noch mal sprechen wollen, eine gewisse Frau Mölk.«

Der Kommissar winkte ab.

»Auch besser so«, flachste Wigger, »ein schrecklich geschwätziges Weib. Nachdem ich sie verhört hatte, hat sie mich doch tatsächlich zu einem Stück Erdbeerkuchen mit Sahne eingeladen. Bei ihr zu Hause, versteht sich. Dabei ist die Frau mindestens sechzig Jahre alt … Ich stehe eigentlich auf jüngeres Fleisch.« Er lachte dröhnend und fuhr dann fort, dem Kommissar aus seinen Notizen vorzulesen.

Hilkenbach hörte gar nicht mehr zu, er hatte etwas entdeckt, was ihn sichtlich stutzig machte. Während Wigger seine Litanei aufsagte beziehungsweise seine Plauderei fortsetzte, betrachtete der Kommissar sehr genau ein Papier, kniff dabei die Augen zusammen und tippte mit dem Zeigefinger auf seine Unterlippe.

»Wie die Mölk sagt, war Egener alleinstehend, seit ein paar Jahren Witwer, keine Kinder, keine Freundin, keine neue Frau Egener in Sicht. ›Ein herzensguter, grundsolider Mann‹, sagt sie. Ich schätze ja, dass das direkt mit dem ›alleinstehend‹ zu tun hat …«

Bei dem Papier handelte es sich um einen Kettenbrief, um einen scheinbar ganz gewöhnlichen Kettenbrief, wie ihn jeder wahrscheinlich schon einmal geschrieben oder erhalten hatte.

Der Brief begann: »Küsse jemanden, den Du liebst, wenn Du diesen Brief erhältst, und mache den Zauber mit. Dieses Papier wurde an Dich gesandt, damit Du Glück bekommst. Das Original befindet sich in New England. Es ist bereits elfmal um die Welt gegangen. Nun wurde das Glück an Dich geschickt. Du wirst innerhalb weniger Tage nach Erhalt dieses Briefes Glück haben. Vorausgesetzt, Du sendest ihn weiter. Dies ist kein Spaß! …«

Humbug, dachte Hilkenbach und musste etwas unangebracht grinsen. Egener schien den Brief nicht weitergesendet zu haben. Jedenfalls sah seine Leiche nicht gerade glücklich aus.

Wieder versenkte sich der Kommissar in das Papier, irgend etwas an diesem Brief irritierte ihn, er konnte nicht sagen, was es war.

»Soweit wir bislang wissen«, fuhr Wigger indes unbeirrt fort, »gab es keine Zeugen. Wie die Haushälterin weiter aussagt, fehlen einige wertvolle Gegenstände, vor allem Schmuck aus der Vitrine. Scheint sich da ziemlich genau auszukennen, die gute Frau, konnte uns sogar eine genaue Liste der Klunker geben. Wahrscheinlich hat sie hin und wieder mal probiert, ob sie ihr auch stehen …«

»Ja, ja, schon gut«, unterbrach der Kommissar seinen Assistenten abrupt, »ich kann das ja alles in Ihrem Bericht nachlesen.«

»Ich werde mich bemühen, ihn unterhaltsam und spannend zu schreiben.« Wigger bleckte die Zähne und setzte ein übertriebenes, provokantes Grinsen auf.

Hilkenbach ignorierte das völlig. Er grübelte.

»Haben Sie das hier gesehen?«, fragte er jetzt seinen Assistenten und hielt ihm das Papier vor die Nase.

»Ist ein Kettenbrief, nicht wahr?«, antwortete Wigger nach einiger Zeit, hatte aber keinen blassen Schimmer, was der Chef jetzt wieder vorhatte.

»Und? Ist Ihnen an diesem Brief nichts aufgefallen?«

Wigger nahm das Blatt und studierte es. Zu Beginn des Briefes, nach dem einleitenden Geschwätz von Glück und Schicksal, waren die Spielregeln erklärt. Das Prinzip der Kette und die Instruktionen für die Mitspieler wurden erläutert: »Dieser Brief könnte Dein Glück bedeuten. Auf ganz simple und völlig legale Art und Weise kannst Du durch ihn zu einer bedeutenden Menge Geld gelangen …« Es ging darum, Geld an den ersten Namen in einer Liste zu überweisen, diesen Namen dann durchzustreichen und seinen eigenen Namen an die letzte Stelle der Liste zu setzen. Der Brief sollte daraufhin fotokopiert und an fünf Freunde oder Bekannte geschickt werden. Ein üblicher Kettenbrief eben. Der

Einsatz betrug 50 Mark. Wigger konnte nichts Seltsames daran entdecken, er sah Hilkenbach hilflos an, dieser schaute streng zurück.

Wigger las weiter. Nach den Spielregeln folgten die bei solchen Briefen üblichen Verwünschungen und Drohungen, um die Angeschriebenen einzuschüchtern und ein Unterbrechen der Kette zu verhindern. Anschließend, wie um die Ernsthaftigkeit zu belegen, wurden Beispiele von Leuten genannt, die angeblich von Unglücksfällen heimgesucht worden waren, weil sie sich an dem Kettenbrief nicht beteiligt hatten. Als Wigger an dieser Stelle angekommen war, pfiff er leise und fragte: »Meinen Sie die Unglücksfälle?«

Weil Hilkenbach offensichtlich nicht verstand, las Wigger vor: »»Unterbrich auf keinen Fall diese Kette, es würde großes Unglück auf Dich herabbeschwören. Arno Hillar aus Hamburg erhielt diesen Brief, vergaß ihn und starb nur eine Woche später an einem Herzinfarkt. Dieter Kannenberg aus Duisburg unterbrach ebenfalls die Kette und verunglückte bei einem Autounfall tödlich ...«« Wigger sah den Kommissar fragend an und meinte: »In dem Stil geht das weiter, lauter Unfälle und sogar Morde. Ganz schön starker Tobak, nicht wahr?«

»Mag schon sein«, meinte Hilkenbach, »aber diese Kettenbriefe sind doch alle so geschrieben. Den Leuten soll Angst gemacht werden, damit sie den Brief nicht einfach in den Mülleimer werfen.«

»Hm ...«, grunzte Wigger beleidigt, »Sie müssen es ja wissen!«

»Sonst ist Ihnen nichts aufgefallen?«, fragte sein Chef.

Wigger überlegte erneut einige Sekunden. »Ja, doch«, sagte er schließlich, »es fehlt die Namensliste, die Liste der Mitspieler. Wie soll man sich in eine Liste eintragen, wenn es die gar nicht gibt?«

Aber natürlich, dachte Hilkenbach, die Namensliste, das war's! Das hatte ihn die ganze Zeit irritiert, das hatte ihn stutzig gemacht. Und er war nicht darauf gekommen. Da musste er sich von so einem dahergelaufenen Dorftrottel auf die Sprünge helfen lassen.

»Na, sehen Sie! Und das gibt Ihnen nicht zu denken?« Hilkenbach war sauer, er zog die Augenbrauen hoch.

»Nee, warum auch?«, antwortete Wigger knapp und schüttelte innerlich den Kopf über seinen Chef. »Für mich sieht das hier eher nach Raubmord und weniger nach illegalem Glücksspiel aus«, sagte er und deutete dabei auf die Leiche zu seinen Füßen.

»Hm ...«, machte diesmal der Kommissar, »Sie müssen es ja wissen!«

»Ah, da ist ja endlich die Kutsche mit den Aasgeiern«, sagte Wigger plötzlich erleichtert. Er war froh, dass er das Thema wechseln konnte.

»Was für eine Kutsche?«

»Der Leichenwagen. Hat ja auch lang genug gedauert.«

Der Kommissar und sein Kollege verließen gemeinsam das Zimmer, sie begutachteten die restlichen Räume des Erdgeschosses. Alles war blank gescheuert und gewienert und, wenn auch auf andere Art, ebenso leblos wie das Arbeitszimmer.

Sie gingen hinauf in den ersten Stock und warfen einen Blick in das Schlafzimmer. Der Boden war weiß gefliest, die Möbel in einem einheitlichen, pastellfarbenen Hellblau gehalten. Als luxuriöses Hotelzimmer konnte der Kommissar sich diesen Raum sehr gut vorstellen, als Privatgemach kaum.

Das mindestens zwei Meter breite Bett war unberührt, auf der Bettdecke lag Egeners Pyjama, hübsch akkurat gefaltet. Mit Liebe von der Mölk, dachte Hilkenbach.

Auch im Keller, den sie anschließend begutachteten, war es nicht wohnlicher. In der kleinen Bar direkt neben der Treppe war es trotz bemühter Plüsch- und Rustikalromantik etwa so gemütlich wie auf dem Warschauer Flughafen, vielleicht nicht ganz so geräumig. Hilkenbach besah sich die Flaschen. Nur die feinsten Marken. Teurer Malzwhisky, russischer Wodka, guter kubanischer Rum. Kein Fusel, kein Verschnitt. Die Flaschen waren fast alle voll. Die Gläser in Reih und Glied. Neonbestrahlt.

Im Fitnessraum gleich nebenan gab es außer weißen Wänden, einem Trimmfahrrad und ein paar Hanteln nur ein Tischtennisbrett, an dem die eine Seite hochgeklappt war. Auf der heruntergelassenen Seite lag ein einzelner Schläger, etwas Staub hatte sich auf ihm abgesetzt. Der ganze Raum sprach es aus: Egener musste ein schrecklich einsamer Mensch gewesen sein.

Eigentlich verwunderlich. Er war ein gut aussehender Mann gewesen, ein Frauentyp. Erfolgreich in seinem Beruf, finanzielle Probleme hatte er allem Anschein nach nicht gehabt. Und als introvertierten, schüchternen Mann hatte Hilkenbach ihn auch nicht in Erinnerung. Ganz im Gegenteil. Egener war ein Schürzenjäger gewesen. Nur ungern gestand der Kommissar sich ein, dass er schon damals neidisch gewesen war. Egener, der Glückspilz. »Dieses Papier wurde an Dich gesandt, damit Du Glück bekommst.«

Die beiden Kriminalisten gingen wieder hinauf und zur Vordertür hinaus. Als Hilkenbach die für seinen Geschmack etwas zu protzige Treppe zur Auffahrt hinunterstieg, hielt er noch immer den Kettenbrief in seiner rechten Hand. Er grüßte mürrisch einige Kollegen, die in den Anlagen und Beeten nach weiteren Spuren suchten, und stieg in seinen Dienstwagen, auf den Beifahrersitz. Er ließ Wigger fahren.

Hilkenbachs Laune war eindeutig im Eimer, schon am Morgen hatte er geahnt, dass dieser Tag fürchterlich werden würde.

»Wie wär's mit 'nem starken Kaffee, bevor wir uns ein wenig an der Uni umsehen?«, fragte er seinen erstaunt blickenden Kollegen. »Ich könnte einen vertragen.«

»Von mir aus, gerne. An der U-Bahn gibt's einen Kiosk.«

»Wigger, Sie sind pervers! Nur ein paar Straßen weiter bekommt man den besten Espresso in ganz Dahlem, und Sie wollen zu einer Fritten-Bude. Kulturloser Banause!«

»Oho! Jetzt hab ich's«, rief Wigger vergnügt. »Sie haben 'nen Kater! Dass ich das noch mal erleben darf!«

Hilkenbach versuchte, diese blöde Bemerkung zu überhören. Es fiel ihm nicht schwer. Übungssache.

Den Espresso beim Italiener an der U-Bahnstation Dahlem-Dorf konnte Hilkenbach nicht recht genießen. Zum einen, weil Wigger glaubte, ihm seine Erlebnisse der letzten Nacht erzählen zu müssen. Zum anderen, weil er wieder Egeners Gesicht vor sich sah, ein ehemals schönes, jetzt nur noch bleiches, überrascht wirkendes Gesicht mit einem verständnislosen Blick.

Wissenschaft war die Suche nach Erkenntnis, so hieß es wohl. Professor Egener hatte diese nicht mehr erhalten. Oder wenn, dann fürchterlich spät.

2. Der Freund

Hilkenbach sah müde und abgespannt aus, als er sich an diesem Samstagabend mit seinem Beinahe-Freund und Exkollegen Gerd Stahl zum wöchentlichen Billard-Spiel traf. Stahl war nicht unbedingt das, was man einen Busenfreund nannte, über Privates oder Intimes hätte Hilkenbach sich niemals mit ihm unterhalten, über Privatangelegenheiten sprach er eigentlich nie mit irgend jemandem. Aber Gerd Stahl war der einzige, mit dem er sich außerdienstlich auf ein Bier oder ein Billard- oder Schachspiel traf. Ein einziges Mal hatte der Kommissar seinen Assistenten Wigger auf ein Feierabend-Bier eingeladen, er hatte es anschließend schwer bereut. Der Abend war ein Fiasko gewesen.

Im Fall Egener gab es leider nichts Neues. Die Schnüffelei an der Uni hatte sich als zwecklos erwiesen. Am Wochenende traf man dort nur den altersschwachen Pförtner, der nicht nur akustisch verständnislos war, ein paar polnische oder jugoslawische Putzfrauen und die üblichen übereifrigen Betriebswirtschafts- und Jurastudenten, die ihr unscheinbares Aussehen durch das Tragen einer Krawattennadel und eines Aktenkoffers wettmachen wollten.

Im Institut für Soziologie schließlich hatten sie überhaupt niemanden mehr angetroffen. Hilkenbach hatte vor dem Schwarzen Brett gestanden und in Info-Broschüren geblättert: »Soziologie befasst sich mit allgemeinen sozio-ökonomischen Theorien, mit Theorien sozialen Wandels, mit Sozialisationstheorien, mit Kommunikationstheorien sowie mit Theorien sozialen Verhaltens überhaupt ...«

»Theorien hatten Egener auch nicht geholfen«, hatte Hilkenbach laut gedacht.

»Aber eine Theorie würde uns helfen«, hatte Wigger gesagt.

Immerhin hatten sie herausgefunden, dass Egener eine Schwester in Berlin hatte. Anna Egener, ledig, wohnhaft in Schöneberg. Diese Schwester hatte die Haushälterin mit keinem Wort erwähnt.

Hilkenbach hatte sie telefonisch vom Tod ihres Bruders unterrichtet, mit Vorsicht und Anteilnahme. Doch Hilkenbachs »Mein Beileid, Frau Egener« war unnötig gewesen, sie schien nicht sonderlich berührt. Ihre Antwort war Schweigen gewesen und anschließend der schnippische Satz: »Da wollen Sie mich sicherlich sprechen. Aber nicht heute, heute geht's nicht. Kommen Sie morgen, morgen ist Sonntag. Von mir aus morgen. Aber rufen Sie vorher an.«

Familien sind auch nicht mehr das, was sie mal waren, dachte Hilkenbach, als er nun in der Steglitzer Billardkneipe mit seinem Freund Stahl saß und sich wünschte, zu Hause vor dem Fernseher geblieben zu sein.

Er wirkte abwesend, seine schmalen Augen starrten ins Nichts, er versteckte sich hinter seinem Bier, das er mit beiden Händen fest umklammerte. Seine übergroßen Tränensäcke unter den Augen kamen durch die dunklen Ränder erst recht zur Geltung, sie wirkten, als wollten sie dieses knochige Gesicht aus den Fugen sprengen. Mit einem widerwilligen Grunzen begleitete Hilkenbach einen Schluck von dem schal schmeckenden Bier, es war schon abgestanden aus dem Hahn gekommen.

Stahl, ein ehemaliger Drogenfahnder, der schon seit einigen Jahren nicht mehr bei der Polizei war, weil er es mit Gesetzen und Dienstvorschriften nicht immer allzu ernst genommen hatte, stand breitbeinig am Billardtisch, hielt seinen dicken Bauch über dem grünen Tuch in der Schwebe und vollbrachte wahre Wunderdinge mit dem Queue, das in seinen Händen wie ein Zahnstocher aussah.

»Gesehen?«, fragte er stolz in Richtung Ecktisch, an dem Hilkenbach mehr kauerte als saß. Der Kommissar hatte natürlich überhaupt nichts mitbekommen, klopfte aber ganz automatisch anerkennend auf den Tisch. Diesmal war es Stahl, der ein Grunzen vernehmen ließ, es klang ein wenig beleidigt. Mit dem nächsten, unkonzentrierten Stoß versenkte er die weiße Kugel.

»Du bist dran.«

»Hm? ... Ach so, ja.« Schwerfällig, als würde er Tonnen mit sich herumschleppen, erhob sich Hilkenbach und nahm das Queue, das Stahl ihm reichte. »Was hab ich, die Halben?«

»Offensichtlich!«

Das war es tatsächlich. Abgesehen von der schwarzen Kugel lagen

11

nur noch Halbe auf dem Tisch, sieben Stück, um genau zu sein. Hilkenbach entschied sich für die grüngestreifte.

»Hinten rechts.«

Die weiße Kugel traf die gewählte viel zu stark, die grün gestreifte Kugel ging einige Zentimeter an der Tasche vorbei, traf aber die schwarze Kugel und beförderte sie in die Nachbartasche.

»Ich würde eher sagen: die schwarze, hinten links.« Stahl nahm seinem Freund das Queue aus der Hand und beförderte Hilkenbachs Kugeln nach und nach gekonnt in die Taschen.

»Tut mir leid«, entschuldigte sich Hilkenbach, »es scheint heute nicht mein Tag zu sein. Lass uns aufhören und noch eins von diesen kohlensäurefreien Bieren trinken.«

»Einverstanden«, meinte Stahl und bestellte noch zwei Gläser Engelhardt. »Wenn dir's Bier im Arsche knarrt, dann war's bestimmt von Engelhardt.«

»Au!« Hilkenbach zog eine schmerzverzerrte Miene, er fuhr sich mit Zeige- und Mittelfinger über seinen akkurat gestutzten, sehr britisch wirkenden Schnurrbart und meinte: »Der Spruch kommt aber auch nicht von dir.«

»Nee«, gab Stahl zu, »hab ich in 'nem Krimi gelesen.«

»Au!« Wieder ein Stöhnen bei Hilkenbach, diesmal heftiger.

»Was denn?« Er lachte. »Jetzt, wo ich nicht mehr live dabei bin, muss ich mich doch wenigstens aus zweiter Hand informieren. Ich seh mir auch immer Reality TV auf RTL an.«

Hilkenbach schüttelte ungeduldig den Kopf, es wirkte beinahe angeekelt. »Gerd, du enttäuschst mich. Hast du denn bei der BVG nicht genug Abwechslung?«

»Ach wo«, Stahl grinste, »sogar mein Rottweiler, Bodo heißt der, schläft dauernd ein.«

Nachdem er bei der Drogenfahndung vom Dienst suspendiert worden war, weil er die Verdienstmöglichkeiten des Drogengeschäfts entdeckt, sich dabei aber etwas ungeschickt angestellt hatte, war Stahl zum Wachschutz gewechselt. Die IHS, die Industrie- und Handelsschutz GmbH, hatte ihn natürlich mit Kusshand genommen, bei seiner imponierend schwergewichtigen Erscheinung hatte er gar keinen Wachhund nötig, um auf den Berliner U-Bahnhöfen für Ordnung zu sorgen.

»Kannst du dir das vorstellen? Ein scharfer, gefährlicher Rottweiler mit dem Namen Bodo? Zorro oder Rex oder Killer, das wären angemessene Namen.« Sein Lachen wirkte Furcht einflößend. War Wigger ein Teddybär, so war Stahl ein Grizzly. Alles an ihm war wuchtig und massiv, sein Gesicht ein Holzklotz, ebenso hart und ebenso runzlig, seine Nase ein knolliger Fleischberg, die Ohren gewaltig. Stahl hatte die Schenkel eines Eisschnellläufers, den Hintern eines Finanzbeamten, den

Bauch eines Wochenendsäufers und die Arme eines Maurers. Eine Gestalt wie aus einem Fellini-Film, wäre er zehn Zentimeter kleiner gewesen, hätte man ihn auf Rhodos aufstellen können.

Der Wachschutzmann wollte gerade ein nettes Anekdötchen zum besten geben, eine niedliche Geschichte vom alltäglichen Vietnamesenjagen auf Ost-Berliner S-Bahnhöfen, als er bemerkte, dass sein Gegenüber ihm gar nicht zuhörte, sondern lustlos mit einer Salzstange in seinem Bier herumpanschte.

»Hey, Hartmut, bist du noch da?« Er wedelte mit der Hand vor Hilkenbachs Augen herum. »Erde ruft Wolke sieben, bitte kommen!«

»Entschuldige.« Die Salzstange war abgebrochen und schwamm nun im Bier, angewidert stellte Hilkenbach das Glas beiseite.

»Ist dir 'ne Laus über die Leber gekrochen?«

»Ich bearbeite gerade den Mord an einem alten Bekannten. Macht mir ein wenig zu schaffen. Tut mir leid.«

»Was tut dir leid? Dass es dein Bekannter war oder dass es dir zu schaffen macht?« Stahl zwinkerte ganz beiläufig der Kellnerin zu und bestellte per Handzeichen weitere zwei Biere.

»Ein ehemaliger Studienkollege von mir ist gestern Abend umgebracht worden. Ich weiß selbst nicht, warum mich das so mitnimmt, ich hatte ihn fast zwanzig Jahre nicht gesehen.« Hilkenbach stutzte. »Hab nicht mal gewusst, dass er noch in der Stadt lebte.«

»Ihr wart mal Freunde?«, fragte Stahl so mitfühlend es ihm möglich war.

»Ja und nein«, antwortete Hilkenbach zögernd, »wir hatten so eine Art Studentenclique damals. Ein eingeschworenes Quartett. Friedhelm Egener war einer davon.«

»Ist das der Ermordete?«

Hilkenbach nickte.

»Wir nannten uns ›die vier Musketiere‹«, sagte er nach einer Weile, »dabei war eine von uns eine Frau. Ein Mädchen.« Hilkenbach lächelte nachdenklich und wurde rot im Gesicht, nur ganz leicht.

Stahl merkte es, grinste und meinte: »Eine Frau, drei Verehrer, wie?«

Erneut nickte Hilkenbach. Allmählich wich die Farbe aus seinem Gesicht, und er sagte: »Manchmal hasse ich meinen Job!« Wieder machte er eine Pause, eine sehr lange. Seine Gedanken schweiften ab. »Irgendwie geht mir das alles gegen den Strich ...«

»Alles?« Stahl wusste ganz genau, dass Hilkenbach etwas ganz Bestimmtes meinte, sein Unmut war keineswegs so allgemein, wie er vorgab. »Du willst mir doch hoffentlich jetzt nicht erzählen, dass du amtsmüde bist, dass du Meisterdetektiv keine Lust mehr hast, dass dein Job dir keinen Spaß mehr macht. Bist du etwa in der Midlife-Crisis?! Oder unglücklich verliebt?«

»Quatsch! Dieser Fall schmeckt mir nicht, diese Raubmord-Version will mir nicht gefallen. Ich hab das im Urin.«

Stahl sah den Kommissar auffordernd an. »Details, wenn ich bitten darf. Oder soll das ein Selbstgespräch werden?«

Die Kellnerin brachte das Bier und stellte die Gläser mit gezierter Handbewegung auf den klebrigen Tisch. Als sie sich dabei ein wenig bückte, gaffte Stahl ihr auf die stolz geschwellten Brüste.

Stahl grinste die Kellnerin dämlich an, sie grinste noch dämlicher zurück. Hilkenbach war dieses Kneipengebalze sichtlich peinlich, er wartete nur darauf, dass sein Freund ihr einen Klaps auf den Hintern geben würde. Er wäre dann aufgestanden und gegangen. Vielleicht.

»Also, Egener ...« Hilkenbach räusperte sich und wartete bis Stahl sich ihm wieder zuwandte. Als der lüsterne Blick aus seinem Gesicht verschwunden war, fuhr der Kommissar fort: »Egener wurde heute morgen von seiner Haushälterin neben dem Schreibtisch gefunden, mit eingeschlagenem Hinterkopf. Er war angezogen und das Bett unberührt. Eine Glastür in dem Zimmer war von außen zertrümmert, eine Vitrine eingeschlagen, ein Schränkchen aufgebrochen, der Schreibtisch ein wenig durchwühlt. Schmuck von beträchtlichem Wert gestohlen, Egener war Sammler oder so was. Na, was machst du daraus?«

»Scheint einfach.« Stahl kratzte sich hinter seinem großen, fleischigen linken Ohr. »Einbruch am Abend, Einbrecher vom Hausherrn überrascht, Totschlag. Was spricht dagegen?«

»Wenig. Nur sagte die Haushälterin aus, am Morgen sei das ganze Haus hell erleuchtet gewesen. Gesetzt den Fall, das war es schon am Abend, so war das wohl kaum eine Einladung für einen Einbrecher.«

»Vielleicht hat der ja selbst die Lichter eingeschaltet.«

»Abgesehen davon, dass das natürlich nicht sonderlich vorsichtig wäre, wieso hat er dann nicht ein einziges der erleuchteten Zimmer betreten? Nicht eine einzige Schublade herausgezogen, nicht einen einzigen Schrank geöffnet? Außer dem Arbeitszimmer ist das ganze Haus jungfräulich und unberührt. Würdest du als Einbrecher, der gerade einem Kerl den Schädel eingeschlagen hat, ganz gemütlich durchs Haus wandern und dir die Zimmer ansehen?«

»Kaum.« Stahl kniff die Augen zusammen und zog einen Mundwinkel nach oben, er war verwirrt. Es sah ulkig aus. »Vielleicht hat Egener das Licht angeschaltet, als er etwas Verdächtiges im Haus hörte.«

»Natürlich.« Hilkenbach schaute seinen Freund spöttisch an. »Er hört unten im Arbeitszimmer Geräusche und macht erst einmal im Schlafzimmer, dann im oberen Flur, auf der Treppe, im unteren Flur, schließlich in der Küche und zuletzt im Arbeitszimmer das Licht an. Ich möchte den Einbrecher sehen, der dann noch da ist, um vom Hausherrn überrascht zu werden.«

»Was meinst du denn?«, fragte Stahl und begutachtete skeptisch sein Bier. Die Schaumkrone hatte sich in Windeseile verflüchtigt. Wenn überhaupt eine dagewesen war. Er prostete seinem Gegenüber zu und nahm einen mächtigen Schluck.

»Für Wigger ist der Fall klar.« Hilkenbach rührte sein Bier nicht an und musste grinsen, ein wenig geringschätzig, ein wenig mitleidig.

»Wigger? Ist das dein Assistenten-Clown?«

»Genau der.« Das Grinsen war verschwunden, Hilkenbach steckte sich eine Zigarette an und spielte mit dem Feuerzeug herum. »Für Wigger steht fest, dass der Einbrecher sich von hinten durch den Garten angeschlichen, die Scheibe eingeschlagen und die Vitrine aufgebrochen hat und dann von Egener überrascht wurde. Trotz Flutlichtbeleuchtung. Wie hat Wigger sich ausgedrückt? ... ›Er zieht dem Professor einen Scheitel, rafft zusammen, was er in die Hände bekommt, und macht die Flatter.‹« Hilkenbach betrachtete andächtig seine Zigarette, schwieg einige Sekunden und schüttelte dann energisch den Kopf. »Mir gefällt diese Version nicht.«

»Und welche würde dir gefallen?« Noch ein kräftiger Schluck, und Stahls Bierglas war leer.

»Keine Ahnung. Ich hab wirklich keinen Schimmer.« Hilkenbach schüttelte sich, als wollte er seine Gedanken verscheuchen.

Stahl konnte sich schon vorstellen, woran Hilkenbach jetzt dachte. Es waren ja immer die gleichen Gedanken, die gleichen Wünsche. Die ewigen Sehnsüchte, das Lechzen nach einem Jahrhundertfall. Stahl wusste nur zu gut, hatte schon oft über sich ergehen lassen müssen, dass der Kommissar sich zu Höherem berufen fühlte.

Hilkenbach hasste Routinearbeit, er sah sich als kriminalistischer Querdenker. Seit Jahren wartete er nun schon auf seinen Fall. Einen Fall, wie er von einem Krimischriftsteller nicht besser erdacht werden könnte. Er wollte es allen beweisen, nicht zuletzt sich selbst, dass er der Beste war. Ein Logiker, ein Kombinierer, mit messerscharfem Verstand und unbeirrbarem Willen, kurzum, ein Kommissar, wie er in Büchern stand. In jenen Büchern, die er doch angeblich so hasste.

Leider war Hilkenbachs Chef, Kriminalrat Brutzinger, mit dieser Art und Arbeitsweise alles andere als einverstanden. Stahl wusste das, er kannte den Kriminalrat flüchtig. Brutzinger wünschte sich Papiertiger, die Formulare ausfüllten und sich an Vorschriften hielten, und keine Spürhunde, die sich allein auf ihre Nase verließen. Vor allem hatte Brutzinger etwas gegen Untergebene, die ihn in aller Öffentlichkeit kritisierten und bloßstellten. Hilkenbach hatte dies mehrfach getan.

»Was sagt dein Häuptling zu dem Fall?«, fragte Stahl vorsichtig.

»Brutzinger?«, entgegnete Hilkenbach. »Der interessiert mich nicht.«

»Das sollte er aber! Was meinst du, wer dafür verantwortlich ist, dass du seit Jahren nicht befördert worden bist? Du solltest diesen Glatzkopf ernst nehmen.« Stahl grinste und meinte: »Denk doch an deine Pension.«

Hilkenbach entgegnete nichts und drückte die Zigarette, an der er kaum gezogen hatte, aus.

»Wollen wir noch ein Bier trinken?« Stahls Frage klang nicht gerade wie eine Aufforderung. Er glotzte ungläubig auf Hilkenbachs volles Glas.

»Oder sollen wir gehen?«

»Ich möchte gern nach Hause.« Hilkenbach war schon ein wenig betrunken, er vertrug keinen Alkohol, und der allwöchentliche Billardtermin war der einzige Abend der Woche, an dem er welchen zu sich nahm.

»Bringst du mich mit dem Auto?«

»Klar.« Die beiden Männer standen auf, bezahlten und verließen das Lokal. Der eine groß und schmächtig, der andere größer und gewaltig und umfangreich. Pat und Patachon. Nein, David und Goliath.

Die Kellnerin hinterm Tresen schaute ihnen zweifelnd nach, sie zog ihre Nase kraus. Von Koketterie nichts mehr zu spüren. In der Hand hielt sie das Trinkgeld, 30 Pfennige.

Kopfschüttelnd warf sie die Groschen in ein Whiskyglas, auf dem zu lesen war: »Danke!«

Als sie sich wieder ihren Gästen zuwandte, war in ihrem Gesicht wieder der geschäftsmäßig blöde Blick, auf den Typen wie Stahl so standen. Wahrscheinlich hatte sie diesen Blick vorm Spiegel geübt, sie beherrschte ihn perfekt.

Eine halbe Stunde später war Hilkenbach in seiner 2-Zimmer-Wohnung in der Schlangenbader Straße. Hilkenbach wohnte (im wahrsten Sinne des Wortes) über der Autobahn. Ein seltsamer Gebäudekomplex war das, wie aus einem schlechten Scine-Fiction-Film. Ein riesiger, unförmiger Kasten, der durch seine Terrassenbauweise an eine durch die Mangel gedrehte Pyramide erinnerte. Ein schlechter Architektenwitz. Ein Haus über der Autobahn errichtet; da wo andere Leute ihre Kohlen lagerten, fuhren bei Hilkenbach Autos mit Höchstgeschwindigkeit von 80 Stundenkilometern auf der A 104.

Der Kommissar ging ins Wohnzimmer, es war wie immer nicht aufgeräumt. Für wen auch. In der Mitte des Raumes stand ein überdimensionaler ovaler Esstisch, auf den darauf ausgebreiteten Zeitungen der vergangenen Woche lagen abgenagte Äpfel und vertrocknete Pfirsichkerne, Taufliegen tänzelten darum herum. Die Drosophila, die kleine Essigfliege; Hilkenbach kannte sie noch aus dem Biologieunterricht. Das einzige, was er nach all den Jahren behalten hatte. Dass es Februar war, war den Fliegen egal, sie schienen in der Wohnung zu überwintern. Hilkenbach hatte keine Ahnung, weshalb. Im Backofen hätte er die Antwort gefunden.

16

Die Tasse mit dem Kaffee vom Morgen war noch fast voll, auf dem Frühstücksteller lag ein Salamibrot, nicht angerührt. Hilkenbach brachte das Geschirr in die Küche, um es in die Spülmaschine zu stecken. Keine Chance, sie war bis obenhin voll. Beim Öffnen der Maschine kam ihm ein schimmliger Geruch entgegen. Wie um den Gestank zu übertünchen, stellte er das Radio an. Er ging zurück ins Zimmer, zum Schreibtisch, und entleerte seine Jackentaschen. Immer steckte er irgendwelchen Krimskrams ein, beliebiges Zeug, das irgendwo herumlag. Diesmal waren es Stahls Benzinfeuerzeug, ein paar Knöpfe und Büroklammern und zwei Blatt Papier. Er faltete sie auseinander. Das eine war ein Infozettel aus der Universität, das andere der Kettenbrief von Egeners Schreibtisch.

»Seltsam«, sagte der Kommissar halblaut, schüttelte leicht den Kopf, legte den Brief auf seinen Schreibtisch und ging ins Schlafzimmer. Er vergaß, die Zähne zu putzen. Und das Radio auszuschalten.

3. Die Schwester

Wann war er das letzte Mal an einem Sonntag in Berlin spazieren gegangen? Vor allem im Winter, bei nasskaltem Wetter? Noch nie! Und er wusste nun auch, warum.

»Hier, halten Sie mal«, wurde Hilkenbach aus seinen Gedanken gerissen. Er bekam eine Leine in die Hand gedrückt und hatte plötzlich das zweifelhafte Vergnügen, einen zotteligen Köter Gassi durch den Nelly-Sachs-Park in Schöneberg zu führen. Hilkenbach hasste Hunde wie die Pest, aber das konnte Anna Egener natürlich nicht wissen. Der Hund jedoch, eine seltsam verwachsene Promenadenmischung mit krummen Dackelbeinen, eingedrückter Boxernase und heimtückischem Blick, schien das zu riechen. Er sah den Kommissar drohend an und knurrte leise. »Grrr«, machte der Hund. »Grrr«, machte Hilkenbach und zeigte seine Zähne. Der Hund zog verängstigt den Schwanz ein.

»Unangenehme Nachbarn haben Sie hier, Frau Egener«, sagte der Kommissar und dachte an das Gesindel, das er auf dem U-Bahnhof Kurfürstenstraße gesehen hatte. Prostituierte, die sich hier aufwärmten, wenn es ihnen auf dem Straßenstrich zu kalt wurde, und abgewrackte Junkies, die sich den nächsten Druck besorgten. Auf dem Weg zur Wohnung der Egener in der Steinmetzstraße hatte er ein gebrauchtes Fixerbesteck in einem Hauseingang gesehen. Er hatte es liegenlassen. Was sonst. »Ich denke an die Junkies von der Potse«, setzte der Kommissar erklärend hinzu.

»Ich weiß, woran Sie denken«, entgegnete Anna Egener finster, aber bestimmt. »Schließlich sind Sie Polizist. Aber lassen Sie sich gesagt sein: Nachbarn sind grundsätzlich unangenehm. Das liegt in ihrer Natur.«

Hilkenbach stimmte darin zwar mit ihr überein, er sagte ihr das auch, dennoch war er ein wenig überrascht von der Heftigkeit, mit der sie redete und ihre Worte wie Pfeile losschoss. Er kannte sie erst wenige Minuten, aber er hatte den bestimmten Eindruck, dass sie unter allen Umständen direkt sein oder zumindest so wirken wollte. Auf Hilkenbachs Beileidsfloskeln, mit denen er sie begrüßt hatte, hatte sie geantwortet: »Ach, lassen Sie doch diesen Schmus. Sie meinen es ja doch nicht so.«

Und sie hatte recht damit gehabt.

»Sie wundern sich wahrscheinlich, dass mir der Tod meines Bruders so wenig ausmacht«, sagte Frau Egener und bestätigte damit den Eindruck, den Hilkenbach hatte, »aber für mich ist Friedhelm schon seit einiger Zeit tot. Seit vier Jahren, um genau zu sein.«

Sie lächelte bitter und schnaufte krampfhaft.

Anna Egener war einige Jahre älter als ihr Bruder Friedhelm, Mitte Fünfzig, schätzte Hilkenbach. Ihr Haar war grau, sehr grau. Und es war sehr kurz geschnitten, so kurz, wie es grau war. Ihre Stimme klang blechern und krächzend, eine interessante, markante Reibeisenstimme, wie Zarah Leander in besseren Tagen. Ihr Gesicht war das einer Märchenhexe, fand der Kommissar. Die Nase adlerhaft hervorstehend, die Augen klein, funkelnd und tiefliegend. Leider fehlte die haarige Warze am Kinn. In Gedanken sah der Kommissar sie auf einem Besen sitzend, der dämliche Köter, den sie mit einem Zauberstab in eine schwarze Katze verwandelt hatte, auf ihrer Schulter. Auf zum Blocksberg.

»Ein wenig verwundert das schon, aber ...«, begann er.

»Nichts aber«, unterbrach sie ihn energisch. »Friedhelm und ich existierten nicht füreinander. Früher war das anders gewesen, früher haben wir uns wenigstens gehasst. Doch seit vier Jahren haben wir kein Wort mehr miteinander gesprochen. Und jetzt ist es dafür wohl zu spät.« Wieder ein bitteres Lächeln in ihrem Hexengesicht. »Wie trotzige Kinder. Und wir sind beide Trotzköpfe gewesen.«

»Sie kommen nicht zufällig aus Westfalen?«, fragte Hilkenbach und dachte an Wigger, der gestern auf die Frage des Kommissars, ob er mit zu Egener wolle, geantwortet hatte: »Es soll Menschen geben, die auch ein Privatleben haben. Sonntags gehöre ich dazu.« – »So werden Sie bei der Polizei aber keine Karriere machen«, hatte Hilkenbach erwidert. Und Wigger hatte daraufhin gelacht und gesagt: »Dann bin ich ja beruhigt.« Hilkenbach kannte keine Wochenenden, keine Feierabende. Er war stets im Dienst. Aber Karriere hatte er deswegen nicht gemacht. Ein einfacher Kommissar war er, sehr viel jüngere Kollegen hatten schon ein Haupt- oder wenigstens ein Ober- vor ihrem Titel. Er nicht.

»Nein, ich bin Berlinerin, eine gebürtige sogar. So was gibt's noch. Ich gehöre zur aussterbenden Rasse der Berliner in Berlin.«

Sie sah, dass der Kommissar mit dem Hund an der Leine nicht zurechtkam, er ließ sich von ihm führen und nicht umgekehrt. »Geben Sie ruhig wieder her.« Sie nahm die Leine an sich, zog sie straff und ließ die Promenadenmischung gehorsam neben sich her laufen. Wie auf dem Exerzierplatz. Der Hund warf sich, so schien es, triumphierend in die Brust. Blöder Kläffer, dachte Hilkenbach. Wird wieder hart an die Kandare genommen und freut sich noch darüber.

»Warum haben Sie Ihren Bruder gehasst?«

»Sie meinen früher?«

Der Kommissar nickte und folgte seiner Gesprächspartnerin in die nächste Runde über diesen winzigen Park. Die Bezeichnung Park war eine Beleidigung für jeden wirklichen. Ein besserer Vorgarten war das hier.

»Haben Sie Geschwister?«

Der Kommissar verneinte.

»Sie haben dann wahrscheinlich keine Ahnung, was es heißt, die ältere Schwester eines geliebten, verwöhnten, angehimmelten kleinen Bruders zu sein? Ich meine, als kleine Göre.«

»Kindliche Eifersucht?«

»Natürlich. Wir haben uns nicht ausstehen können, wir waren erbitterte Rivalen. Um die Gunst der Eltern, um Ansehen bei Verwandten und Freunden, um alles. Und immer hat er gewonnen.«

Hilkenbach stutzte und blieb stehen.

»Ich weiß, was Sie jetzt denken, Herr Kommissar. Kinderkram, denken Sie. Und Sie haben recht.« Auch sie blieb stehen und versetzte dem Hund, der dieses Manöver nicht verstand, einen Ruck mit der Leine. Beleidigt hockte sich der Hund auf sein Hinterteil.

»Aber Kinderkram prägt. Friedhelm wurde immer bevorzugt, ihm wurde alles in den Arsch geschoben, entschuldigen Sie meine Ausdrucksweise, und was ich getrieben habe, hat keinen interessiert. So was kann ganz schön frustrieren. Friedhelm war der liebe Kleine, der süße, niedliche Bursche, und ich hatte die Vernünftige, die große Schwester zu spielen.« Sie sprach fürchterlich schnell, so als hätte sie ihren Text auswendig gelernt. Und ihn in Gedanken schon hundertmal heruntergerattert.

»Friedhelm war das Familiengenie, dem jeder auf die Schulter klopfte, und ich ...« Sie redete nicht weiter, setzte stattdessen ihren Rundgang fort.

»Das nennen Sie Hass? Das muss doch Jahrzehnte her sein. Als Erwachsener sieht man solche Dinge doch anders. Lacht darüber.«

»Mein Bruder ist nie erwachsen geworden, er war immer der putzige, verzogene Junge, der er schon mit sieben Jahren gewesen war. Nur dass er zudem großkotzig und angeberisch wurde. Ein Lackaffe. Er spielte den Macker und erwartete, dass alle nach seiner Pfeife tanzten. Und das taten auch alle.«

»Alle – bis auf seine Schwester.«

»Mag sein.«

Sie verließen nun den Park, eine dritte Runde hätte sie wahrscheinlich schwindelig werden lassen, und gingen auf der Dennewitzstraße in Richtung Norden, zur Hochbahn der Linie 1.

Anna Egener war eine seltsame Frau, entschied der Kommissar. Sie wirkte so streng, so ernsthaft, ein wenig traurig, ein wenig verbittert. Sie machte den Eindruck einer starken Persönlichkeit, eines Menschen, der weiß, was er will und was er nicht will. Und nun erzählte sie ihm diesen ausgesuchten Blödsinn aus der Kindheit, dieses pubertäre Geschwätz. Es war offensichtlich, dass sie Theater spielte. Fragte sich nur, wem sie etwas vorspielen oder etwas beweisen wollte.

»Haben Sie Ihren Bruder beneidet, weil er so viel Erfolg hatte?«

»Nein.« Sie merkte, dass ihre Antwort etwas kurz war und zu schnell, zu gepresst herauskam. Und sie fügte hinzu: »Nicht wirklich. Nur wie er sich darin suhlte, konnte ich nicht ertragen.«

»Ihr Bruder war ein sehr einsamer Mann, Frau Egener.«

»Friedhelm?!« Sie prustete beinahe los. »Das wäre mir neu. Er scharte immer genügend Jünger um sich, die ihn anhimmelten. Vielleicht hatte er keine Freunde, das mag sein, aber er hatte jede Menge Bewunderer in seiner Nähe. Die standen bei ihm Schlange, um einmal zu einer seiner berühmt-berüchtigten Cocktailparties eingeladen zu werden. Um den großen, eloquenten, geistreichen Professor Egener live zu erleben.«

»Woher wollen Sie wissen, dass er nicht einsam war? Sie haben ihn doch seit vier Jahren nicht gesehen?«

Sie schwieg nachdenklich, spielte an ihrem Ohrring herum und meinte dann: »Bei Frauen hatte er jedenfalls immer großen Erfolg.« Beinahe flüsternd setzte sie hinzu: »Er war ein hübscher Kerl.«

»Warum haben Sie beide sich überworfen?«

»Wegen einer seiner Geliebten. Sie war ein billiges Flittchen, und ich habe ihm das gesagt. Und er hat mich vor die Tür gesetzt.« Wieder schwieg sie eine lange Weile. Und spielte mit dem Ohrring.

»Wer war diese Geliebte?«, wagte Hilkenbach, in die Stille zu fragen.

»Maria Kock. Eine schreckliche Person. Aufdringlich, affektiert, unecht. Nackt in einem Playboy-Kalender hätte die sich gut gemacht. Aber angezogen und womöglich redend war sie unerträglich. Für Friedhelm war sie die große Liebe. Überhäuft hat er sie mit allem Erdenklichen. Er wollte sie sogar heiraten. Das war der Grund für unseren Streit. Ich hab ihm gesagt, dass sie eine Schlampe ist. Und sonst nichts. Und er hat gesagt, ich soll aus seinem Leben verschwinden. Und das hab ich gemacht. Zack.« Sie schnippte mit den Fingern. »Und tschüs.«

Hilkenbach fühlte sich unwohl in seiner Haut. Dieser Ausbruch der Egener kam etwas überraschend für ihn. Außerdem merkte er, dass sie nur die halbe Wahrheit erzählte. Vielleicht hatte es etwas mit dieser Maria Kock zu tun. Vielleicht aber auch überhaupt nichts. Und wahrscheinlich war das alles eh nicht von Belang.

Sie kamen nun unter der Hochbahn an, direkt an der Stelle zwischen den Bahnhöfen Gleisdreieck und Kurfürstenstraße, wo die Hochbahn unterirdisch wird.

»Ich hab ja davon gelesen«, rief der Kommissar gegen den Lärm einer U-Bahn an, »hab es aber nicht wirklich geglaubt. Die Bahn fährt tatsächlich direkt in ein Wohnhaus rein. Wenn ich mir die Gardinen an den Fenstern ansehe, wohnen da ja direkt über dem Bahntunnel Menschen. Unglaublich!« Wie ein kleines Kind stand der Kommissar vor dieser architektonischen Merkwürdigkeit, die in jedem Reiseführer erwähnt wird und die kaum noch einen Touristen interessiert. Plötzlich hörte er ein Schluchzen hinter sich. Er drehte sich um. Tränen liefen Anna Egener über die Wangen, dicke Tränen, schwere Tränen. Es schüttelte sie am ganzen Körper, sie hatte die Leine losgelassen, und der Hund hatte überglücklich die Chance genutzt, freudig kläffend um seine Herrin herumzutollen. Diese stand bibbernd, aber bewegungslos am Fleck und hatte die Fäuste geballt, sie presste sie ganz fest zusammen, sodass die Finger weiß wurden. Sie blickte durch Hilkenbach hindurch ins Nichts. Ins Nirgendwo.

Der Kommissar war froh, dass er nicht sehen musste, was sich gerade vor Anna Egeners innerem Auge abspielte. Er ging auf sie zu und versuchte, sie festzuhalten. Sie fing an, hysterisch zu schreien, wachte aber im gleichen Augenblick wieder auf. Sie sah Hilkenbach unendlich müde an.

»Soll ich Sie nach Hause bringen?«, fragte der Kommissar.

»Nein, nicht nötig«, sagte sie und weinte leise weiter.

»Doch, doch, keine Widerrede.«

»Nein!« Sie sagte dies entschieden, und ihre Augen waren es ebenfalls. »Bitte lassen Sie mich. Ich möchte gern allein sein.«

Hilkenbach stand eine Weile unentschlossen da und ging schließlich. Er drehte sich noch einige Male um, sie bewegte sich die ganze Zeit nicht von der Stelle. Ein seltsames Bild, eine traurig starre Person und ein Hund, der sie lustig besprang.

4. Die Haushälterin

»Wigger, haben Sie die gute Dame schon angerufen?« Hilkenbach flog förmlich zur Tür hinein. Vital und kernig, aber bärbeißig, so wie man ihn kannte, brachte der Kommissar eine Geschäftigkeit mit ins Büro, die seinem Assistenten gar nicht schmeckte, weil sie ihm einem Montagmorgen kaum angemessen erschien. Vor allem hasste Kriminalhauptmeister Wigger es, wenn jemand es nicht für nötig erachtete zu grüßen. Er schnaufte abfällig.

»Guten Morgen, Herr Wigger ... Guten Morgen, Herr Hilkenbach ... Na, wie steht's? ... Na ja, geht so. Und selbst? ... Ach, muss ja ... So könnte es doch auch sein, nicht wahr?« Wigger grinste abwartend.

Hilkenbach ging nicht auf seine Bemerkung ein und fragte gereizt: »Und die Antwort auf meine Frage?«

»Ja, ich hab uns bei der Mölk angemeldet. Sie freut sich, hat sie gesagt. Der Kuchen wäre aber noch tiefgefroren.«

»Gut. Ist Brutzinger schon da?« Hilkenbach deutete mit einer Kopfbewegung nach rechts, zur Tür, an der ein Messingschildchen mit der hässlich geschnörkelten Aufschrift »Martin Brutzinger · Kriminalrat« prangte. Das Schildchen hatte der Chef zu seinem Dienstjubiläum geschenkt bekommen. Aus purer Bosheit, wie Wigger gleich mutmaßte. Brutzinger sah das anders, er hatte sich gefreut.

»Keine Ahnung«, antwortete Wigger gelangweilt, »gesehen hab ich ihn jedenfalls noch nicht.« Er lächelte spöttisch, seine Backen strahlten rötlich wie ein amerikanischer Sonnenuntergang. »Was eigentlich den Schluss nahelegt, dass er nicht da ist. Übersehen kann man ihn ja kaum.«

»Dann lassen Sie uns schnell gehen, ich möchte ihm heute morgen auch nicht unbedingt über den Weg laufen.«

»Schlecht gelaunt?«

»Ganz im Gegenteil.« Hilkenbach log. »Aber ich möchte meine gute Laune auch behalten.«

Wigger schaute sich nach seiner Lederjacke und den Zigaretten um. Die Jacke fand er, die Zigaretten nicht. Hektisch kramte er in und auf seinem Schreibtisch herum. Schließlich fand er sie, in der Jacke. Er atmete erleichtert auf.

»Was man nicht im Kopf hat, muss man in der Jacke haben.« Wigger sah Hilkenbach entnervt den Kopf schütteln, den missbilligenden Blick dazu kannte er. Er ignorierte ihn.

Die beiden Polizisten wollten gerade das Büro verlassen, als sie im Vorzimmer den leicht schwäbelnden Tonfall Brutzingers vernahmen.

»Grüß Gott, Sabine. Oder soll ich ›Frau Hellwig‹ sagen? Ha, ha!«

Hilkenbach seufzte, und Wigger stimmte mit ein.

»Augen zu und durch«, sagte Hilkenbach und versuchte, an seinem

Vorgesetzten vorbeizuhechten, doch er prallte im Türrahmen mit ihm zusammen. Es gab kein Entrinnen. »Morgen, Chef. Entschuldigen Sie.«

»Guten Morgen, die Herren. Schönen Sonntag gehabt?« Brutzinger dehnte die Worte und kaute auf jedem einzelnen so lange herum, bis sie in einem fast geflüsterten Singsang herauskamen. Er merkte, dass weder Hilkenbach noch Wigger willig waren, ihre Wochenenderlebnisse preiszugeben, und sagte: »Hilkenbach, kann ich Sie einen Moment sprechen?«

»Tut mir leid, ich muss ganz dringend weg.« Der Kommissar drängte sich ächzend am Kriminalrat vorbei und verschwand wieselflink. Brutzinger schaute Wigger mit einem gekränkt verständnislosen Blick an.

»Er hat nun mal eine schwache Blase.« Wigger zuckte die Achseln, grinste (er grinste eigentlich ständig) und verschwand. Brutzinger blieb allein im Büro zurück. Im Vorraum hörte er die Sekretärin schallend lachen. »Nicht doch, du Schelm, Finger weg!«

Wigger schaltete in den dritten Gang zurück, unter lautem Heulen drosselte die Motorbremse des BMW die Geschwindigkeit auf knapp 80 Stundenkilometer herunter. Sie fuhren durch Wohngebiet.

»Meine Güte, was ist denn das? Das ist ja scheußlich.« Der Wagen brauste auf der Wiesbadener Straße in Richtung Westen, Richtung Schmargendorf, und Wigger begutachtete mit Widerwillen die Überbauung der A 104, ebenjenes Gebäude, in dem Hilkenbach wohnte. »Manche Architekten sollte man wirklich erschießen!«

Hilkenbach schwieg.

»Wissen Sie, warum man das Ding in Terrassenform gebaut hat?« Da diese Frage offensichtlich rhetorisch gemeint war, bekam Wigger keine Antwort und lieferte sie selbst: »Damit sich die depressiv gewordenen Bewohner nicht reihenweise in den Tod stürzen können. Sie landen eh nur auf der Terrasse des unteren Nachbarn.«

Wigger hätte bestimmt schallend über seine eigene Bemerkung gelacht, hätte Hilkenbach nicht gesagt: »Ich wohne dort.«

»Im Ernst?« Es klang entsetzt.

Hilkenbach nickte, und Wigger meinte Anteil nehmend: »Tut mir leid. Ehrlich.« Was ihm leid tat, seine Bemerkung oder die Tatsache, dass Hilkenbach dort wohnte, blieb offen.

»Da sind wir auch schon. Breite Straße. Die Mölk wohnt ja fast in Ihrer Nachbarschaft.«

Wigger parkte auf dem Bürgersteig vor einer Kirche, gleich nebenan war der Friedhof Schmargendorf.

»Ich mag Friedhöfe«, meinte der Assistent. »Sie sind so ruhig.«

»Ich nicht!«, sagte der Kommissar. »Sie sind so ruhig.«

Hilkenbach klingelte im Parterre der Nummer 35. Auf der Klingel stand: Mölk, Eberhard.

»Noch 'ne Frage, Chef. Haben Sie einen bestimmten Grund, die Haushälterin erneut zu interviewen? Nur der Kuchen allein kann's doch nicht sein.«

Das Türschloss summte, Hilkenbach öffnete und ließ Wigger vorbei.

»Frauen sind neugierig, alte Frauen sind neugieriger, und Haushälterinnen sind die Neugier in Person.« Hilkenbach blieb todernst, seine Bemerkung war keineswegs witzig gemeint. »Und geschwätzig sind sie sowieso.«

»Guten Tag, junger Mann. Ich hab leider Ihren Namen vergessen.« Eleonore Mölk stand in der Wohnungstür und begrüßte Wigger überschwänglich, wollte seine Hand gar nicht wieder loslassen. »Ihnen auch einen guten Tag.« Jetzt strahlte sie den Kommissar an. »Kommen Sie doch herein, der Kaffee ist schon fertig.«

Sie war eine zierliche, kleine Frau, etwa 65 Jahre alt, mit schneeweißem Haar, einer Schmirgelpapierhaut im Gesicht und extrem knochigen, blau geäderten und von riesigen Sommersprossen übersäten Händen. Das erste, was bei ihr auffiel, wenn man ihr ins Gesicht sah, war ihr Gebiss. Es sah aus, als passte es nicht ganz, die oberen Schneidezähne waren zu lang. Man konnte ihre Zähne sehen, selbst wenn sie den Mund geschlossen hatte. In der ersten halben Stunde, die Hilkenbach und Wigger in der Wohnung waren, kam dies eh nicht vor. Sie führte die Polizisten ins Wohnzimmer und servierte ihnen Kaffee und Kuchen.

»Ich hoffe, er ist Ihnen nicht zu stark. Ich nehme nämlich nur den besten Kaffee.«

»Den mit dem Verwöhn-Aroma?«, fragte Wigger.

Das Gesicht der Mölk verwandelte sich in ein Fragezeichen, sie zog die Augenbrauen zusammen und dachte nach. Erfolglos. Als sich ihre Gesichtszüge wieder geglättet hatten, soweit sich Sandpapier eben glätten lässt, meinte sie: »Der Kuchen ist vielleicht noch ein wenig kalt. Aber selbst gemacht!«

Hilkenbach schaute sich in dem Zimmer um und schluckte. Sicherlich befand sich eine Tapete an den Wänden, nur sah man davon kaum etwas. Alles war zugehängt und zugestellt. Bilderrahmen stieß an Bilderrahmen. Familienporträts neben Heiligenbildchen, Dürers »Betende Hände« fehlten ebenso wenig wie irgendeine abgeschmackte Kitschversion des »Letzten Abendmahls«. Eingerahmte Zeitungsausschnitte hingen neben getrockneten Blumen hinter Glas. Nippes noch und nöcher, überall Engelchen, Kerzchen und Deckchen. Je winziger, desto besser. Hier Staub zu wischen musste eine Heidenarbeit sein.

Eleonore Mölk schwätzte und plapperte unterdessen munter drauflos. Als hätte sie die letzten Jahre auf einer einsamen Insel verbracht und mit niemandem reden können. Vom Wetter, von der Preisentwicklung bei Bolle im Speziellen bis zu ihrem erbarmungswürdigen Witwendasein im Allgemeinen, nichts ließ sie aus. Nur Egener kam erstaunlicherweise nicht zur Sprache. Noch nicht.

»Sie sind Witwe«, sagte Hilkenbach. »Auf dem Namensschild an der Tür steht aber: Eberhard Mölk?«

»Ja, so hieß mein Mann. Nach seinem Tod konnte ich es nicht übers Herz bringen, seinen Namen abzumontieren.«

»Wann ist Ihr Mann gestorben?«

»Vor beinahe zwanzig Jahren.« Die Mölk seufzte.

Wigger, der (mal wieder) grienend am Fenster stand und auf den in Sichtweite liegenden Friedhof Schmargendorf blickte, meinte: »Wenigstens ist er in der Nachbarschaft geblieben.«

Die Haushälterin, die so tat, als hätte sie nichts gehört, strafte in der Folgezeit Hilkenbachs Assistenten mit Nichtachtung. Weder redete noch sah sie ihn an, er bekam auch keinen Kaffee mehr, geschweige denn Kuchen. Wigger sollte es nur recht sein. Auch für Hilkenbach freute es ihn, wurde dem doch jetzt zuteil, was er immer wollte: ungeteilte Aufmerksamkeit.

»Liebe Frau Mölk«, begann Hilkenbach etwas umständlich, »wir sind hierhergekommen, um von Ihnen ein wenig mehr über Ihren Arbeitgeber, äh … Ihren verstorbenen Arbeitgeber zu erfahren.« Es entstand eine kleine Pause. »Was war Egener eigentlich für ein Mensch?«

»Ein überaus korrekter Mensch, sehr solide, ein anständiger Mann.«

»Er lebte wohl in letzter Zeit sehr zurückgezogen.«

»Das kann man so sagen. Es war fast nie Besuch da. Eigentlich gab es in dem ganzen Haus kaum etwas für mich zu tun. Es war ja niemand da, der Unordnung hineinbringen konnte. Professor Egener war ein sehr ordentlicher Mensch …« Tränen standen ihr in den Augen. Sie schlürfte ihren Kaffee und schluchzte. Ganz leise.

»War das schon immer so? Ich meine, seine Zurückgezogenheit.«

»Nein, früher war das einmal ganz anders. Ich bin nämlich schon seit über acht Jahren bei Herrn Egener. Das heißt, ich war es.«

»Was war früher?«, fragte Hilkenbach direkt. Die Haushälterin beim Thema zu halten, war etwa so einfach, wie einen jungen Hund bei Glatteis bei Fuß gehen zu lassen.

»Als Frau Kock noch lebte, war der Professor sehr viel munterer gewesen. Ein richtiger Charmeur. Ein Trubel war damals im Haus. Ständig Feste und Feiern. Er hat damals oft und viel gelacht. Und er hatte ein schönes Lachen«, setzte sie schwärmend hinzu, wurde aber gleich wieder todernst. »Frau Kock ist an Krebs gestorben. Vor vier Jahren. Unterleib. Sie hatten das beide schon lange gewusst, schrecklich, nicht wahr? Eine sehr nette Frau, ein bisschen überdreht vielleicht, aber sehr schick. Ich meine Mode und Schmuck und so. Und sehr schöne, lange blonde Haare hatte sie.«

»Seine Freundin?«

»Seine Verlobte!« Sie sagte das mit Nachdruck. Es schien wichtig für sie zu sein. »Sie wollten heiraten, aber dann ...«

»Und seitdem? Vier Jahre sind eine lange Zeit.«

»Professor Egener war manchmal wie ein Kind. Wie ein lieber, kleiner Junge. Ein einsamer Junge. Und so gutmütig ...« Sie stockte, sah den Kommissar, der auffordernd die verwegen anmutenden Augenbrauen hob, verlegen an und fügte hinzu: »Vielleicht zu gutmütig.« Die Mölk setzte eine feierliche Miene auf und versank in Schweigen. Sie presste die Lippen aufeinander (ihre Zähne waren trotzdem noch zu sehen) und schüttelte nachdenklich den Kopf.

»Was meinen Sie mit ›zu gutmütig‹?«

»Nun ja ...« Pause. »Ich will ja nichts gesagt haben ...« Wieder Pause. »Ich meine nur ... mit Frauen. Sie verstehen?«

Hilkenbach verstand (noch) nicht, nickte aber trotzdem.

»Er hatte also doch eine Freundin?«

»Ähm ... eigentlich nicht.« Die Mölk rührte umständlich in ihrem Kaffee herum und sah dann misstrauisch zu Wigger hinüber, der plötzlich ganz Ohr war und sein gewecktes Interesse kaum verbergen konnte. »Freundin ist wohl das falsche Wort.«

»Er hatte ein Verhältnis.« Es platzte geradezu aus Wigger heraus.

»Das hab ich nicht gesagt!« Die Mölk wirkte völlig verstört, sie schien gleich losweinen zu wollen. »Herr Egener war immer so gut zu mir.«

Aber vermutlich nicht gut genug, dachte Wigger. Etwas Ähnliches hatte Hilkenbach auch im Kopf, als er fragte: »Hat Herr Egener sich vielleicht in der letzten Zeit verändert? Ihnen gegenüber?« Und um eine Hilfe zu geben, setzte er hinzu: »Hatte er vielleicht Probleme?«

Nach diesem Köder schnappte die Haushälterin begierig. »Ich möchte natürlich nichts gegen Fräulein Vera sagen. Aber sie hat ihn ganz schön ausgenutzt. Der arme Mann. Als hätte ich's geahnt ...«

Hilkenbach und Wigger sahen sich vielsagend an, dem Kommissar war nur zu deutlich anzumerken, dass er Blut geleckt hatte.

»Es geht hier nicht darum, irgend jemanden anzuschwärzen. Es geht um die Aufklärung eines Mordes, und dieses Fräulein Vera könnte uns vielleicht eine sehr große Hilfe sein.« Mit einem beinahe intimen Augenschlag fügte Hilkenbach hinzu: »Möglicherweise sogar eine ähnlich große Hilfe, wie Sie es bereits für uns waren.«

Die Mölk strahlte, ihr schlechtes Gewissen war beruhigt. Die beiden Kriminalbeamten wussten, dass nun ein detaillierter, unter Umständen sehr aufschlussreicher Bericht folgen würde.

»Ich kenn mich ja mit Diplomarbeiten nicht aus, aber Herr Egener hat sich schon ziemlich für Fräulein Witte engagiert. Mir kam es manchmal so vor, als müsste *er* die Arbeit schreiben.«

»Vera Witte war Diplomandin bei Professor Egener?«

»Ja, so nennt man das wohl.« Sie fuhr sich nervös mit den Händen über ihre Schürze, die sie die ganze Zeit anbehalten hatte.

»Und was war das Besondere an dieser Frau Witte?«

»Normalerweise kommen die Studenten zu den Sprechstunden in die Universität. Herr Egener hatte, soviel ich weiß, sogar extra Sprechzeiten für Examenskandidaten. Fräulein Witte war die einzige, die er in seinem Haus empfing. Und das sehr häufig.«

»Sie brauchte wahrscheinlich eine etwas intimere Betreuung.«

Für diese Bemerkung kassierte Wigger missbilligende Blicke von der Mölk, aber auch von Hilkenbach. Wenn Wigger sich anstrengte, konnte er richtig zurückhaltend sein. Er war dann etwa so unaufdringlich wie ein Schulbus voller lärmender Kinder.

»Ich weiß natürlich nichts Genaues, hab auch nichts gehört oder gesehen ... aber auffällig war das schon.«

»Was, bitte schön?« Hilkenbach hätte es gern gesehen, wenn die Haushälterin endlich auf den Punkt gekommen wäre.

»Er war immer so anders, wenn sie im Haus war oder sich angemeldet hatte.« Die Mölk räusperte sich verlegen. »Er hat sich sogar parfümiert, Moschus, glaube ich. Viel zu aufdringlich, wenn Sie mich fragen. Manchmal hat er sich sogar extra umgezogen.« Zögernd setzte sie hinzu: »Früher hatte er kein Parfüm nötig gehabt. Aber es gibt Frauen, die so was wollen.«

»Er betrachtete diese Arbeitsgespräche wohl eher als Rendezvous.«

»Ja.« Ihre Stimme klang nun beinahe traurig. »Ich glaube fast, Professor Egener war verliebt.« Sie stockte. »Dabei hatte sie doch einen Freund.«

»Aha?!«

»Einmal hat der draußen auf sie gewartet und ihr eine Szene gemacht. Ich hab natürlich nicht verstanden, was er gesagt hat, was gehen mich fremde Leute an? Ich hab das nur zufällig vom Küchenfenster aus gesehen. Aber das Wort ›Flittchen‹ hab ich doch verstanden.«

»Sie haben vorhin gesagt, Frau Witte hätte Herrn Egener ausgenutzt. Wie meinten sie das?«

»Nun ja, ich hatte eigentlich nicht den Eindruck, dass sie ... wie soll ich sagen ... ehrliche Absichten hatte.«

»Ehrliche Absichten?« Wigger hielt dieses ewige Drumherumgerede nicht mehr aus. »Sie wollen sagen, dass sie ihm nur den Kopf verdreht hat, um 'ne gute Note zu kassieren. Und er als verliebter Geck hat ihr wahrscheinlich auch eine hübsche Eins gegeben.«

»Sie war doch noch gar nicht fertig mit der Arbeit.« Die Mölk warf dem Assistenten einen hasserfüllten Blick zu. »Jedenfalls war sie vergangene Woche noch beim Herrn Professor.«

»Sie wissen nicht zufällig, wo diese Vera Witte wohnt?« Hilkenbach hatte genug gehört und stand auf, um zu gehen. Er wollte diese muffige Museumsbude verlassen, bevor es zwischen Wigger und der Mölk zu Handgreiflichkeiten kam.

»Die Adresse kenne ich natürlich nicht. Ich weiß nur, dass sie irgendwo in Moabit wohnt. Aber Sie werden das schon herausfinden.« Ein Blitzen war in ihren Augen zu erkennen. »Immerhin sind Sie doch bei der Polizei, nicht?«

Sie machte keine Anstalten, die beiden Männer am Verlassen der Wohnung zu hindern, sagte lediglich: »Sie wollen schon gehen?«, stand aber gleichzeitig auf, um die Beamten zur Wohnungstür zu geleiten.

»Ich hoffe, ich konnte Ihnen ein wenig behilflich sein.«

»Durchaus. Ich danke Ihnen.«

Die alte Dame schloss die Tür, murmelte leise: »Auf Wiedersehen« und war froh, wieder allein in ihrer Wohnung zu sein. Sie wünschte, sie hätte nicht so viel erzählt. Und es tat ihr um den Kuchen leid, den sie extra aufgetaut und von dem die beiden kaum etwas gegessen hatten.

Als Hilkenbach im Auto saß, fuhr er seinen Assistenten heftig an. »Wigger, Sie sind ein Idiot!«

»Danke, Chef.« Er unterdrückte ein »Gleichfalls!« und meinte: »Aus Ihrem Mund klingt das beinahe wie ein Kompliment.« Er startete den Wagen und fuhr mit quietschenden Reifen los.

»Was halten Sie von der Geschichte?«, sagte Hilkenbach, blickte Wigger bei der Frage nicht an und zog an seiner Gauloise.

»Ich weiß genau, worauf Sie aus sind, Chef. Sie versuchen da ein hübsches Eifersuchtsdrama oder sonst was zusammenzubasteln. Aber für mich ist die einzige Eifersüchtige diese geschwätzige und neugierige Mölk. Die sieht doch Gespenster.«

»Glauben Sie wirklich?«

Wigger antwortete nicht, fing aber plötzlich an zu lachen.

»Wissen Sie, was mir durch den Kopf gegangen ist, als die Mölk mir Milch in den Kaffee schütten wollte?«

»Was?«

»Die Mölk macht's!«

»Wigger, Sie sind ein hoffnungsloser Fall!«

»Sehen Sie denn keine Werbung?« Wigger glaubte, der Kommissar habe sein Wortspiel nicht verstanden.

Bis sie im Büro in der Keithstraße waren, sprach keiner der beiden mehr ein Wort.

5. Die Studentin

Der Dienstagmorgen war ein unangenehmer Morgen. Feuchtigkeit hing in der Luft wie Spinnweben. Neblig, kalt und klamm. Und klebrig. Die Sonne musste irgendwo sein, das war klar, nur sehen konnte man sie nicht, nicht mal erahnen. Den Himmel grau zu nennen, war schon geschmeichelt. Ein Wetter, das jede Lust verbot, Lust auf alles.

Als Hilkenbach aufgewacht war, hatte er den Eindruck gehabt, der Nebel sei bis vor sein Bett vorgedrungen. Selten hatte er solche Mühe gehabt, seine Daunenbettdecke zurückzuschlagen und sich zum Waschbecken vorzukämpfen. Es war ihm vorgekommen, als müsste er ins Badezimmer schwimmen.

Auch jetzt, zwei Stunden später, in seinem Dienstwagen sitzend, die Heizung bis zum Anschlag aufgedreht, um die Nässe zu erwärmen, fühlte er sich etwa so wohl wie ein Aal in Aspik.

Die Gegend, durch die er fuhr, konnte ihn ebenso wenig erheitern. Invalidenstraße, passender Name. Rechts der ehemalige Übergang, hier war die Mauer als erstes löchrig geworden. Von der damaligen Freude über die ersten Trabis im Westen war wenig übrig geblieben. Nur Trostlosigkeit. Und ein Trabi am Straßenrand. Von dem war auch wenig übrig geblieben. Linker Hand der Lehrter Stadtbahnhof. Gleich musste Hilkenbach rechts abbiegen. Lehrter Straße.

Er hätte nicht ins Büro fahren dürfen, das wusste er nun. Zu spät. Bei schlechtem Wetter musste man das Büro meiden, und wenn Hilkenbach schlechte Laune hatte, musste er alle Kollegen meiden. Bei schlechtem Wetter hatte Hilkenbach immer schlechte Laune.

Dabei hätte er sich eigentlich über Wiggers Nachricht freuen sollen: Ein gewisser Baschny, ein Nachbar Egeners, der übers Wochenende nach Westdeutschland gefahren war (Nordsee, St. Peter Ording, ausgerechnet!), hatte sich gemeldet und einen Einbruch in seiner Villa angezeigt. Er wohnte in dem Prunkbau gleich neben dem Haus des Professors. Etwas Bargeld sei entwendet worden, lächerliche zwei-, dreitausend Mark etwa. Außerdem ein paar goldene Uhren (zum Glück keine Erbstücke, die lägen im Banksafe, verstehe sich), ein wenig Schmuck und Tafelsilber. Nichts wirklich Wertvolles. Kleinkram eben.

Am frühen Freitagabend sei er losgefahren, mit Frau und Hund (ein Dackel), und erst am Montagabend zurückgekommen. Von dem Tod seines Nachbarn habe er aus der Zeitung erfahren. Schlimme Sache eigentlich. Und so nah, gleich nebenan. Wie bedrohlich. Gekannt hätten sie sich ja kaum, höchstens mal »Guten Tag« gesagt. Aber Nachbarn seien sie doch immerhin gewesen. Das gäbe zu denken. Er selbst könne ja froh sein, nicht zu Hause gewesen zu sein. Wenn man bedenke …

Eigentlich waren dies gute Neuigkeiten, jede weitere Spur war gut.

Dennoch verschlechterte sich Hilkenbachs Laune auffallend, es schien ihm nicht in den Kram zu passen. Vielleicht lag es aber auch an Wiggers kaum verhohlener Schadenfreude, an seiner herausfordernd triumphalen Miene, die er bei dem Bericht allzu offensichtlich aufsetzte.

Hilkenbach hatte das alles schweigend hingenommen, ihm war nicht nach Reden zumute gewesen. Auch Brutzingers ausdrücklichen Befehl, sich in der Nachbarschaft der Fischerhüttenstraße umzuhören und sich den Großkotz Baschny nochmals vorzunehmen, hatte er kommentarlos über sich ergehen lassen. Anschließend hatte er lediglich zu seinem Assistenten gesagt: »Ja, dann machen Sie mal!« Er selbst hatte sich in seinen Wagen gesetzt und aus dem Staub gemacht. In Richtung Moabit.

Dass die Lehrter Straße lang war, hatte Hilkenbach auf dem Stadtplan gesehen, langweilig war sie allerdings nicht. Dafür war sie zu hässlich. Zunächst fuhr der Kommissar an geschmacklosen Nicht-ganz-Neubauten vorbei, Wiederaufbauprogramm der 50er Jahre. Dann konnte er auf der rechten Seite ein wenig vom ehemaligen Hamburg-Lehrter-Güterbahnhof erhaschen. Links der ehemalige Frauen-Knast, ein riesiges, unförmiges schwarzrotes Klinkerungetüm. Und gleich dahinter das Poststadion, hier hatten die Herthaner einst ihre Heimspiele ausgetragen. Als sie noch Amateure waren. Vielleicht würden sie es ja bald wieder sein.

Hilkenbach parkte gegenüber vom Frauengefängnis zwischen Dutzenden Lkw, die irgendwelche Speditionen und Autovermietungen hier abgestellt hatten. Pkw waren kaum zu sehen. Die Straße wirkte, als könnte man hier gar nicht wohnen, höchstens mal gewohnt haben. Alles hier war ehemalig. Wigger hatte das gesagt. Eine ehemalige Freundin von ihm hatte hier gewohnt.

»Gemütlich wie ein Niemandsland.« Wigger hatte recht gehabt.

Die Nummer 49 war am anderen Ende der Straße. Hilkenbach musste noch etliche heruntergekommene Häuser passieren und einigen Pitbull-Terriern aus dem Weg gehen, bis er da war.

Die Fassade des Vorderhauses war nicht besonders vielversprechend, aber Vera Witte wohnte im Hinterhaus. Der Hof versprach jedoch kaum mehr, vor allem kein Licht. Davon gab es im Treppenhaus ebenso wenig, jedenfalls kein elektrisches. Auch besser so, sah man doch wenigstens so die ungehobelten, provisorisch zusammengehämmerten Holzbohlen nicht, die wohl ein Treppengeländer darstellen sollten.

Der Kommissar musste tief durchatmen, als er an der Wohnungstür klopfte. (An der Klingel hing ein Zettel mit der Aufschrift: »Geht nich wegen is nich!«) So viel Unansehnlichkeit raubte Hilkenbach die Luft. Schon einmal hatte ihn etwas so angewidert, in München: das Hofbräuhaus. Das war 1974 gewesen.

Er hörte Schritte hinter der Tür, stampfende Schritte. Die Tür wurde aufgerissen, und Hilkenbach blickte in das unrasierte, finster und mürrisch aussehende Gesicht eines kleinen, aber muskulösen jungen Mannes. »Ja?«, hörte der Kommissar eine Stimme fragen, das Gesicht zu der Stimme hatte keine Miene verzogen. Ein Bauchredner. So sah es aus, und so klang es auch.

»Wohnt hier eine Vera Witte?«
»Und wie heißt der?«
»Wer, bitte schön?«
»Der das wissen will!«

Hilkenbach zückte seine Polizeimarke. »Kommissar Hilkenbach. Kriminalpolizei.« Und um es noch wichtiger erscheinen zu lassen, setzte er hinzu: »Mordkommission.«

»So so…« Der sympathische junge Mann drehte sich um und schrie in die Wohnung: »Vera! Die Bullen wollen dich verhaften.«

Aus dem Hintergrund ertönte schallendes Lachen. »Das passt mir aber gar nicht.« Die Stimme war die eines Singvogels, eine nette Stimme. »Ich muss nämlich gleich weg.« Die Besitzerin der flötenhaften Stimme war in der Tür erschienen, hatte ihren Türsteher mit einer Kopfbewegung weggeschickt und lächelte nun Hilkenbach an.

Der Kommissar schmolz dahin. Im Nu hatte er alles um sich herum vergessen und starrte wie paralysiert in das ihn fragend anlächelnde Gesicht. Ein hübsches Gesicht, ein äußerst hübsches sogar. Mit zwei blauen Scheinwerfern als Augen und einer sommersprossigen Stupsnase über den zierlichen, etwas blassen Lippen. Niedlich. Hilkenbach verstand nun Egener. Und wieder beneidete er ihn. Und er verstand die Eifersucht der Mölk.

»Mein Name ist Hilkenbach.« Er hielt ihr seine Hundemarke hin. »Dürfte ich mich einen Moment mit Ihnen unterhalten?«

»Sie kommen wegen Herrn Egener?«

Hilkenbach war ein wenig erstaunt, nickte aber nur und bekam den Weg in die Küche gewiesen. Er wünschte, er wäre zu einem privaten Besuch hierhergekommen. Auch wenn er dann nicht gewusst hätte, worüber er mit ihr hätte reden sollen.

In der Küche saß der Türsteher am Tisch und goss sich Kaffee ein. Er bekam von seiner Mitbewohnerin, wahrscheinlich seiner Freundin, einen Kopfwink, wie schon vorhin an der Tür, und schlich, andächtig den Kaffee schlürfend, aus dem Zimmer. Vera Witte hatte ihren Muskelprotz unter Kontrolle. Hilkenbach verstand das. Wahrscheinlich fraßen ihr alle Männer wie harmlose Spatzen aus der Hand. Egener wohl auch.

»Ihr Freund?«, fragte der Kommissar und setzte sich an den Tisch. Er starrte aus dem Fenster in den düsteren Hinterhof. Gegenüber, im Vor-

31

derhaus, entleerte gerade jemand einen Aschenbecher in den Hof.

»Mein Mann«, antwortete sie und grinste.

»Aha ...« Es klang enttäuscht. Hilkenbach schaute auf ihre Finger. Kein Ring. Er senkte den Blick.

»Ja, ganz frisch vermählt.« Sie lachte, fuhr sich mit der linken Hand durch das dichte, schulterlange, dunkelblonde Haar und meinte: »Sie dürfen gratulieren.«

»Hm...« Er würde darüber nachdenken. Er vermied es, sie anzuschauen, und versuchte, sich darauf zu konzentrieren, dass er nicht wegen ihres Ehemannes, sondern wegen ihres vermeintlichen Liebhabers hergekommen war. »Wie Sie schon richtig vermutet haben, komme ich wegen des Mordes an Professor Egener zu Ihnen, Frau Witte. Oder wie heißen Sie mittlerweile?«

»Ich hab jetzt einen Doppelnamen. Rainer, mein Mann, heißt mit Nachnamen Nau.«

Dem Kommissar fiel beinahe die Zigarette, die er sich gerade anstecken wollte, aus der Hand.

»Also heißen Sie Witte-Nau? Wie die S-Bahn-Station?«

Das Lächeln in ihrem Gesicht verdorrte, ihre kleinen, ganz leicht abstehenden Ohren überzogen sich mit einem wütenden Rot. Ihre Augen wurden zu Maschinengewehren.

»Würde es Ihnen etwas ausmachen, hier nicht zu rauchen?«, fragte sie sehr bestimmt. »Dies ist eine Nichtraucherwohnung.«

Hilkenbach steckte die Zigarette zurück in die Schachtel und betrachtete den vor ihm stehenden Aschenbecher. Zwei Kippen lagen darin. Er hatte bei ihr also verspielt. Nun denn.

»Frau Wittenau«, er bemühte sich, den Namen ohne Bindestrich auszusprechen, »Sie haben von Egeners Tod erfahren?«

»Hin und wieder lese ich auch mal Zeitung.« Sie steckte ihre Hände in die Hosentaschen und lehnte sich an den Küchenschrank. Ihre Jeanshose war sehr eng, eines von diesen Stretchdingern, bei denen sich jeder Mitesser abzeichnet. Hilkenbach konnte die Umrisse ihres Slips erkennen. Er ärgerte sich darüber, dass es ihn erregte. Als sie sich jetzt bückte, um irgend etwas aus der untersten Schublade des Schrankes herauszukramen, hielt sie ihm ihren Po vors Gesicht, er berührte beinahe seine Nase. Sie machte das mit Absicht, dieses Luder. Nur nicht ablenken lassen.

»Sie scheinen meinen Besuch erwartet zu haben?«, fragte er ihr Hinterteil, das sich jetzt auch noch aufreizend hin und her bewegte. Er verspürte Lust, es anzufassen.

»In der Zeitung stand, dass die Polizei im Dunkeln tappt«, meinte sie, ohne sich dem Kommissar zuzuwenden, »da war's doch gar nicht so abwegig anzunehmen, dass so jemand wie Sie auch bei mir auftaucht.«

Hilkenbach versuchte, abfällig zu grinsen. Es misslang.

»Frau Mölk, Egeners Haushälterin, hat Ihren Namen erwähnt.«

»Alte Schnepfe!«, entfuhr es ihr.

»Sie mögen sie nicht?«

Vera Witte hielt es nicht für nötig, auf die Frage zu antworten.

»Macht nichts«, meinte Hilkenbach nachsichtig, »sie mag Sie auch nicht.« Er kramte ein Papiertaschentuch aus der Hosentasche und trompetete hinein. Er war nicht verschnupft, er liebte rhetorische Pausen.

»Kannten Sie Herrn Egener gut?«

Sie stand jetzt wieder aufrecht und hielt eine Tasse mit Kaffee in der Hand. Sie bot dem Kommissar keinen Kaffee an und sagte betont gelangweilt: »Wie man Professoren eben so kennt.«

Hilkenbach wusste genau, wie Wigger jetzt reagiert hätte. Er verkniff es sich und fragte stattdessen: »Worüber schreiben Sie eigentlich Ihre Diplomarbeit?«

»Über Herbert Blumer und den Symbolischen Interaktionismus. Aber das wird Ihnen vermutlich nichts sagen.«

»Was einem die Chicagoer Schule eben so sagt.«

Ihre untere Gesichtshälfte fiel herunter. Sie sah jetzt gar nicht mehr so hübsch aus, fand Hilkenbach.

»Was wird nun aus der Arbeit? Sind Sie schon fertig?«

»Nein.« Vera Witte stand noch immer mit dem Rücken an den Küchenschrank gelehnt und machte keine Anstalten, sich zu setzen. Sie schien es zu mögen, wenn Männer zu ihr aufschauten.

»Egeners Tod kommt Ihnen wahrscheinlich sehr ungelegen.«

»Ich muss halt jetzt ein wenig umdisponieren. Aber ich werde mein Diplom schon noch erhalten.«

»Die Betreuung durch Herrn Egener war, wie ich hörte, sehr ...« Er verstaute das Taschentuch wieder in der Hose, er brauchte lange dafür. »... sehr, nun ja, intensiv.«

Sie beobachtete den Kommissar aus den Augenwinkeln, sie war sehr vorsichtig, machte keine Bewegung und schwieg.

»War sie ...« Hilkenbach räusperte sich ungeschickt. »War sie ... verstehen Sie mich bitte nicht falsch ... vielleicht ein wenig mehr als nur intensiv. Intim womöglich?«

»Ich verstehe Sie völlig richtig. Und Sie sind ein Schwein!«

»Ich werde dafür bezahlt, ein Schwein zu sein.«

Sie lachte. Entweder war es echt oder sehr gut geschauspielert.

»Ist Ihr Mann eigentlich sehr eifersüchtig?« Hilkenbach wollte nicht lockerlassen und setzte hinzu: »Auf Egener?«

»Mittlerweile wohl kaum mehr«, antwortete sie bissig. Ihr Gesicht war steinern, todernst, aber sehr würdevoll.

»Es tut mir leid, dass ich Ihnen nicht länger Gesellschaft leisten kann«, sagte sie plötzlich mit spöttischer Miene und ging zur Tür, »aber wie ich vorhin bereits erwähnte, muss ich gehen. Zur Uni.«

»Ich könnte Sie mit dem Auto hinbringen«, rief Hilkenbach ihr in den Flur hinterher. »Ich fahre eh in die Richtung.«

»Nein, danke. Als Frau sollte man nicht mit fremden Männern im Auto fahren.« Sie stand nun mit einer Lederjacke in Händen in der Tür und grinste ihn triumphierend an. Zu viele Leute setzten heute diese Miene auf, wenn sie mit Hilkenbach sprachen.

Er stand auf, um ihr in die Jacke zu helfen, als ihr kleinwüchsiger, bodybuildender Gemahl hinter ihr auftauchte. Übertrieben lächelnd hielt sie plötzlich dem Kommissar die Jacke hin. »Wären Sie wohl so nett?«

Hilkenbach schaute in Naus Gesicht, es sah etwa so amüsiert aus wie das einer Viper. Und genauso bewegungslos.

»Vielleicht ein andermal, Herr Hilkenbach. Wie heißen Sie eigentlich mit Vornamen?«

»Hartmut.« Es wunderte ihn selbst, dass er diese Schmierenkomödie mitspielte. Mal sehen, was noch kommen würde.

»Ein schöner Name, gefällt mir«, sagte sie, jetzt wieder mit ihrer piepsigen Stimme, und öffnete die Wohnungstür. »Es war nett, mit Ihnen zu plaudern, Hartmut. Auf Wiedersehen.«

Der Kommissar sah ihr zu, wie sie die Tür zuknallte. Er grinste.

Nau sah dem Kommissar zu, wie dieser seiner Gattin nachschaute. Er grinste nicht.

6. Der Gatte

»Wirklich nett von Ihnen, mich mitzunehmen, Herr Kommissar.«

Nau schien tatsächlich erfreut zu sein. Seitdem sie die Wohnung verlassen hatten, nein, eigentlich seitdem seine Frau die Wohnung verlassen hatte, war das Kraftpaket zunehmend gesprächig geworden. Richtiggehend umgänglich. Seine Hände steckten lässig in den Taschen der abgewetzten, ehemals schwarzen Lederjacke. Er schlenderte fast sorglos neben Hilkenbach die Straße entlang. Seine finster abschätzende Miene hatte sich ein wenig aufgehellt. Sie war jetzt mindestens so hell wie der Himmel über ihren Köpfen. Regnerisch, aber nicht mehr so stürmisch. Unterdrückte Eifersucht, mutmaßte Hilkenbach. Er musste kein Prophet dafür sein.

Jedenfalls hatte die Abwesenheit seiner Frau und die Aussicht auf eine bequeme Beförderung in einem warmen Auto nun eine auftauende Wirkung auf Nau. Es machte ihn nicht unbedingt sympathischer, lediglich geschwätziger.

»Unangenehmes Wetter heute, was? Nicht unbedingt ein Wetterchen, um an der Haltestelle auf den Bus zu warten. Was würde ich darum geben, jetzt noch im Bett liegen zu können. Aber von irgendwas muss der Mensch ja leben.« Nau redete wie seine Frau schaute: wie eine Salve aus der Maschinenpistole. Ohne Punkt und Komma. Und ohne irgendeine Betonung. Geschwätz eben. Außerdem hatte er einen seltsamen Akzent.

»Was für einen Schlitten fahren Sie eigentlich?« Er rümpfte seine kleine, etwas boxerhafte Nase. Wahrscheinlich in Erwartung der Antwort, die er zu kennen glaubte. Jedes Kind wusste, wenn es irgendwann einmal »Derrick« gesehen hatte, dass Kriminalpolizisten immer BMW fuhren. Golf für Streifendeppen, BMW für die Kriminalen.

»Einen Schlitten mit vier Rädern«, sagte Hilkenbach gereizt, »mit einem Auspuff, einem Lenkrad und einer Heizung.«

»Das ist die Hauptsache. Und dass es überhaupt fährt.« Nau lächelte blöde. Was sollte er nach solch einem Spruch sonst auch tun. Vielleicht die Klappe halten. Hilkenbach wünschte es sich.

»Es reicht schon, wenn Sie mich an irgendeiner U-Bahn-Station rauslassen. Falls Sie zufällig an der Linie 1 vorbeikommen … das wäre wirklich nett.«

»Ja, ja, schon gut«, sagte der Kommissar und unterdrückte ein: Ekelhafter Schleimer. »Ich bin eben ein Philanthrop.«

»Sie sind Briefmarkensammler?« Nau lachte quietschend und meinte entschuldigend: »Kleiner Scherz am Rande.«

Hilkenbach bereute längst, seine Chauffeurdienste angeboten zu haben. Er atmete tief durch.

Von rechts, aus der Kruppstraße, war plötzlich Sirenengeheul zu hören. Reifen quietschten auf dem Kopfsteinpflaster, und zwei Einsatzwagen der Polizei brausten an ihnen vorbei. Nur mit Mühe nahmen sie die Kurve.

»Es muss doch beruhigend sein«, schrie der Kommissar gegen den Krach an, »eine Polizeiwache gleich in der Nachbarschaft zu haben.«

»Zur Beruhigung bevorzuge ich Baldriantropfen.«

Der Kommissar schien Naus Bemerkung überhört zu haben, er beobachtete zwei langhaarige, verranzt aussehende Motorradfreaks, die gerade an ihrem stinkenden Ofen herumschraubten und dann und wann den Motor aufheulen ließen. Einen Auspuff schien die Maschine nicht zu besitzen, sie röhrte wie ein ganzes Rudel Hirsche während der Paarungszeit.

»Nette Wohngegend«, meinte der Kommissar, »richtig anheimelnd.«

»Nicht wahr!« Nau meinte es ernst. »Es hat etwas Morbides an sich. Faszinierend leblos.«

Hilkenbach blieb stehen. »Gehören Sie etwa auch zu den Leuten, die Friedhöfe mögen?«

»Nicht mehr. Ich hab mal als Totengräber und Leichensenker gearbeitet. Nur übergangsweise, denn das törnt auf Dauer ganz schön ab.«

Nau überlegte und zog die Mundwinkel nach oben. »Es gab immer gutes Trinkgeld. Trauernde sind spendabel. Wahrscheinlich in Erwartung der Erbschaft.« Er drehte sich um und betrachtete skeptisch den Weg, den sie bisher gelaufen waren. »Wo haben Sie eigentlich geparkt?«

»Vor dem Frauengefängnis.«

»Gefängnisse sind schrecklich.«

»Sie werden sich daran gewöhnen«, rutschte es Hilkenbach heraus.

»Wie bitte?«

»Ich sagte: Es hat etwas faszinierend Morbides an sich.«

Sie kamen endlich beim Auto an. Hilkenbach schloss auf, setzte sich hinters Steuer und putzte erst mal gründlich die von innen beschlagene Windschutzscheibe, bevor er die Beifahrertür öffnete. Im Wagen stank es nach kaltem Rauch.

Als sein Begleiter einstieg, betrachtete der Kommissar lange und skeptisch dessen Gesicht von der Seite. Nau hatte eine Verbrechervisage. Hilkenbach überlegte, ob er dieses Gesicht nicht schon einmal auf einem Steckbrief gesehen hatte. Es sah so aus, als hätte es ein Phantombildzeichner geschaffen; wie eine Kreuzung aus Rottweiler und Fuchs. Eine gefährliche Mischung, gewalttätig, aber nicht dumm.

Hilkenbach rügte sich selbst für seine plumpen Gedanken, es ärgerte ihn, dass er unter seinem Niveau dachte. Vielleicht konnte er ja Nau nur deshalb nicht ausstehen, weil dieser auf einem Kaugummi herumschmatzte. Hilkenbach hasste Kaugummikauer, besonders wenn sie beim Kauen ihre Mandeln zeigten. Wahrscheinlich hatten sie keine Ahnung, wie dämlich sie dabei aussahen, alle miteinander.

Hilkenbach startete den Wagen, und Nau sagte, sich auf dem Sitz flegelnd: »Hier werden ständig irgendwelche Filme gedreht. Echt wahr. Immer wenn sie ein heruntergekommenes Slum-Viertel brauchen, Ostzonenmilieu oder so, dann drehen sie in der Lehrter Straße. Haben Sie ›Meier‹ gesehen?«

Hilkenbach schüttelte gelangweilt den Kopf.

Nau ließ sich dadurch nicht irritieren und wagte einen zweiten Anlauf: »Haben Sie gewusst, dass Wim Wenders hier gedreht hat? Für einige Szenen aus ›Der Himmel über Berlin‹ hat er direkt vor unserer Haustür Teile der Mauer nachbauen lassen.«

»Wer ist Wim Wenders?« Hilkenbach gähnte.

»Sie gehen wohl nicht ins Kino, wie?«

»Mir reicht das wirkliche Leben.« Er schwindelte, er ging sogar sehr gern ins Kino. Vielleicht weil man das auch allein tun konnte. Er liebte Kriminalfilme. Ebenso sehr wie er Kriminalromane verabscheute. Aber er sah sich prinzipiell nur Filme an, die mindestens dreißig Jahre alt waren. Und schwarzweiß. Je düsterer desto besser. Er hasste knallige Farbfilme. Vor allem aber hasste er deutsche Filme, sogar die alten.

Der Kommissar überlegte, wie er am schnellsten zur Linie 1 käme. Er wollte nicht länger als nötig mit diesem Schwätzer in einem Auto sitzen. Er würde ihn in der Potsdamer Straße rausschmeißen. Vorher würde er ihm aber noch ein wenig auf den Nerv fühlen. Irgendeinen Sinn sollte seine Wohltätigkeit immerhin haben.

»Hilft es Ihnen, wenn ich Sie zum U-Bahnhof Kurfürstenstraße bringe?« Als er Naus Dackelblick sah, wusste er, dass es ihm half.

»Das wäre super. Danke schön.« Das ›super‹ klang etwa wie ›ßubba‹, das ›schön‹ wie ›schee‹. Jetzt hatte er's: Nau war Schwabe. Oder Pfälzer. Oder so was in der Art.

»Schon gut, ich wäre eh in die Richtung gefahren«, sagte Hilkenbach, während er: Auch das noch! dachte. »Sie brauchen nicht gleich meine Hand zu küssen.«

Als sie wenige Minuten später auf der Entlastungsstraße am Reichstag vorbeifuhren und Nau gerade anfangen wollte, dem Kommissar etwas über die Ausrufung der Republik durch Scheidemann zu erzählen, fragte dieser überraschend: »Lieben Sie eigentlich Ihre Frau?«

»Wir sind noch nicht lange genug verheiratet, um uns zu hassen«, antwortete Nau spitzfindig. Er schien gar nicht verwundert über die abrupte Frage. Die Worte kamen so schnell herausgeschossen, dass Hilkenbach glaubte, Nau habe diese Antwort wohl schon öfter gegeben. Wem wohl?

»Sind Sie sehr eifersüchtig? Oder tun Sie nur so?« Hilkenbach warf die Bowlingkugel mit geschlossenen Augen. Mal sehen, was sie treffen würde.

»Warum? Sind Sie scharf auf meine Frau?« Nau hatte keine Ahnung, wie nah er damit der Wahrheit war.

»Warum nicht?« Hilkenbach trieb ein weiteres Holz in die Kerbe. »Das waren andere vor mir doch auch!«

Nau entgegnete nichts, er musste überlegen, sehr lange.

»Nein, ich bin nicht eifersüchtig. Jedenfalls bin ich es nicht mehr als andere Männer auch.« Er versuchte zu lächeln.

»Welche anderen Männer? Othello?«

»Witzbold!«

»Ja, Sie haben recht. Othello hat ja aus Eifersucht seine Gemahlin umgebracht.« Boshaft fügte er hinzu: »Und Ihre Frau lebt ja noch.«

»Sie sind abgeschmackt.«

»Die Haushälterin von Professor Egener meinte, Sie machten Ihrer Frau gerne Szenen in der Öffentlichkeit.«

Wieder musste Nau überlegen, wieder sehr lange. Schließlich stieß er atemlos hervor: »Lassen Sie mich bitte sofort raus. Sofort!«

»Ganz wie Sie wollen. Ich bringe Sie aber auch gerne zur Bahn.«

»Was wollen Sie eigentlich?«, fauchte Nau.

»Zum Beispiel würde ich gern wissen, seit wann Sie von dem Verhältnis zwischen Ihrer Frau und Professor Egener wussten?«

Nau wurde plötzlich sehr blass und merklich nachdenklich. Es stand ihm nicht. »Und weshalb?«, fragte er unsicher.

»Eine etwas naive Frage, finden Sie nicht?« Hilkenbach fuhr, soweit das überhaupt ging, rechts ran, hielt an und verursachte einen Stau hinter sich.

»Sie wollen uns doch nicht wirklich was anhängen. Wir leben im 20. Jahrhundert, da bringt man Nebenbuhler nicht mehr um.«

»Vielleicht nicht absichtlich.«

»Mensch, Sie sind ja krank. Wie viele Alibis brauchen Sie denn? Reichen Ihnen unsere hundert Zeugen nicht?«

Hilkenbach öffnete den Mund zu einer Frage, schwieg dann aber.

Nau sah den Kommissar belustigt an und schüttelte den Kopf.

»Das sieht ihr wieder ähnlich. Vera hat Ihnen nichts gesagt, oder?« Er stieg aus und knallte die Tür zu.

Hilkenbach kurbelte das Fenster runter und schrie ihm heiser nach: »Was denn?«

Mit fröhlicher Miene musterte Nau die Autoschlange, die sich hinter dem Wagen des Kommissars gebildet hatte. Das Hupkonzert schien Musik in seinen Ohren zu sein. Langsam ging er auf das Auto zu und meinte, wie eine Autostrichnutte lasziv an der heruntergekurbelten Scheibe gelehnt: »Ich hab Ihnen doch gesagt, dass wir erst vor kurzer Zeit geheiratet haben. Was meinen Sie wohl, wann genau die Hochzeitsfeier war?«

Hilkenbach ahnte Böses.

»Am Freitagabend«, gab er darum selbst die Antwort. Ihm wurde schwindelig. Irgend etwas war gerade auf einen Schlag mächtig durcheinandergeraten. Ihm rutschte der linke Fuß von der Kupplung, der Wagen machte noch einen kleinen Satz und ging aus.

»Der Kandidat hat hundert Punkte.« Nau grölte geradezu.

Der Kommissar hörte nichts mehr, nicht Naus Lachen und auch nicht das Geschrei und Gehupe hinter ihm. Erst als jemand heftig gegen die Scheibe an der Fahrertür schlug, zuckte er zusammen, startete eiligst den Wagen und fuhr mit rauchenden Reifen davon. Die inzwischen wieder rote Ampel vor seiner Nase hatte er nicht gesehen. Und das leuchtend gelbe Auto, ein Japaner, das von rechts angeschossen kam, sah er viel zu spät. Der Krach, den er hörte, war zu dramatisch, um real zu sein. Und doch musste er etwas mit ihm zu tun haben, denn da, wo gerade noch Nau gesessen hatte, beulte sich jetzt ein Kühlergrill, made in Nippon. Hilkenbach schloss die Augen.

Als er wieder zu sich kam, hatte er einen seltsamen Geschmack in seinem Mundwinkel, es schmeckte wie Blut. Die Leute, die draußen aufgeregt um seinen Wagen herumliefen und kreischten, waren ihm egal, genauso sein dröhnender Kopf. Das Blut lief ihm langsam über die Brust, gar nicht viel. Hilkenbach sah ärgerlich aus; das Hemd, das er anhatte, war frisch gewaschen. Wie gebannt sah er weiter nach unten, in seinen Schoß. Zwischen seinen Beinen war es warm, und die Hose war nass. Er hatte hineingepinkelt. Wie peinlich.

ZWEITER TEIL

»Alle guten Vorsätze haben etwas Verhängnisvolles. Sie werden beständig zu früh gefasst.«   Oscar Wilde

1. Der Chef

Hilkenbach kam sich vor, als erwartete ihn seine Exekution auf dem elektrischen Stuhl. Es hätte ihn gar nicht gewundert, wenn gleich jemand mit seiner Henkersmahlzeit ins Büro gekommen wäre. Boeuf à la Brutzinger. Appetit hatte er allerdings keinen.

Er hätte eigentlich auch zu Hause bleiben und alles Weitere auf sich zukommen lassen können. Niemand hätte es ihm übel genommen. Aber er wollte es hinter sich haben. Je eher, desto besser. Und jetzt würde es nicht so weh tun, die Schmerztabletten wirkten noch. Darum saß er hier und wartete. Er starrte auf seine Hände, sie waren verschrammt und dreckig. Er hatte sich in seiner Wohnung umgezogen, vor allem eine neue Unterhose. Gewaschen hatte er sich nicht. Einfach vergessen. Roch er nicht immer noch ein wenig nach Urin?

Er hatte nicht einmal gewagt, in den Spiegel zu schauen. Bestimmt sah er zum Fürchten aus. Sein bandagierter Kopf jedenfalls dröhnte mächtig, er war mit der linken Schläfe gegen den Türrahmen geknallt. Wahrscheinlich hatte er ein riesiges Horn an der Seite. Der Verband an seinem Kopf juckte. Wenn es juckt, dann heilt es, so sagte man wohl. Hilkenbach war das egal. Er fand diesen Turban reichlich übertrieben für ein paar harmlose Platzwunden am Schädel, Heftpflaster hätte sicherlich auch gereicht. Im Krankenhaus hätten sie ihn am liebsten gleich dabehalten, zur Beobachtung. Hilkenbach hatte darauf bestanden, nach Hause zu fahren. Kopfschüttelnd hatten sie ihn ein Formular unterzeichnen und mit dem Taxi in seine Wohnung fahren lassen.

Vorher aber hatten sie ihm den halben Kopf rasiert, um die Klammern anbringen zu können. Der Kommissar fühlte sich wie ein gerupftes Huhn, das darauf wartete, geköpft zu werden. Und der Mann mit dem Hackebeil hieß Brutzinger.

Den Unfall selbst hatte Hilkenbach schon beinahe wieder vergessen. Nicht aber das, was davor gewesen war. Dabei hatte er reichlich Glück gehabt, dass er sich nichts gebrochen hatte und mit einer Beule, ein paar Schrammen und Blutergüssen davongekommen war. Doch genauso, wie ihm direkt nach dem Zusammenstoß seine nasse Hose wichtiger war als sein blutender Kopf, so war ihm im Krankenhaus der Aufwand, der um ihn gemacht wurde, unangenehmer, als er für die ärztliche Hilfe dankbar war. Es war ihm peinlich, auf fremde Hilfe angewiesen zu sein.

Vor allem dachte er an den ärgerlichen Papierkram, der nun folgen würde, Erklärungen und Berichte an die Versicherungen, Erklärungen und Berichte an die Vorgesetzten. Entschuldigungen womöglich. Und natürlich die Standpauke von Brutzinger.

Nur gut, dass der Toyota-Fahrer angeschnallt gewesen und, abgesehen von einem Schock, völlig unversehrt geblieben war. Nichts wäre schlimmer gewesen als ein Schaden, der durch keinerlei Versicherung zu beheben gewesen wäre. Gewissensbisse brauchte sich Hilkenbach kaum zu machen, Polizeiwagen waren gut versichert und die Versicherungen recht generös. Immerhin hatte die Polizei einen Ruf zu verteidigen. Öffentlichkeitsarbeit!

»Möchten Sie noch eine Tasse Kaffee?« Die Stimme schien aus weiter Ferne zu kommen. Die dazugehörige Sekretärin war sichtlich enttäuscht, als Hilkenbach den Kopf schüttelte. Sie hätte ihm gern etwas Gutes angetan. Wo sie doch schon nicht wusste, was sie sagen sollte. Hilkenbach merkte das.

Auch auf der Unfallstation waren sie alle, vor allem die Krankenschwestern, sehr nett und verständnisvoll zu ihm gewesen. Hilkenbach fand das ekelhaft. Da gefiel ihm der lakonische, etwas spöttische Humor des Assistenzarztes schon besser, damit kam er zurecht, durch Wigger war er an diese Art von Humor gewöhnt. Geradezu beruhigend und wohltuend fand er die uninteressierte Geschäftsmäßigkeit des behandelnden Unfallarztes. Keine mitfühlenden Worte, keine fadenscheinige Psychologie, sondern Medizin als Handwerk. Keine Begrüßung, kein »Auf Wiedersehen«. Lediglich das Abhaken eines Falles mit anschließenden Instruktionen an die Schwester. Das imponierte dem Kommissar. Mit berufsmäßiger und zudem schlecht bezahlter Liebenswürdigkeit und Hilfsbereitschaft konnte und wollte er nicht umgehen, er hasste den Mutter-Theresa-Komplex der Sozialberufler. Er wollte kein Mitleid, sondern kommentarlos Jod auf die Wunde. Kein Mitgefühl, sondern einen Verband.

»Kann ich wirklich nichts für sie tun?« Die Sekretärin ließ nicht locker, die Erscheinung des Kommissars war ihr nicht ganz geheuer. Er sah plötzlich gar nicht mehr so souverän aus wie sonst. Sie dachte dabei nicht an seine äußere Versehrtheit.

»Der Chef lässt sich viel Zeit.« Sie sprach aus, was beide dachten. Sie lächelte verkrampft. »Eigentlich eine Unverschämtheit, wo Sie doch verletzt sind.«

Hilkenbach schnaufte verächtlich.

»Sie brauchen gar nicht zu murren!« In ihren hübschen, dunkelgrünen Augen, die in wunderbarem Kontrast zu ihrem fuchsig-roten Haar standen, war ein Funkeln zu sehen, das auch Mütter versprühten, wenn sie mit ihren Kindern schimpften. Gleichzeitig vorwurfsvoll und nachsichtig. Wer kann Kindern schon böse sein? »Nach meiner Meinung gehören Sie ins Bett. Und zwar sofort.«

»Nach meiner Meinung auch.« Brutzinger stand plötzlich in der Tür. Er lächelte schwach und milde und genoss die Überraschung in den Gesichtern der Anwesenden. Ein gelungener Auftritt. Er liebte theatralische Auf- und Abgänge, wahrscheinlich hatte er an der Tür gehorcht. Vielleicht hatte er aber auch schon geraume Zeit im Türrahmen gestanden und auf sein Stichwort gewartet. Trotz seiner Körperfülle hatte Brutzinger die zweifelhafte Fähigkeit, lautlos wie eine Katze, das heißt, wie ein fetter Kater durch die Räume zu schleichen. Manchmal kam es Hilkenbach so vor, als könne sein Chef durch Wände gehen.

»Ja, mein lieber Hilkenbach, Sie sollten sich zu Hause ein wenig ausruhen.« Der sehr kontrollierte, beinahe versöhnliche Klang in seiner Stimme war unecht. Brutzinger war trotz seiner Gemütlichkeit versprechenden Fettleibigkeit ein schrecklicher Choleriker. Hilkenbach hatte seine Anfälle schon oft miterlebt, halb mitleidig, halb belustigt. Wenn Brutzinger ausflippte, brauchte man ihn nicht ernst zu nehmen. Er machte dann lediglich eine lächerliche Figur aus sich. Vor allem wenn er hektisch seine fettig glänzende Glatze mit einem Taschentuch so lange polierte, bis seine Kopfhaut wie ein Spiegel blitzte.

Wenn er aber so gefasst, so bewegungslos auftrat wie jetzt, was selten genug vorkam, dann war er mitunter gefährlich.

Hilkenbach verstand es darum zu recht als Drohung, als Brutzinger hinzufügte: »Und damit ich auch weiß, dass sie tatsächlich ins Bett gehen, werde ich Sie persönlich nach Hause fahren.« Wieder folgte ein angedeutetes Lächeln. »Kommen Sie schon.«

Hätte Hilkenbach nicht schon ausgesehen wie ein Leichentuch, er wäre sicherlich blass geworden. Nur mühsam stand er auf, es sah aus, als hätte er Schmerzen dabei. Sabine, die Sekretärin, wollte schon aufspringen und ihm helfen. Hilkenbach bedankte sich für diese Geste mit einem abfälligen Grinsen. Es waren nicht die Schmerzen, die ihn in seinem Stuhl zurückhielten und lähmten. Es war die Ahnung von dem, was ihm bevorstand. Die Vorstellung, im selben Auto mit Brutzinger zu fahren, neben ihm angeschnallt, ohne Möglichkeit auszuweichen, ihn buchstäblich riechen zu müssen, seine schreckliche Mundwasserfahne. Diese Vorstellung war keine schöne. Lieber hätte er das Donnerwetter im Büro über sich ergehen lassen. Hier hätte er ihn ignorieren können, jedenfalls so tun können als ob. Im Auto war das kaum möglich. Es gab dem Ganzen den unangenehmen Anstrich einer privaten Unterredung. Von Mann zu Mann. Oder von Kollege zu Kollege. Und das schmeckte dem Kommissar gar nicht. Außerdem war Brutzinger ein schlechter Autofahrer. Trotz Automatikgetriebe in seinem Wagen. Allerdings durfte Hilkenbach diesbezüglich im Moment kaum den Mund aufreißen.

Brutzinger hielt dem Kommissar die Tür zum Flur auf und sagte, als dieser sich an ihm vorbeizwängte: »Ich werde Ihnen schon nicht den Kopf abreißen. Aber ein ernstes Wort werden Sie sich gefallen lassen müssen.«

Das aufmunternde Lächeln in Brutzingers großem, feistem Gesicht wirkte gespenstisch, das aufmunternde Lächeln in Sabines hübschem Gesicht hilflos.

Bis die beiden Kriminalbeamten im Wagen saßen, herrschte Schweigen zwischen ihnen. Weder im Aufzug noch beim Durchqueren der ungemütlich kahlen Eingangshalle redeten sie, auch auf das freundliche Grüßen des Pförtners gaben beide keine Antwort. Schweigend gingen sie über den Parkplatz und mucksmäuschenstill stiegen sie in den Dienstwagen. Erst als Brutzinger vergeblich versuchte, den Wagen zu starten, und dies auch beim zehnten Anlauf nicht gelang, sagte er aufgebracht: »Zehntausende von Mark kostet so ein Auto. Aber anspringen will es deshalb noch lange nicht.«

Hilkenbach, der sich ein Grinsen, das seinem Gesicht gleichzeitig weh tat, nicht verkneifen konnte, deutete lediglich mit dem linken Zeigefinger auf die Automatikschaltung und meinte: »Drive.«

»Wie bitte?«

»Es steht auf ›D‹, so kann es gar nicht anspringen.«

»Ach so, ja … danke.« Brutzinger wurde rot. Er startete, ließ den Motor etwas zu sehr aufheulen und brauste vom Parkplatz. Er kramte ein Taschentuch aus der Brusttasche der anthrazitfarbenen, seidig glänzenden Jacke und polierte seine Glatze. Ein gutes Zeichen, fand Hilkenbach.

»Zu Ihrem Unfall will ich gar nichts sagen«, begann der Chef und trompetete kurz ins Taschentuch hinein, bevor er es wieder wegsteckte. Kein Wunder, dass seine Glatze so glänzte.

»So ein Missgeschick kann jedem einmal passieren.« Brutzinger ging plötzlich in die Eisen, als er an einer Ampel rechts abbiegen wollte. »Idiot!«, schrie er wütend. Er meinte einen Radfahrer, der gerade noch von hinten am rechten Kotflügel des BMW vorbeikurvte und unter lautem Fluchen geradeaus weiterfuhr.

»Entschuldigung, Chef«, sagte Hilkenbach leise, »aber der hatte Vorfahrt.« Hilkenbach meinte den Radfahrer.

»Natürlich hatte er das. Die Ampel war ja grün.« Brutzinger redete von Hilkenbachs Unfall.

Der Kommissar sah seinen Vorgesetzten fragend an, schüttelte den Kopf und schwieg. Er kramte eine Zigarette aus der Schachtel, die auf der Ablage vor ihm lag, steckte sie in den rechten Mundwinkel und zündete sie mit einem schweflig stinkenden Streichholz an. Er zog zu heftig daran. Es tat weh an seinem Kiefer.

»Ich will Sie auch gar nicht fragen, wie man eine rote Ampel übersehen kann«, fuhr Brutzinger unbeirrt fort. »Kann ja alles vorkommen. Ist sogar mir schon passiert.«

Wieder unterdrückte Hilkenbach ein Grinsen. Aus Rücksicht auf seinen Unterkiefer. Außerdem wäre es unangebracht gewesen. Er war nämlich sehr froh darüber, dass Brutzinger nicht nach dem Unfall fragte, er hätte nicht gewusst, was er hätte antworten sollen. Hilkenbach wusste ja selbst kaum, was eigentlich passiert war. Und wie es dazu gekommen war. Oder er wusste es zu gut.

»Ganz unter uns: Scheiß auf den Unfall!« Scheiße war in etwa das derbste Wort, das Brutzinger jemals in den Mund genommen hatte. Hilkenbach zuckte zusammen.

»Ja, scheiß auf den Wagen und scheiß auf den Schaden. Wofür sind wir denn versichert?!« Brutzinger war sehr laut geworden, zu laut für die eigentlich versöhnlichen Worte, die er aussprach. Die Ampel vor ihnen sprang auf Rot, Brutzinger bremste und wandte sich bedrohlich dem Kommissar zu. Er hatte einen rubinroten Kopf. Er legte den linken Ellbogen aufs Lenkrad und hielt Hilkenbach den Zeigefinger der rechten Hand direkt unter die Nase. Sie roch nach parfümierter Seife.

»Von mir aus können wir den ganzen Mist vergessen, den Unfall und all das. Ist ja zum Glück nichts Ernstes passiert. Aber …« Sein Gesicht näherte sich aufdringlich dem Hilkenbachs. »Aber wenn ich Ihnen einen dienstlichen Befehl gebe, dann haben Sie den verdammt noch mal auszuführen. Ob Ihnen das passt oder nicht.« Hinter ihnen hupte es ungeduldig, die Ampel war grün. Brutzinger fuhr ruckartig los. Hilkenbach atmete tief durch.

»Wenn ich Sie nach Dahlem schicke, dann haben Sie nicht in Moabit herumzugondeln. Ihre Spazierfahrten machen sie gefälligst nicht während des Dienstes. Und nicht in einem Dienstwagen.«

»Aber es war dienstlich …«, versuchte der Kommissar einzuwenden. Er wurde sofort überbrüllt.

»Von wegen! Meinen Sie etwa, ich kenne Ihre Extratouren nicht. Für Sie ist dienstlich immer das, worauf Sie gerade Lust haben.« Er fuchtelte aufgeregt mit der rechten Hand an der Heizung herum. Ihm war es wohl zu warm geworden. »Dienst ist das, was ich sage! Verstanden?« Wieder holte er das Taschentuch hervor und rieb sich den Kopf. Es war dasselbe, in das er vorhin hineingerotzt hatte.

»Sie halten sich wohl für was Besseres. Wigger für die Drecksarbeit und der heilige Hilkenbach für die Kunststückchen. So nicht! Ich weiß, langweilige Routinearbeit liegt Ihnen nicht. Sie glauben anscheinend, Sie wären ein Polizist wie Sherlock Holmes.«

»Der war Privatdetektiv.« Wieder zog Hilkenbach zu heftig an der Zigarette. Er schluckte den Schmerz mit dem Rauch hinunter. Er verschluckte sich und hustete. Das tat erst recht weh.

»Das werden Sie auch bald sein, wenn Sie nicht aufpassen. Dies ist eine letzte Warnung.« Brutzinger dämpfte die Stimme ein wenig und sah Hilkenbach für einen Moment von der Seite an, blickte aber gleich wieder auf die Straße. »Sie haben in den letzten Jahren hier und da ein feines Näschen gehabt, meinetwegen. Sie haben Ahnungen oder Intuitionen oder was auch immer gehabt und damit Recht behalten. Sie mögen ja ein guter Polizist sein, aber Sie sind ein lausiger Beamter! Sie halten sich vielleicht für ein Genie. Das können Sie gerne tun, solange Sie meine Befehle ausführen und sich wie ein Kriminalbeamter benehmen. Sie sollten sich mal an Ihre Ausbildung erinnern.« Er zitierte auswendig: »›Amtspersonen, insbesondere Polizeibeamte, sollen durch Haltung und Leistung und Zuverlässigkeit das Ansehen und die Autorität des Staates mitbestimmen.‹« Brutzinger bog vom Hohenzollerndamm in die Hundekehlestraße ein. Gleich hatte Hilkenbach es überstanden. Eine gespannte Ruhe herrschte plötzlich im Wagen. Aber der Kommissar wusste, dass Brutzinger noch nicht fertig war.

»Ich warne Sie also ein letztes Mal.« Der Kriminalrat war wieder völlig gefasst, richtig moderat. »Sie sollten nicht ständig die wilde Sau markieren. Verstehen Sie das bitte als gut gemeinten Rat. Sie sind nämlich nicht mehr lange tragbar. Auch ich muss mich verantworten. Und ich habe keine Lust, ständig die Verantwortung für Sie zu übernehmen.« Sie fuhren jetzt die Breite Straße. Da vorne wohnte die Mölk. Gleich war Hilkenbach zu Hause, gleich hatte er es geschafft. Er zog die Nase kraus.

»Sie sollten nicht soviel fernsehen.« Brutzinger bemerkte nicht, dass Hilkenbach nur noch flüchtig zuhörte. Der Chef hatte sich warmgeredet. »Sie sind nicht Columbo«, sinnierte er, »dies ist nicht Hollywood, und ich bin nicht Walt Disney.«

»Der war doch wohl eher auf Zeichentrick und weniger auf Krimis spezialisiert«, meinte Hilkenbach. Er verstand es als witzige Bemerkung. Brutzinger nicht.

»Vorsicht, Hilkenbach!« Es war mehr als nur eine Warnung.

Hilkenbach wünschte sich in diesem Moment, Brutzinger wäre tatsächlich Walt Disney. Denn der war bekanntermaßen seit Jahren tot. Der Kriminalrat hielt an einer Bushaltestelle und öffnete seinen Gurt. Hilkenbach stieg, so schnell er konnte, aus und sagte: »Ich werde mal einen Tag freinehmen. Bisschen Ruhe kann nicht schaden.«

»Machen Sie das.« Brutzinger wollte ebenfalls aussteigen, wurde jedoch von der Hupe eines Linienbusses, der direkt hinter dem BMW stand, in den Wagen zurückgescheucht.

»Am Donnerstag bin ich wieder im Büro«, rief Hilkenbach seinem Vorgesetzten zu, bevor dieser die Tür zuknallte. Brutzinger nickte und fuhr los. In sich selbst versunken stand Hilkenbach an der Haltestelle und dachte über einiges nach. Ohne Resultat.

»Na, Meester, wolln Se, oder wolln Se nich?«

Erst jetzt bemerkte der Kommissar, dass der Bus vor seiner Nase stand, die Vordertür geöffnet, und der Fahrer auf ihn wartete. Hilkenbach winkte ab. Mit einem Zischen und einem Schnaufen schloss sich die Tür. Das Zischen kam vom Bus, das Schnaufen vom Fahrer.

Aber vielleicht hat er ja recht, dachte Hilkenbach. Er meinte Brutzinger.

2. Der Kommissar

Hilkenbach war nicht verheiratet, war es nie gewesen. Ein Junggeselle, nicht mehr ganz jung und nicht besonders gesellig. Er hatte sich daran gewöhnt, allein zu leben. Allein zu sein. Er fand das normal, er konnte es sich gar nicht mehr anders vorstellen. Für ihn waren Kriminalpolizisten nicht anders als Mönche oder katholische Priester. Der Gedanke an Frauen war ein irgendwie unanständiger, der Gedanke an Heirat ein ziemlich unsinniger. Obwohl Hilkenbach schon vor Jahrzehnten aus der Kirche ausgetreten war, gefiel ihm dieser Vergleich, er gefiel sich als Großstadtmönch, als moderner Asket. Ein Leben für die Öffentlichkeit, in dem Privates keinen Platz hatte, in dem Frauen nichts zu suchen hatten. Wenn er Sex wollte, so zahlte er dafür. Das war wenigstens ehrlich. Kapitalismus war überhaupt ziemlich ehrlich: Ware gegen Ware. Selbstlose Liebe war Selbstbetrug, Vorspiegelung falscher Tatsachen, unmoralisch. Und Liebe war anstrengend, Hilkenbach hatte schlicht keine Zeit und keine Nerven dafür. Liebe war ein Luxus, den er sich nicht leisten wollte und konnte. Er verabscheute Luxus.

Eine weitere Parallele zwischen Kripobeamten und Ordensleuten kam ihm in den Sinn: Man konnte sich einfach nicht vorstellen, dass sie jemals etwas anderes gewesen waren als Kripobeamte und Ordensleute. Als wären sie schon so geboren. Hilkenbach hatte sich einmal mit einem jungen Kaplan unterhalten. Dieser hatte ihm erzählt, er sei früher deutscher Vize-Leichathletikmeister im Sprint über 100 Meter gewesen und habe lange überlegt, ob er statt Theologie nicht lieber Sport studieren sollte. Hilkenbach fand diese Überlegung abwegig. Als hätte man tatsächlich die Wahl!

Er vergaß allzu oft und sehr gerne, dass es bei ihm ja nicht anders gewesen war. Philosophiestudent Hartmut Hilkenbach. O Gott, war das lange her! Fast zwanzig Jahre.

Doch jetzt erinnerte er sich. Und vielleicht war das der Grund, warum ihm der Fall Egener so zu schaffen machte. Er versuchte verzweifelt, ihn lediglich als »Fall« zu betrachten, aber konnte nicht verhindern, dass andere, verschollen geglaubte Erinnerungen und Empfindungen in ihm hochkamen. Er schien beinahe vergessen zu haben, dass er nicht immer

Kommissar Hilkenbach gewesen war, dass er einmal ein anderes Leben geführt hatte. Zwar war er sich heute sicher, dass er die richtige Entscheidung getroffen hatte, aber trotzdem.

Hilkenbach lag in seinem Bett, es war sieben Uhr morgens. Draußen wollte es nicht so richtig hell werden. Wieder ein verregneter Tag! Berliner Schmuddelwetter. Sein Kopf tat ihm weh, sein Kiefer knackte unentwegt. Er hatte Angst, den Mund zu öffnen, weil er befürchtete, den Kiefer auszurenken und eine Maulsperre zu bekommen. Sein Kiefer neigte dazu. Das war der Grund, warum er keinen Döner Kebap mehr aß. Und keine Berliner Pfannkuchen.

Unfallversehrt lag er also in seinem Bett, ein jämmerliches Häufchen Elend, körperlich wie seelisch. Und an was dachte er? An Frauen! Dabei hatte er nicht einmal einen Morgenständer. Er hatte schon lange keinen mehr gehabt. Er dachte an seine diversen Freundinnen, die heute den Kopf abwendeten, wenn sie ihn zufällig auf der Straße trafen. Sehr viele waren es gar nicht gewesen, in den letzten Jahren nicht eine. Hilkenbach überlegte, ob er jemals wirklich verliebt gewesen sei. »Ja«, gab er sich selbst die Antwort. »Lilli Breitzke«, so hieß sie.

Lilli hatte zu Hilkenbachs Studentenclique gehört. Eine ulkige Nudel, Publizistikstudentin im zigsten Semester und immer noch im Grundstudium. »Es gibt Wichtigeres«, hatte sie immer gesagt.

Lilli war der weibliche »Musketier« gewesen, bei dessen Erwähnung Hilkenbach im Gespräch mit Stahl rot angelaufen war. Auch jetzt war das Gesicht des Kommissars nicht frei von Farbe.

Lilli Breitzke war eine gute Bekannte, eine Sandkastenfreundin von Karlheinz Bohm gewesen, Egeners Zimmernachbar aus dem Studentenheim, dem Vierten im Bunde.

Die »vier Musketiere«, eine äußerst bunte Gesellschaft: der penetrant selbstzufriedene Soziologe Friedhelm Egener, der verschlossene Jurist Karlheinz Bohm, der schwermütige Philosoph Hartmut Hilkenbach und die schöne Publizistin Lilli Breitzke. »Eine Frau, drei Verehrer«, hatte Stahl treffend formuliert.

Lilli kam aus Bremen, ein echtes Nordlicht mit witzig spitzem Akzent. Sie war ein leicht überdrehtes, aber lebenslustiges großes Mädchen gewesen, mit einem drolligen Schmollmund und einem einnehmenden Lachen. Ein verspätetes Blumenkind mit langen blonden Haaren, in der Mitte gescheitelt, mit falschen Wimpern und knallrotem Lippenstift. An den Füßen Plateauschuhe, an den Beinen bunt bestickte Jeans und unter dem Batik-T-Shirt keinen BH. Natürlich nicht!

Lilli war so anders gewesen als Hilkenbach, so überschäumend, so lustig, so wenig melancholisch. Sie hatte sich oft über seine Ernsthaftigkeit amüsiert, ihn deswegen geneckt. Aber sie hatte ihn gemocht, das wusste Hilkenbach. Und er sie.

Lilli hatte Hilkenbach einmal für ein Wochenende mit nach Italien genommen, Südtirol. Ihre reichen, versnobten Eltern hatten in den Dolomiten, am Monte Croce, irgendwo südlich von Bozen, ein Wochenendhäuschen, eher eine feudale Skihütte, besessen. Er war vielleicht nicht der erste Kerl gewesen, den sie dorthin geschleppt hatte. Aber wahrscheinlich der letzte.

Auf der Hütte waren Lilli und er von einem Unwetter überrascht worden, vier Tage lang eingeschneit, ohne Möglichkeit, die Hütte zu verlassen. Vier Tage ohne Strom, nur bei Kerzenschein und romantisch prasselndem Kaminfeuer. Kein Wunder, dass sie sich nahe gekommen waren. Sehr nahe. Vielleicht zu nahe. Für eine kurze Zeit hatten sie sich für verliebt gehalten, hatten schließlich miteinander geschlafen. Als das Schneegestöber vorüber war, als sie wieder ins unbarmherzig kalte Tageslicht traten, waren beide ernüchtert übereingekommen, diese Tage und alles, was geschehen war, nicht überzubewerten. Heute wusste Hilkenbach, dass er unehrlich zu sich gewesen war.

Lilli und er waren zwar Vertraute geblieben, soweit das möglich war. Aber sie waren sich nie wieder so nahe gekommen.

Nur wenige Monate später, im Sommer 1974, war Lilli mit ihrem Auto tödlich verunglückt. Am selben Tag, an dem die deutsche Fußball-Nationalmannschaft im Finale der Weltmeisterschaft die Niederlande mit 2:1 besiegte. Gerd Müller schoss damals in seiner unnachahmlichen Art das zweite Tor.

Hilkenbach wurde durch das elektronische Klingeln des Telefons aus seinen wirren, zusammenhanglosen Gedanken zurückgeholt in sein warmes Bett, das er nun verlassen musste, um den Hörer des penetrant plärrenden Apparats abzunehmen. Düddellüddellüd ... Düddellüddel. Das altmodische, mechanische Klingeln früherer Zeiten gefiel dem Kommissar besser. Ein Glück, dass er so selten angerufen wurde!

»Hartmut, sind Sie's? Hier ist Vera.«

Mit dem Namen konnte er im Moment wenig anfangen, aber das Flötengezwitscher erkannte er sofort. Ein Moabiter Vögelchen.

»Ich hab von Ihrem Missgeschick gehört. Tut mir leid.« Sie machte eine Pause, die Hilkenbach nicht für eine Antwort nutzte. Er versuchte, mit dem Apparat zum Bett zu gelangen. Es ging nicht, die Schnur war zu kurz. Er blieb mitten im Schlafzimmer stehen.

»Ihre Sekretärin hat mir Ihre Nummer gegeben. Hoffentlich sind Sie nicht schwer verletzt?« Die Frage klang halbherzig, unehrlich. Wäre Hilkenbach ernsthaft verletzt gewesen, läge er nicht zu Hause im Bett, sondern im Krankenhaus. Außerdem wusste Hilkenbach, dass sie sich bei Sabine schon eingehend über ihn informiert hatte. Sabine war sehr mitteilungsbedürftig und auskunftsfreudig. Er schwieg also.

»Ich war gestern etwas kurz angebunden«, fuhr sie fort, ohne sich durch die Stille am anderen Ende der Leitung beirren zu lassen. »Ich bin halt ziemlich durcheinander in der letzten Zeit.« Sie seufzte.

»Was wollen Sie? Machen Sie's bitte kurz, ich habe noch nicht gefrühstückt und auf nüchternen Magen telefoniert es sich so schlecht.« Es kostete ihn Überwindung, mit ihr zu reden. Seit gestern gab es für ihn keine Vera Witte mehr.

»Es geht um die Briefe«, antwortete sie, wieder seufzend. Hilkenbach hätte gern ihr Gesicht dabei gesehen. Wahrscheinlich gab sie einen beeindruckenden Augenaufschlag zum besten.

»Was für Briefe?« Er konnte sich denken, was für Briefe sie meinte. Es interessierte ihn nicht sonderlich.

»Nun ja, solche Briefe eben. Sie verstehen schon. Peinliche Briefe.« Sie trällerte, dass einem warm ums Herz werden konnte.

»Nur allgemein kompromittierend oder gar Ihrer Karriere als Diplom-Soziologin abträglich?« Seine Gesichtszüge blieben ausdruckslos, nur seine Habichtsaugen strahlten. Er trat von einem Bein auf das andere. Er war barfuß, ihm war kalt. Er wollte zurück ins Bett.

»Sie mögen mich nicht besonders leiden?« Sie wartete auf Widerspruch, aber der blieb aus. Diese Masche war zu plump. »Urteilen Sie nicht nach dem ersten Eindruck, Hartmut. Ich kann auch sehr nett sein.«

»Bestimmt. Wenn sich's lohnt.«

»Könnten Sie denn nicht vielleicht …«

»Nein, könnte ich nicht!«, rief Hilkenbach in den Hörer. »Egal, was Sie auch sagen wollten.« Es folgte eine vielsagende Pause, eine Hilkenbach'sche Pause. »Aber ich werde Ihnen den Gefallen tun und vergessen, dass Sie überhaupt etwas sagen wollten.«

Diesmal Stille an ihrem Leitungsende.

»Sie hätten eigentlich wissen sollen, dass Briefeschreiben altmodisch ist. Völlig antiquiert«, sagte er und lachte. »War schön, mit Ihnen geplaudert zu haben. Wiederhören.« Hilkenbach legte auf. Triumph! Jetzt ging es ihm besser. Er schaute aus dem Fenster. Selbst das Wetter schien sich gebessert zu haben. Ein vielversprechender Morgen.

Er legte sich wieder ins Bett und nickte auf der Stelle ein. Er schlief allerdings nicht sehr lange, denn er träumte unruhig. Einen äußerst seltsamen Traum:

Hilkenbach ist Schneider in einer mittelalterlichen Stadt, nicht wohlhabend, nicht arm. Ein zufriedener Mann mit einer lieben Frau und zwei braven Kindern. Und mit einem beneidenswert festen Schlaf. Dieser Schneider wird plötzlich von abstrusen Träumen heimgesucht. Drei an der Zahl, immer dieselben und immer in derselben Reihenfolge. Diese Träume beunruhigen den guten Mann, darum erzählt er sie einer weisen Frau.

»In dem ersten Traum«, berichtet er, »bin ich König von Frankreich. Ich bin reich und glücklich und lebe in aller erdenklichen Pracht. Im zweiten Traum in der folgenden Nacht bin ich ein Bauer im Schwabenland. Hunger plagt mich, ich muss sehr hart arbeiten und kann doch meine Familie kaum ernähren, weil mein Lehnsherr mir alles abnimmt.«

»Und der dritte Traum?«, fragt die weise Frau.

»Das ist der schlimmste. Immer in der Nacht nach dem Bauern-Traum träume ich ihn. Ich bin dann ein verkrüppelter Bettler im fernen London. Die Pest wütet, meine Familie ist nicht mehr, und auch ich krepiere langsam und elendig.«

»Oho! Lieber Schneider«, entgegnet die Frau, »ich wünsche dir einen guten Schlaf. Hüte ihn wohl! Denn solltest du während eines Traumes wach werden, so wird er zur Wirklichkeit.«

Zunächst ist der Schneider erschrocken ob dieser Worte. Doch dann findet er Gefallen an dem Gedanken, während des Königs-Traums aufzuwachen. Er befiehlt also seiner Frau, ihn in der betreffenden Nacht zu wecken. Sie tut, wie ihr geheißen, der Schneider wacht auf und ist … König von Frankreich. Er ist reich und glücklich und lebt in unvorstellbarer Pracht. An sein früheres Schneiderdasein kann er sich nicht erinnern. Getrübt wird sein königliches Leben allein durch zwei Träume, die ihn jede Nacht abwechselnd heimsuchen. Er träumt, er sei Bauer im Schwabenland oder Bettler im fernen London. Diese Träume beunruhigen den König so, dass er eine Hellseherin rufen lässt. Diese warnt ihn eindringlich, keinesfalls während eines Traumes aufzuwachen. Sonst werde er wahr.

Entsetzt befiehlt der König, jede kleinste Störung der Nachtruhe auf der Stelle mit dem Tode zu bestrafen. Leider bekommt des Königs jüngste Tochter die ersten Zähne, und sie schreit des Nachts jämmerlich. Schließlich schreckt die kleine Prinzessin mit ihrem Weinen ihren Vater auf, während dieser unruhig träumt …

Als schwäbischer Bauer steht Hilkenbach auf, um seine kleine Tochter zu beruhigen. Er muss fortan jeden Tag und auch am Wochenende sehr hart arbeiten, und er kann seine Familie dennoch kaum ernähren, weil ihm der Lehnsherr alles abnimmt. Sein Leben ist auch deshalb so beschwerlich, weil er nachts keine Ruhe findet. Jede Nacht träumt er denselben schrecklichen Traum von einem Bettler in London. Jede Nacht träumt er ihn.

Eines Nachts bricht im Nachbardorf ein Feuer aus, die Kirchenglocken werden geläutet, ohne Unterlass. Die Glocken machen einen solchen Lärm, dass auch der Bauer davon geweckt wird. Er wacht auf und … war Kommissar in Berlin.

Die Kirchenglocken hatten den Klang eines Telefons, und der Feuerwehrmann, der sie betätigte, hieß Gottfried Wigger.

»Morgen, Chef«, sagte der Feuerwehrmann. »Na, wo brennt's?«

3. Der Einbrecher

Hilkenbach stand mitten in seinem Zimmer und hielt den Telefonhörer in der Hand. Er wusste nicht, wie sie beide dort hingekommen waren. Weder wie er aus dem Bett, noch wie der Hörer an sein Ohr gelangt war.
»Wie? Was ist los?« Die Frage klang nicht sehr intelligent.
»Ich sollte Sie doch anrufen. Hat Sabine mir jedenfalls gesagt.«
»Wigger, sind Sie das?« Hilkenbach glaubte, ein leise gezischtes »O nein, nicht schon wieder!« zu hören. Und ein Lachen.
»Warum haben Sie eigentlich immer nur Verständigungsprobleme, wenn Sie mit mir reden? Das gibt mir beinahe zu denken.«
Es machte »klack« in der Leitung und – Stille. Eine Fata Morgana. Hilkenbach legte verdutzt auf. Im gleichen Moment gab der Apparat wieder sein hässliches »Düddelüddelüd« von sich. Der Kommissar nahm zaghaft ab.
»Guten Morgen. Hier spricht Kriminalhauptmeister Gottfried Wigger. Könnte ich bitte mit Kommissar Hartmut Hilkenbach sprechen. Es ist dienstlich ... aber nicht besonders eilig.«
»Ist ja schon gut.« Hilkenbach dampfte und qualmte wie eine Dampflok, so ärgerte er sich. Er hasste Ironie. Jedenfalls wenn sie gegen ihn gerichtet war. »Sie haben mich geweckt.«
»Waren die Träume so schrecklich?«
»Wieso?« Manchmal fand er Wigger richtig beängstigend.
»Sie klingen so erschrocken, als hätten Sie schlecht geträumt.« Wigger wollte wohl nicht weiter darauf herumreiten und wechselte das Thema. »'nen schönen Gruß von Brutzinger. Ich soll Ihnen sagen, dass Sie nicht unbedingt am Donnerstag schon wieder auf der Matte stehen müssen. Sie sollen nichts überstürzen, mit so einer Schädelprellung und Gehirnerschütterung sei nicht zu spaßen. Ausspannen sollen Sie, sagt er.« Wigger lachte sardonisch und leicht verkrampft. »Ich wünschte, er würde das zu mir auch mal sagen.«
Hilkenbach hatte, wie so oft, nicht zugehört. Er hatte den Hörer zwischen Schulter und Ohr geklemmt und suchte seine Hausschuhe. Das letzte Mal hatte er sie irgendwo hier im Schlafzimmer gesehen, das war allerdings Wochen her. Vielleicht unter dem Bett. Verdammte Unordnung. Er bückte sich so tief, wie sein schmerzender Schädel es zuließ. Das war nicht sehr tief, trotzdem sah er sie unter dem Bett stehen.
»Einen Moment, Wigger.« Er stellte das Telefon beiseite, legte den Hörer daneben und sich auf den Boden, um die Hausschuhe unter dem Bett besser zu erreichen. Ziemlich staubig da unten. Er musste niesen.
»Autsch!« Er hatte sich zuerst den Hinterkopf am Bettrahmen gestoßen

und war anschließend mit der Nase auf den Boden geknallt. Morgens war er ein echter Tollpatsch.

»So, da bin ich wieder«, sagte er nach geraumer Zeit mit leicht näselnder Stimme. Er bewegte seine lädierte Nase hin und her wie eine Maus, die am Käse schnuppert. Er saß auf dem Boden, zog die Schuhe an und fragte: »Was haben Sie gerade gesagt?«

»Nichts. Vergessen Sie's.« Wigger klang irgendwie hoffnungslos. »Ich führe gerne Selbstgespräche.«

»Auch gut ... Was gibt's Neues? Was machen Sie denn gerade?« Hilkenbach stand auf und sah sich nach einem Stuhl um. Fehlanzeige. Er ging hinüber ins Wohnzimmer und setzte sich an den Esstisch. Die Schnur reichte nicht, um das Telefon auf den Tisch zu stellen. Er behielt den Apparat auf den Knien. Vielleicht wäre ein Telefontischchen mit Sessel doch eine Anschaffung wert.

»Was ich gerade mache? Tja, ich versuche, ein ziemlich kniffeliges Kreuzworträtsel zu lösen. Gelingt mir aber nicht.«

»Aha.« Hilkenbach sah Wigger bildlich vor sich: die Füße und die Kaffeetasse auf dem Schreibtisch, in der einen Hand die zusammengefaltete Zeitung und den Füller, in der anderen den Hörer und in seinem grinsenden Mund eine qualmende Zigarette. Wäre jemand ins Zimmer gekommen, hätte er die Kippe aus dem Mund genommen und alles andere so gelassen.

»Und die Egener-Sache? Fündig geworden?« Hilkenbach suchte in den Taschen der Jacke nach seinen Gauloises. Erst jetzt bemerkte er, dass er noch im Schlafanzug steckte. Wo hatte er nur die Jacke hingelegt? Er vergaß das mit dem Rauchen.

»Kann sein, muss aber nicht.« Wigger tat geheimnisvoll. »Nachbarn sehen reichlich viel, wenn der Tag lang ist. Und wenn die Nacht dunkel ist, sehen sie noch mehr. Zwei von Baschnys Nachbarn wollen an dem Abend was Verdächtiges gesehen haben.«

»Mal 'ne blöde Frage zwischendurch«, unterbrach der Kommissar seinen Assistenten. »Warum fällt denen jetzt bei Baschnys Einbruch etwas ein und bei dem Mord an Egener nicht?« So blöde war die Frage eigentlich gar nicht.

»Weil Baschnys und Egeners Grundstücke nur zum Garten hin aneinandergrenzen. Die Häuser an sich stehen aber in verschiedenen Straßen. Baschny wohnt in der Hermannstraße, das ist 'ne Parallelstraße. Die Nachbarn haben da offensichtlich keinen Zusammenhang gesehen.«

Hilkenbach konnte die Nachbarn gut verstehen. Er selbst sah diesen Zusammenhang ja ebenso wenig. Wollte ihn nicht sehen.

»Die eine Zeugin«, fuhr Wigger fort, »hat ihren Dackel oder Rehpinscher oder irgend so eine Töle Gassi geführt. Während der Köter sein Geschäft erledigt hat, hat sie einen dunkel gekleideten Mann mit Wollmütze und Plastiktasche vom Baschny-Grundstück kommen sehen. Ziemlich schnell, sagt sie, nicht gerade gerannt, aber doch sehr eilig. Außerdem hätte es sie gewundert, weil sie doch Herrn Baschny am Morgen noch beim Autobeladen gesehen hätte. »Guten Morgen, Herr Baschny«, Wigger verstellte seine Stimme und schnatterte mit Fistelstimme, »geht's wieder übers Wochenende an die Nordsee. Hoffentlich haben Sie gutes Wetter.«

»Mein Gott, Wigger«, fuhr Hilkenbach ungeduldig dazwischen. »Müssen Sie denn aus allem gleich ein Hörspiel machen? Mir reichen schon die Fakten.«

»Wenn Sie sich selbst umgehört hätten, wären Ihnen die Fakten bekannt, dann müssten Sie mich jetzt nicht fragen.« Wigger war stinksauer, das war unverkennbar. Und er war es zu recht. »Sie müssen schon mit meinen Auskünften vorliebnehmen. Oder so lange warten, bis ich die Berichte geschrieben habe.« Sein Tonfall wurde wieder weniger aggressiv. »Wie ich mich kenne, dauert das ziemlich lange.«

»Tut mir leid.« Hilkenbach meinte sogar, was er sagte. »Was ist mit dem zweiten Nachbarn, der was gesehen haben will?«

»Auch 'ne Dame. Sagt in etwa das gleiche wie die andere. Wahrscheinlich hat sie die beim Gassigehen beobachtet, ob der Hund auch nicht in ihren Vorgarten scheißt oder so ... Beide stimmen übrigens auch in der angegebenen Zeit überein, zwischen 19 Uhr 20 und 20 Uhr.«

»Seltsame Zeitangabe.«

»Die eine geht immer nach der ›heute‹-Sendung mit ihrem Hund raus, und die andere weiß mit Sicherheit, dass ihr Mann noch nicht zu Hause war. Und der sitzt immer pünktlich zur ›Tagesschau‹ vor der Glotze.«

»Was wäre die Polizei ohne Fernsehprogramm.«

»Die beiden Hübschen hab ich jedenfalls für heute hierherbestellt, vielleicht finden sie ja etwas in unserer Verbrecher-Ahnengalerie.«

»Einen dunkel gekleideten Mann mit Wollmütze bei Nacht? Unwahrscheinlich, dass sie den auf einem Passfoto wiedererkennen, meinen Sie nicht auch?«

»Mag schon sein, ich hab auch noch nie erlebt, dass jemand in der Vorbestraftenkartei fündig geworden ist. Aber besser als nichts. Und sei's nur blanker Aktionismus, um den Chef zu beruhigen. Vielleicht reicht's ja wenigstens zu einer Phantomzeichnung. Unser Oskar hat immerhin Talent.«

»Oskar?«

»Kennen Sie nicht Oskar, den Schnellzeichner von ›Dalli Dalli‹?«

»Was wäre die Polizei ohne Fernsehprogramm.« Hilkenbach schüttelte den Kopf und fuhr sich mit der rechten Hand über das unrasierte, etwas geschwollene Kinn. Es war immer so anstrengend, mit Wigger zu reden. Er konnte ihm oft einfach nicht folgen. Zum Glück.

»Wohl wahr.« Wigger raschelte mit irgendeinem Papier. »Und was wäre die Polizei ohne Kreuzworträtsel. Ach ja, vielleicht können Sie mir damit weiterhelfen. Hier steht: ›In England kurz, in Deutschland mit Porto‹. Ich kann damit nichts anfangen.«

»Ich auch nicht. Bis morgen.« Hilkenbach hatte keine Lust, sich mit seinem Assistenten über Kreuzworträtsel zu unterhalten. Dessen allzu jovialer Ton missfiel dem Kommissar überhaupt. Wigger schien zu vergessen, dass er immer noch mit einem Vorgesetzten sprach. Mit einem invaliden Vorgesetzten zwar und mit einem leicht zusammengestauchten. Das war aber längst noch kein Grund, intim und anmaßend zu werden. Hilkenbach legte auf.

»Kreuzworträtsel. Pah!« Er stellte den Telefonapparat weg und ging zu seinem Schreibtisch. Wie es darauf aussah! Unglaublich. Vielleicht sollte er die Mölk engagieren, die war doch nun arbeitslos. In Hilkenbachs Wohnung hätte sie Arbeit gefunden.

Er kramte alte Telefon- und Strom-Rechnungen zusammen und warf sie in den Papierkorb. Jede Menge Reklamewurfsendungen, Versandhauskataloge und ähnlicher Kram lagen auf seinem Sekretär. Verleihlisten von Videotheken, dabei hatte er nicht einmal einen Videorecorder. Er nahm den ganzen Plunder und warf ihn fort. Auch Egeners Kettenbrief, den er längst vergessen hatte, hätte er beinahe in den Abfalleimer geworfen, zum Glück fiel ihm aber der Satz auf: »Küsse jemanden, den Du liebst, wenn Du diesen Brief erhältst.«

Aber natürlich! Das war die Lösung!

Sofort rief er im Büro an und ließ sich mit Wigger verbinden.

»Brief!«, rief er in die Muschel.

»Wie bitte?« Es klang nicht so, als würde Wigger verstehen, es klang eher so, als hätte er sich am Kaffee verschluckt.

»In England kurz, in Deutschland mit Porto: Die Lösung lautet ›brief – B-R-I-E-F‹!« Er war richtig stolz auf sich und wartete auf eine Reaktion seines Assistenten.

»Ach so, das Kreuzworträtsel.« Wigger brauchte nicht sehr lange für diese Reaktion, nicht einmal eine halbe Stunde. »Nett von Ihnen, aber ich hab die Zeitung gerade weggeworfen.«

»Dann eben nicht!« Hilkenbach knallte den Hörer auf den Apparat. Trotzdem war er immer noch stolz auf seine Lösung!

4. Der Wirt

Hilkenbach zog sich aus, ging ins Bad und betrachtete sich im Spiegel. Alles halb so wild. Die blauen Flecken an Armen und Schultern verfärbten sich bereits gelblich. Er befingerte sie, richtig weh taten sie eigentlich auch nicht. Er nahm den Verband ab, darunter sah es ebensowenig dramatisch aus, abgesehen von der Frisur vielleicht. Er wusch sich, ganz vorsichtig. Er hätte gern geduscht, aber er wagte es nicht. Nach der Katzenwäsche klebte er Heftpflaster auf die Wunden, besprühte sich mit Duftwässerchen und setzte eine Mütze auf, damit man sein verunstaltetes Haupt nicht sah. Wieder blickte er in den Spiegel. Nur mit Unterhose und Mütze bekleidet, sah er etwas komisch aus. Dennoch war er leidlich mit sich zufrieden. Endlich fühlte er sich wieder wie ein Mensch. Halbwegs jedenfalls.

Es klingelte an der Haustür. Nanu, so früh schon Besuch?! Wahrscheinlich der Postbote mit einer Rechnung oder Mahnung per Einschreiben. Hilkenbach vergaß grundsätzlich, fristgerecht zu zahlen, egal ob Miete, Strom oder Klempnerrechnungen. Er warf sich einen Bademantel über und drückte auf den Türöffner.

Es war nicht der Briefträger, der kurze Zeit später vor der Wohnungstür stand. Es war Gerd Stahl. Schwer zu entscheiden, was Hilkenbach lieber gewesen wäre, jedenfalls sagte er: »Hallo, Gerd, schön dich zu sehen. Was treibt dich her?«

»Morgen, Hartmut. Hab Frühstückspause. War gerade in der Nähe, am Heidelberger Platz. Dachte mir: Schauste mal rein. Hab von deinem Dilemma gehört. Sieht ja gar nicht so tragisch aus.« Er grinste leicht bescheuert, in seinem Riesengesicht sah jedes Grinsen bescheuert aus. »Nette Mütze haste auf.«

»Netten Anzug haste an«, entgegnete der Kommissar. Stahl trug die übliche blaue Wachschutz-Uniform.

»Hab doch gesagt, hab gerade Tour gehabt.«

Hilkenbach fragte sich, woher Stahl die blöde Angewohnheit hatte, das Wort »ich« grundsätzlich nicht auszusprechen, sonst sprach er nicht so. Wahrscheinlich war das Wachschützer-Slang.

Hilkenbach bat seinen Freund herein, wusste aber nicht, wohin er ihn führen sollte. Das Wohnzimmer sah aus wie immer: nicht gerade einladend, ebenso das Schlafzimmer. Auch die Küche sah aus wie immer: abstoßend. Außerdem war sie viel zu klein, um darin zwei Personen gleichzeitig Platz bieten zu können.

Genau dorthin ging er nun, Stahl dicht hinter ihm. Dieser sagte nichts, er war zum ersten Mal in Hilkenbachs Wohnung, darum schwieg er höflich. Aber seine spöttischen Augen sprachen Bände.

Wenn die beiden sich trafen, dann zumeist in Kneipen oder Restaurants. Auch Hilkenbach war erst einmal in Stahls Wohnung gewesen. Stahl erinnerte sich, dass er alles bekrittelt oder belächelt, dass ihn alles Erdenkliche gestört hatte. Bei anderen war Hilkenbach ein unverbesserlicher, stets besserwissender Pedant, ein Ordnungsfanatiker und Kleinigkeitskrämer. Bei sich selbst sah er das offensichtlich etwas anders. Ein seltsamer Widerspruch.

»Willst du Kaffee?«, fragte Hilkenbach, nur um überhaupt etwas zu sagen. Kaffeetrinken war nie verkehrt!

»Aber hallo!« Stahl setzte sich an den winzigen Küchentisch, seine Hünengestalt wirkte in diesem Raum grotesk. »Wunderst du dich gar nicht, dass ich von deinem Unfall weiß?«

»Du hast bestimmt in der Keithstraße angerufen.« Hilkenbach bemerkte, dass Stahl »ich« gesagt hatte. Na also.

»Stimmt. Hab ein bisschen mit eurer Sekretärin geplaudert.« (Da war's wieder.) »Nettes Mädchen. Kannst mir mal ihre Telefonnummer geben. Sie wollte sie nicht rausrücken.«

»Vergiss es, ich glaube, die hat was mit Wigger.« Hilkenbach fand es immer wieder erstaunlich, wie schnell Stahl bei seinem Lieblingsthema ankam. Gerd, der Frauenheld. Dabei war das alles reine Mache, in Wirklichkeit lieh er sich Pornos in der Videothek aus und onanierte vor dem Fernseher. Wahrscheinlich.

Die Kaffeemaschine blubberte ebenso gemütlich wie laut, sie musste dringend entkalkt werden. Hilkenbach schaute gelangweilt dem unwillig tröpfelnden Kaffee zu. Immer noch besser, als in Stahls fragendes Gesicht zu blicken. Schließlich aber drehte er sich doch um, quetschte sich mit an den Tisch und sah Stahl ein wenig ängstlich an. Es war keine Frage in seinem Gesicht zu erkennen. Ganz im Gegenteil. Nur ein ehrliches Ausrufezeichen. Stahl schien Hilkenbachs Gedanken zu lesen.

»Keine Bange, ich werde dich nicht ausquetschen. Bin nicht besonders neugierig.« Er betrachtete nachdenklich die rote Plastikdecke auf dem Küchentisch, der einzige kräftige Farbtupfer in dieser Küche, alles andere war beigebraun oder eierschalenfarben, vielleicht war es irgendwann einmal weiß gewesen. Vor Jahrzehnten. Unverkennbar eine Raucherküche.

»Und ich weiß, wie man sich fühlt, wenn man Mist gebaut hat. Das kannst du dir denken.« Stahl sah zu Hilkenbach und wartete auf Widerspruch. Es verwunderte ihn, dass der ausblieb.

»Der Kaffee dauert noch etwas.« Hilkenbach wusste nicht, was er sonst sagen sollte. Er hätte »Danke« sagen können, aber das wollte er nicht. Warum auch?

»Lass uns rüber ins Zimmer gehen«, meinte Stahl und stand auf, »hier bekommt man ja Platzangst.«

»Du meinst Klaustrophobie.«

»Wenn Sie unbedingt ein paar Beulen mehr haben wollen, dann verbessern Sie mich nur weiter, Herr Möchtegern-Professor!« Er lachte und schritt wuchtig ins Wohnzimmer, Hilkenbach schlurfte hinter ihm her, räumte den gröbsten Dreck vom Esstisch und warf ihn in den Papierkorb. Er ging in die Küche, kam mit zwei Tassen zurück und stellte sie auf den Tisch. Stahl setzte sich an den Sekretär. Er kramte in den Papieren herum.

Von wegen: Bin nicht neugierig, dachte Hilkenbach.

»Na, was Interessantes gefunden?«, fragte er, sein Grinsen im Gesicht war schon weniger vertrocknet gewesen.

»Machst du jetzt auch schon bei so einem Unsinn mit?«

Der Kommissar wusste zunächst nicht, worauf Stahl aus war, dann schüttelte er aber energisch den Kopf. »Ach wo, das ist ein Beweisstück.« Er wusste selbst nicht, warum er dies sagte.

»Ekelhaft, diese Dinger. Die schaffen es, dass man sich schlecht fühlt. Egal, ob man abergläubisch ist oder nicht.« Stahl las laut vor: »Du wirst innerhalb weniger Tage nach Erhalt dieses Briefes Glück haben. Vorausgesetzt, Du sendest ihn weiter. Dies ist kein Spaß. Du hältst gerade Dein Schicksal in Deinen Händen.«

Den Rest des Kettenbriefes las er leise. Hilkenbach bemerkte, dass Stahl plötzlich sehr nachdenklich wurde, ihm schien irgend etwas aufgefallen zu sein. Er legte das Papier beiseite und starrte zur Decke. In seinem Kopf rumorte es, das sah man. Seine Augenbrauen gingen wild hin und her, seine Lippen bildeten unausgesprochene Wörter. Noch einmal las er den Brief.

»Siehst du«, Hilkenbach strahlte, »du stutzt auch. Auch ich bin darüber gestolpert. Ich kann dich aufklären, warum dies kein normaler Kettenbrief ist.« Er verschwieg, dass Wigger ihn darüber aufgeklärt hatte. »Es fehlt die Namensliste, die Liste der Mitspieler.« Er benutzte exakt Wiggers Worte.

Stahl zögerte. »Nee, das ist es nicht.« Er blickte Hilkenbach verwirrt an. Er sah, dass Hilkenbach ihn verwirrt ansah.

»Nicht? Was ist es dann?«

»Es ist dieser Name. Der Name stimmt. Und der Mord stimmt. Ich dachte, Kettenbriefschreiber erfinden diese Unglücksfälle nur, um die Leute zu verunsichern.« Stahl schloss die Augen und presste die Lippen aufeinander. Er holte tief Luft durch die Nase und kratzte sich mit Mittel- und Zeigefinger der rechten Hand den Hinterkopf. Man konnte sein Gehirn beinahe rattern hören. »Schon seltsam!«

»Wovon redest du eigentlich? Welcher Mord?« Hilkenbach riss seinem Freund das Papier aus den Händen und las den Brief selbst noch einmal. Er konnte nicht mit Bestimmtheit sagen, zum wievielten Mal. Er konnte ihn beinahe auswendig aufsagen.

Als Hilkenbach bei den Drohungen und Unglücksfällen angekommen war, fragte er aufgeregt: »Welchen Namen meinst du?«

»Bruno Fetzner.«

Hilkenbach las: »Bruno Fetzner aus Berlin erhielt diesen Brief vor zwei Jahren, warf ihn jedoch in den Papierkorb und wurde nur drei Tage später auf bestialische und sadistische Weise umgebracht.« Der Kommissar dachte nach, weder der Name noch der sadistische Mord bewegten irgend etwas in seinem Schädel.

»Und?«, fragte er. »Wer oder was war dieser Bruno Fetzner?«

»Der war Wirt.« Stahl versank in bedeutungsvolles Schweigen.

»Nun mach schon. Nur weil du mal etwas weißt, was ich nicht weiß, brauchst du mich ja nicht gleich auf die Folter spannen.«

»Es ist aber doch so ein schönes Gefühl, mal mehr zu wissen als du. Das sollte man auskosten.« Er kicherte leise. Das Kichern verebbte allmählich, und er fuhr behäbig und sehr würdevoll fort: »Fetzner war mal Kunde von uns. Eine nicht gerade riesige, aber bekannte Größe in der Neuköllner Drogenszene. Hatte 'ne Kneipe an der Schillerpromenade, finsterstes Neukölln, ungemütliche Gegend. War auch ein finsterer Schuppen. Da gab's so ziemlich alles, was breit machte. Von Gras bis Koks. Alles, was sich rauchen, schlucken oder schnüffeln lässt. Das Übliche eben. Als Drogenfahnder hatte ich ein paarmal mit Fetzner zu tun, schmieriger Typ, ein katzbuckliger Schleimer. Nicht dumm, aber ohne Rückgrat. Verkaufte nicht nur Dope an die Kids, sondern auch Informationen an uns. Eine miese Kellerassel. Als sie ihn schließlich allegemacht haben, hat's keinen wirklich gewundert. Niemand hat ihn vermisst.« Stahl tat so, als spucke er in die Hand und werfe etwas über seine Schulter.

»Wir tippten damals darauf, dass jemand Wind von seinem Doppelspiel bekommen hat. Sah ziemlich nach Mafiamord aus. Unappetitliche Angelegenheit. Es war dann aber doch eine Privatangelegenheit, ein Einzeltäter sogar, Eifersucht oder Familienrache oder irgend so was.«

»Wieso ›unappetitliche Angelegenheit‹?« In Hilkenbachs Augen war mehr als Interesse zu erkennen, sie brannten lichterloh.

»Ein bisschen Folter war auch noch dabei. Zuerst haben sie ihm die Hacken von den Füßen abgeschnitten, dann eine Arschbacke abgesägt und schließlich die Gurgel durchgeschnitten.« Stahl leckte sich die Lippen und schmatzte.

»Igitt!« Verglichen damit, hatte es Hilkenbach bislang eher mit distinguierten und stilvollen Mördern zu tun. Auch bei Mord gab es Künstler und Handwerker. Ästheten und Banausen. Fetzner war einem der letzteren Gattung beggenet. Einem Metzger.

»Hatte der Mörder zufällig eine Fleischerei zu Hause?«

»Keine Ahnung. Der ist jedenfalls ziemlich bald geschnappt worden.

Es gab 'nen Riesenmedienrummel damals. Wenn's dich interessiert, kannst du es ja nachlesen.« Stahl stand auf und ging zum Esstisch, demonstrativ nahm er eine Kaffeetasse in die Hand. Er schnippte mit dem Finger daran.

»Und jetzt habe ich Durst. Auch meine Pause dauert nicht ewig.«

»Oh, Entschuldigung.« Hilkenbach holte den Kaffee und goss ein.

Stahl blieb nicht mehr sehr lange, zwar hätte er schon noch ein wenig Zeit gehabt, aber sein Freund schien plötzlich nicht länger an einer Unterhaltung interessiert zu sein. Und auf Diskussionen mit der Tapete an der Wand hatte er keine Lust.

Hilkenbach war auf einmal sehr nachdenklich, irgendwie abwesend. Stahl schob das auf den Unfall. Er verabschiedete sich deshalb, obwohl er eine weitere Tasse Kaffee hätte vertragen können, und versprach anzurufen. Der Kommissar murmelte irgend etwas Unverständliches und blieb sitzen.

Stahl ging allein zur Tür. »Mach's gut, Hartmut. Und gute Besserung.«

Kaum war die Wohnungstür ins Schloss gefallen, ergriff den Kommissar eine geradezu fiebrige Geschäftigkeit. Er zog sich an und lief aufgeregt durch die Wohnung. Schließlich setzte er sich ans Telefon und ließ sich ungeduldig hierhin und dorthin verbinden, von einem Amt zum nächsten, und er ärgerte sich maßlos, wenn die Leitung belegt oder der betreffende Beamte gerade nicht zu sprechen war.

Aus der Küche roch es derweil nach angebranntem Kaffee.

5. Der Häftling

Die Stahltür öffnete sich mit einem leichten Seufzer der Luftdruckautomatik. Hilkenbach trat in die Schleuse. Sofort schloss sich die Tür hinter ihm, wieder leise schnaufend. Er ging hinüber zur Glasvitrine, in der sich außer einem gelangweilt gähnenden Beamten kaum etwas befand.

»Guten Morgen«, sagte Hilkenbach und warf, ohne einen Gruß oder sonstigen Laut von seinem Gegenüber zu vernehmen, seinen Dienstausweis in die Durchreiche. Er kam sich vor wie an einem Bankschalter, es fehlte nur das Schild: Diskretion! Bitte Abstand halten. Wir danken für Ihr Verständnis.

Der Beamte studierte schweigend den Ausweis und anschließend die vor ihm liegende Liste der regelmäßigen oder der nur für heute angemeldeten Besucher. Professionelle Besucher ausschließlich, Kriminalbeamte, Rechtsanwälte und Ärzte. Oder Psychologen und Sozialarbeiter. Selten einmal ein Journalist. Kein aufregender Job an der Pforte 1. Und offensichtlich kein Job, der besonders geschwätzig machte.

Schließlich fand der Mann im Glaskasten Hilkenbachs Namen und den gewünschten Termin. Es schien ihn auch nicht weiter aufzuheitern.

Er füllte gemächlich einen Passierschein aus und drückte in aller Seelenruhe auf einige Knöpfe. Hier im Knast hatte man viel Zeit, egal auf welcher Seite des Gitters man saß. Die nächste Stahltür öffnete sich und Hilkenbach schaute in den Hof. Ein Schließer wartete bereits.
»Morgen, Chef. Wohin soll's gehen?«
Hilkenbach war beruhigt. Es war also nicht verboten zu sprechen.
»Haus 3«, sagte der Kommissar. Er kannte sich hier aus.
»Ein Langjähriger? Na, dann kommen Sie mal.«
Hilkenbach nickte und folgte dem Schlüsselmann über den Hof. Sie gingen über große, grobe und unebene Backsteine. Absatzkiller. Aber diese Steine waren historisch, was soviel bedeutete wie »wilhelminisch«. Der ganze Laden roch nach Jahrhundertwende. Und sie waren sogar noch stolz darauf. JVA Tegel, ein Ort mit Tradition.

Sie kamen an der Gefängniskirche vorbei. Hilkenbach glaubte, sie müsste sonntags immer gut besucht sein. Wenn auch nicht aus Überzeugung. Jede Abwechslung war wohl willkommen, und sei es eine predigende Abwechslung von der Kanzel herunter.

Gleich gegenüber lag der öffentliche Besucherraum, für Familie und Freunde. In Tegel hieß dieser Raum »Sprechzentrum«. Eine unpersönliche und bürokratische Bezeichnung, hinter der man eher ein Sprachlabor vermutete. Aber ein sehr passender Ausdruck für einen offenen, gut überschaubaren Saal, in dem für Privatangelegenheiten kaum Platz war. Ungestört reden konnte man hier nicht. Höchstens Laute von sich geben, ohne dabei wirklich etwas sagen zu können. Oder zu wollen.

Während der Schließer seinem Job nachging, nämlich Türen auf- und wieder zuzuschließen, dachte der Kommissar an das, was Wigger vorhin im Büro zu ihm gesagt hatte: »Sie müssen selbst wissen, was Sie tun.« Hilkenbach hoffte, dass er wusste, was er tat. Er war sich aber nicht sicher.

Sie kamen an der Küche vorüber. Zwei Küchenbullen standen bedrohlich vor der Tür, sie wuchsen gleichsam aus dem Boden. Hilkenbach verstand plötzlich den Ausdruck »irgendwo Wurzeln schlagen«. Die beiden Knackis, die als Küchenhilfen arbeiteten, machten eine Zigarettenpause. Es waren ein großer, schlaksiger Weißer mit Nickelbrille und Halbglatze und ein untersetzter, verwachsener, leicht buckliger und grimmig dreinschauender Schwarzer mit Boxernase und rasiertem Schädel.

»Masseit, Masser!«, grüßte der Schwarze den Schließer. Er grinste listig und machte mit der rechten Hand eine übertrieben devote Bewegung und neigte sein Haupt. Hilkenbach war sich nicht darüber im Klaren, ob er »Mahlzeit, Meister!« oder »Mahlzeit, Massa!« gemeint hatte. Der Schließer schien Ähnliches zu denken, er schaute den Küchenbullen lange und eindringlich an und sagte nachlässig freundlich: »Mahlzeit,

Dumbo.« Es war nicht zu sagen, ob das eine Anspielung auf seine Hautfarbe, seinen Rüssel oder auf seinen Körperbau sein sollte. Wahrscheinlich weder noch. Vielleicht hieß er einfach so.
»Da vorne ist Haus 3. Sie müssen sich bei der Zentrale anmelden.«
Der Schließer übergab den Kommissar an einen anderen Schließer. Die Verantwortung des Schließers geht nur so weit, wie sein Schlüssel schließt. Und jeder hat sein Revier, wie ein Hund.
Der zweite Schließer stand bestimmt kurz vor der Pensionierung. Eigentlich sah er eher so aus, als würde er seine Pension schon seit zwanzig Jahren beziehen. Seine am Hinterkopf unter der Mütze hervorspähenden Haare waren weiß, und seine Haut war durchsichtig wie Butterbrotpapier. Wahrscheinlich war er mit den Lebenslänglichen hier alt geworden.
Er sagte kein Wort, lächelte aber milde und schleuste Hilkenbach auf wackligen Beinen mit seinem Schlüsselbund durch bis zur Zentrale.
Das Haus 3 war sternförmig gebaut, es bestand aus drei langen Gängen, die sich in der Mitte kreuzten. Auf dieser Kreuzung stand ein Glashäuschen, von dem aus man jeden einzelnen Gang gut überblicken konnte. Dies war die »Zentrale«.
Noch eine letzte Gittertür musste aufgeschlossen werden, und Hilkenbach stand vor dem Glashaus. Der Beamte darin sah sehr würdevoll aus, er schien sich seiner zentralen Bedeutung in diesem Haus bewusst zu sein. Die Gläser seiner Brille waren leicht getönt. Grünlich. Hilkenbach und der Alte mussten einige Zeit warten, bis sie von ihm zur Kenntnis genommen wurden. Schließlich zeigte er sich gnädig und fragte: »Ja?«
Hilkenbach, der bereits bemerkt hatte, dass man in diesem Laden keine großen Worte machte, sagte gar nichts und zeigte seinen Passierschein. Als der Glashauswärter sah, dass er es mit einem Kriminalbeamten und nicht mit einem Rechtsanwalt zu tun hatte, wurde er zu einer wahren Quasselstrippe. Er sagte: »Raum eins.«
Hilkenbachs Begleiter schloss die Gittertür auf, durch die sie gerade gekommen waren, und führte ihn zur ersten Tür auf der rechten Seite. Eine große römische Eins stand auf der Stahltür. Hilkenbach sah sich noch einmal nach dem grünbebrillten Glashauswärter um. Obwohl der Beamte höchstens vier Meter von ihm entfernt war und ihn zudem wie ein Raubvogel mit schräg gestelltem Kopf beobachtete, konnte Hilkenbach dessen Augen nicht erkennen. Beunruhigend war das, unangenehm. Die grünen Gläser erfüllten ihren Zweck.
Raum 1 entpuppte sich als besseres Verlies, er hatte die Größe von Hilkenbachs Küche. Und die gleiche gelbliche Nikotinfarbe an den Wänden. Wie ein Vorschlaghammer schlug einem der kalte, abgestandene Rauch ins Gesicht, wenn man den Raum betrat. Erleuchtet wurde er von einer nackten Birne in der Wand. In dieser Kabuse gab es einen

Holztisch und drei Holzstühle, einen überfüllten Metallaschenbecher und ein braun angelaufenes Waschbecken. Und ein Stück übel riechende, übel aussehende Seife. Sonst nichts. Fenster gab es auch, zwei sogar, zu klein jedoch, um viel Licht hereinzulassen, und zu hoch, um draußen mehr zu sehen als ein kleines Stückchen wolkenverhangenen Himmel.

Hilkenbach setzte sich auf einen Stuhl und starrte an die Wand.

»Ich werde ihn gleich holen.« Die Stimme des Alten schnarrte asthmatisch. Als Stummer hatte er Hilkenbach besser gefallen. Trotzdem fragte der Kommissar: »Was für ein Typ ist dieser Busche eigentlich?«

Der Schließer zuckte die Achseln und sagte vorsichtig: »Ein schwieriger Typ.« Er machte eine Pause, in der er den Kommissar prüfend begutachtete. Hilkenbach schien der Prüfung bestanden zu haben, denn er fuhr fort: »Kein besonders umgänglicher Mensch, aber einer, der für Ordnung sorgt. Einer der Köpfe hier im Haus, Sie wissen ja, wie das läuft.« Er verstummte und schlich aus dem Raum.

Ja, Hilkenbach wusste, wie es hier lief. Im Haus 3 tummelten sich die Langjährigen. Die Lebenslangen, die Mörder, die brutalen Räuber, die ganz schweren Jungs. Hier im Haus herrschte totale Ordnung, darauf wurde Wert gelegt! Wenn man schon jahrzehntelang sitzen musste, dann wollte man keinen Stress. Unruhestifter hatten es hier schwer, sie blieben meistens nicht lange. Wenigstens blieben sie nicht lange Unruhestifter. Fixer etwa waren hier nicht gern gesehen. Drogenabhängige brachten Unruhe in die Gruppe, das wollte keiner. Im Haus 3 wollten sie lediglich in Ruhe ihre Zeit absitzen. Und für Ruhe sorgten sie, wenn es sein musste, auch selbst. Da konnte schon hin und wieder unter der Dusche ein wenig Blut fließen, aber das war von oben abgesegnet. Es war den Wärtern nicht unlieb, wenn die Häftlinge sich »selbst organisierten«. Das ersparte ihnen Arbeit.

Die Hierarchie unter den Knackis war klar und straff organisiert. Wenn der Schließer gesagt hatte, Busche sei einer der Köpfe im Haus, so hieß das, dass er wirklich etwas unter den Knackis zu vermelden hatte. Das passte eigentlich gar nicht zu dem Bild, das Hilkenbach sich von diesem Busche gemacht hatte oder gern gemacht hätte. Aber hatte er überhaupt schon ein Bild? Oder nur eine blasse Vorstellung?

Gestern noch war dieser Kerl ihm völlig unbekannt gewesen, er hatte seinen Namen bis dahin nie gehört. Auch heute wusste er kaum mehr, als dass Busche derjenige war, den man wegen des Mordes an Bruno Fetzner zu zwölf Jahren Tegel verknackt hatte. Und dass er bis dato jegliche Beteiligung an dem Mord bestritt. Und zwar vehement.

Im Fall Egener hatte der Kommissar von Anfang an nicht an die Raubmordversion geglaubt. Zu einfach, dachte Hilkenbach, zu simpel. Sollten sich seine Kollegen doch auf die Suche nach dem gestohlenen Schmuck machen. Hilkenbach wusste, dass er niemals bei einem Juwelier oder Hehler auftauchen würde. Er hatte zwar bislang keine bessere, jedenfalls keine handfestere Theorie zu bieten, und, zugegeben, im Fall Vera Witte hatte er sich ziemlich verhauen. Dennoch hatte er jetzt eine Ahnung. Es war nur ein vages Gefühl, aber es musste so sein. Der Schlüssel zum Fall Egener lag einzig und allein in dem Kettenbrief. Der Kommissar setzte alles auf diesen Brief. Auch wenn Wigger ihn dafür belächelte und Brutzinger ihm drohte.

Hilkenbach kramte in den Notizen, die er sich gestern am Telefon gemacht hatte. Er trug auch die Akten bei sich, die er heute Morgen bei den Kollegen besorgt hatte. Busche hieß mit Vornamen Dieter, geboren 1952 in Berlin-Marienfelde, mehrfach vorbestraft: schwere Körperverletzung, schwerer Raub.

Seitdem Gerd Stahl ihn gestern auf Bruno Fetzner aufmerksam gemacht hatte, war Hilkenbachs Gehirn nicht mehr zur Ruhe gekommen. Dieser Mordfall war zu faszinierend, er regte Hilkenbachs Phantasie an. Ein Stoff für einen reißerischen Roman. Alles war drin: Drogen, Sex, Gewaltorgien.

Hilkenbach zündete sich eine Zigarette an, dann würde es in diesem Raum wenigstens auch nach warmem Rauch stinken. Übelkeit stieg in dem Kommissar hoch. Es war die erste Zigarette am Morgen, sah man einmal von der Zigarette nach dem Aufstehen ab, und Hilkenbach hatte noch nicht gefrühstückt, sah man einmal von drei Tassen Kaffee ab. Er behielt die Zigarette im Mundwinkel, ohne wirklich daran zu ziehen, und begaffte erneut die Wand.

Dass man diesen Dieter Busche verhaftet und verurteilt hatte, war seiner jüngeren Schwester zu verdanken. Sie hatte den Verdacht auf ihn gelenkt. Maja Busche war Fetzners Freundin gewesen, vielleicht war sie auch für ihn anschaffen gegangen. Einiges deutete darauf hin, Busche selbst hatte das immer wieder behauptet. Und sich erst recht verdächtig gemacht, weil er damit der Kriminalpolizei ein wunderbares Motiv lieferte. Busche behauptete immer wieder, Fetzner habe seine Schwester an die Nadel gebracht und auf den Strich geschickt. Dummerweise hatte er zudem in aller Öffentlichkeit, nämlich in Fetzners Kneipe, gedroht, ihn umzubringen. »Ihn in Scheiben zu zerlegen«, wie einige Zeugen aussagten. Was dann ja auch geschah.

Zu allem Überfluss gab Busche zu, an dem betreffenden Abend in Fetzners Wohnung gewesen zu sein und ihm »ein paar vor die Glocke gehauen« zu haben. Aber als er die Wohnung verlassen habe, sei Fetzner noch »in einem Stück« gewesen.

Hilkenbach wunderte sich nicht darüber, dass Busche verknackt worden war. Der Fall schien eindeutig. Was ihn verwunderte, war die Tatsache, dass Busche bis zum bitteren Ende seine Unschuld beteuert hatte, dass nicht einmal sein Anwalt ihn davon hatte überzeugen können, dass es besser für ihn gewesen wäre, alles zu gestehen und auf bedingt unzurechnungsfähig oder Totschlag im Affekt zu plädieren.

Nein, Busche hatte bis zum Schluss seine kindische und naive »Nicht Schuldig«-Linie verfolgt. Entweder war er ein Riesenidiot oder tatsächlich unschuldig. Und in letzterem Fall wäre er für Hilkenbach interessant gewesen. Denn dann würde der Kettenbrief ins Spiel kommen.

Ein Stahltür krachte, und Hilkenbach fuhr zusammen. Die Zigarette fiel aus seinem Mundwinkel, und er sah zur Tür hinüber.

Hilkenbach wusste selbst nicht, was er erwartet hatte. Er hatte doch die Fotos in den Akten gesehen. Was überraschte ihn also? Hatte er tatsächlich ein scheues, traurig ausschauendes Männchen erwartet? Einen bedauernswerten, weil zu Unrecht verurteilten Burschen? Ein armes Justizopfer?

Das, was ihm jetzt gegenüberstand, verschlug dem Kommissar die Sprache. Dieser Bursche, ein Kerl von mindestens zwei Metern, Höhe wie Umfang, stand breitbeinig vor der Stahltür, hielt die Arme vor der Brust verschränkt und schaute ihn geringschätzig und (im wahrsten Sinne des Wortes) von oben herab an. Charles Manson war ein Chorknabe dagegen.

Hilkenbach stand auf. Noch immer sah Busche auf ihn herab.

Sein Gesicht glich einem Fußabtreter. Genauso rauh und borstig. Und genauso rechteckig. Seine Backenknochen stachen aus dem Gesicht hervor wie die Rippen eines Heizkörpers. Sein zerfurchtes, stoppeliges Kinn hätte der Lade einer Registrierkasse alle Ehre gemacht. Busches Lippen waren breit und wulstig, aber blutleer, weil er sie aufeinanderpresste. Seine hellblauen, ziemlich schönen Augen schauten gelangweilt.

Busche war kein sonderlich hübscher Mensch, das nun nicht, aber ein durchaus interessanter. Er besaß unzweifelhaft einen Charakterschädel, ihm sah man seine Erfahrung an. Welche Erfahrung auch immer. Hilkenbach konnte sich sogar vorstellen, dass er bei einigen Frauen gut ankam. Auch wenn seine Brutalität ihm geradezu aus der Nase tropfte und seine gewalttätige Verschlagenheit ihm wie ein Stempel ins Gesicht gedrückt war.

Busche traute niemandem, das sah man. Und niemand traute ihm.

»Ich kann mir schon denken, dass Sie sich wundern, Busche«, begann Hilkenbach sichtlich verkrampft, er rieb sich die feuchtkalten Hände an den Jackentaschen und steckte sie schließlich hinein.

»Für Sie immer noch Herr Busche«, unterbrach ihn der Häftling prompt. »So viel Zeit muss sein.«

Er schob die Ärmel seiner Jacke so hoch es ging und stemmte die Hände in die Seite.

»Meinetwegen auch das«, entgegnete der Kommissar ein wenig verunsichert und betrachtete die von oben bis unten tätowierten Arme dieses mutierten Gorillas. Selbst das obligatorische, eigenhändig angefertigte »Kreuz auf Hügel vor untergehender Sonne« fehlte nicht. Neben verschiedenen Frauennamen, diversen Herzen (mal von einem Pfeil durchbohrt und tropfend, mal nicht) und sonstigen einfallslosen Emblemen trug er am rechten Oberarm einen grinsenden Schrumpfkopf mit Stirnband. Nicht ganz so einfallslos, dafür um so geschmackloser.

Hilkenbach fragte sich, woher diese abartige Sitte der Knackis kam, ihre Haut so zu verhunzen und ihren ganzen Körper derart zu verunstalten. Zusätzliche Selbst-Stigmatisierung der gesellschaftlich Stigmatisierten, würde ein Psychologe oder Soziologe vermutlich sagen. Vielleicht war aber auch lediglich eine gehörige Portion Masochismus mit im Spiel.

»Ich weiß, es ist schon über zwei Jahre her, aber ...«, Hilkenbach hatte keine Ahnung, wie er anfangen sollte. Vor allem hatte er schon jetzt die schlimmsten Befürchtungen, wie dieses Gespräch enden könnte. »... aber ich möchte mich gerne noch mal mit Ihnen über Bruno Fetzner unterhalten.«

Busche schwieg und starrte zur Decke.

»Ich bearbeite zur Zeit einen Fall, der möglicherweise mit Ihrem, ähm, das heißt, mit dem Fall Fetzner zusammenhängen könnte.«

»Ick höre«, sagte Busche gelangweilt und zog eine Grimasse, die soviel besagte wie: Ick höre.

Hilkenbach ärgerte sich plötzlich, dass er überhaupt hergekommen war. Was könnte Busche ihm denn schon sagen? Was wollte Hilkenbach eigentlich beweisen? Und wem?

Wieder einmal war er einer seiner berüchtigten Intuitionen gefolgt und zum zweiten Mal in ganz kurzer Zeit beschlich ihn das schreckliche Gefühl, dass auf seine Eingebungen auch kein Verlass mehr war. Vielleicht wurde er einfach alt. Kommissar Hilkenbach tat das, was er immer tat, wenn er nicht wusste, was er sonst tun sollte: Er steckte sich eine Zigarette an. Er bot auch Busche eine an, doch der lehnte ab.

»Nee, danke, bin Nichtraucher.«

Hilkenbach war erstaunt, eher hätte er erwartet, Busche nehme den Teer löffelweise zu sich.

»Ich habe Ihren Fall sehr genau studiert«, fuhr der Kommissar umständlich fort. Vielleicht würde ihm ja noch einfallen, was er eigentlich von Busche hören wollte. Dies war nicht der Fall, darum sagte er: »Bemerkenswert.«

»Det freut mich zu hören, dat det Ihnen jefällt.« Er konnte seine Freude gerade noch verbergen.

»Ja.« Hilkenbach räusperte sich. »Und möglicherweise könnte ich Ihnen sogar helfen. Vorausgesetzt natürlich, Sie helfen mir.« Indem er dies sagte, wurde ihm bewusst, dass er sich belog. Und das ärgerte ihn. Wenn man sich schon etwas vormachte, dann sollte einem das wenigstens nicht sofort bewusst werden. War dieser Busche der Mörder, für den man ihn hielt, so war der Zusammenhang zwischen den Morden und dem Kettenbrief, den Hilkenbach ebenso verbissen wie willkürlich zu konstruieren versuchte, nichts weiter als eine zum Platzen verurteilte gedankliche Seifenblase. Und falls andersherum Busche wirklich nichts mit Fetzners Tod zu tun hatte, so lag es auf der Hand, dass er dem Kommissar keinerlei Hilfe sein könnte. Wer nichts weiß, kann nichts verraten. Hilkenbach stand lange mit offenem Mund da und starrte verwirrt auf seine Zigarette, von der jeden Moment die Asche herunterfallen musste.

»Wissen Sie eigentlich, wie in Tejel der Besucherraum heißt?« Busche verzog keine Miene, nur sein linker Mundwinkel ging leicht in die Höhe. Und der rechte Nasenflügel zitterte unmerklich.

»Sprechzentrum, glaube ich.«

»Korrekte Antwort.« Busche klatschte zweimal geziert in die Hände.

»Also entweder sprechen Sie, oder ick darf mir empfehlen.«

»Dies ist aber nicht das Besucherzimmer, sondern ein Raum für Verhöre.« Hilkenbach wusste, dass dies, diplomatisch betrachtet, kein geschickter Satz war. Aber er fühlte sich in einer Sackgasse. Er verspürte nicht das geringste Interesse daran, sich mit diesem verdammten Menschen länger abzugeben, geschweige denn, dessen Unschuld zu beweisen. Dieses verkommene, impertinente Subjekt war nirgendwo besser aufgehoben als im Knast.

Ein Psychiater hatte bei einer polizeilichen Fortbildung in Gerichtspsychologie, an der Hilkenbach teilgenommen hatte, vom Typus des »stoischen Mörders« gesprochen. Stoisch bringe er die Leute um, und genauso stoisch sitze er anschließend seine fünfzehn Jahre im Knast ab, ohne mit der Wimper zu zucken und ohne irgendeinen psychischen Defekt davonzutragen. Dieser Psychiater musste jemanden wie Busche vor Augen gehabt haben.

»Na, super!« Der Stoiker war begeistert. »Erst wollen Sie mir helfen, und denn erzählen Sie mir, det is'n Verhör. Det find ick ja dufte.« Wieder verschränkte er die Arme vor der Brust. »Von mir hören Sie jar nüscht mehr.«

»Nein, Busche, äh, Herr Busche«, sagte Hilkenbach plötzlich sehr energisch, »tut mir leid. Glauben Sie mir, ich meine es ernst.«

»Mensch, Sie sind jut.« Busche platzte offensichtlich der Kragen, dieses Hampelmännchen von Kommissar ging ihm langsam, aber sicher auf die Nerven. »Hören Sie mal zu, Mann! Warum lassen Sie mich nich einfach in Ruhe? Ick hab keene Lust mehr. Verscheißern kann ick mir selber. Sie meinen det also ernst! Dat ich nich lache!« Er lachte nicht. »Sie ham ja überhaupt keenen Schimmer, wat Sie eigentlich meinen, Meester.«

Diese Schlussfolgerung war ebenso naheliegend wie korrekt. Man sah es dem Kommissar deutlich an, dass er gedanklich nicht in diesem Raum war. Und dass er nicht daran interessiert war, dieses Gespräch weiterzuführen. Er schwieg dementsprechend.

»Tausend Mal hab ick det nu schon jesagt«, Busche sah den Kommissar nicht an, sondern an ihm vorbei zum Waschbecken hinüber. »Allen möglichen Leuten hab ick det jesagt, dat ick unschuldig bin. Und trotzdem sitz ick hier; 'nem Kriminellen wie mir glaubt man eben nich, aus Prinzip schon nich. Kommen Sie mir also jetzt nich mit Hilfe, det kenn wa. Mir reicht's, basta!«

Er machte eine Pause und ging ganz dicht an Hilkenbach heran.

»Na jut, eenmal sag ick's noch, aber nur weil Sie so schöne traurije Augen haben: Ick bin unschuldig. Zufrieden?« Er drehte sich um und ging zurück zur Tür. »Wenn ick Fetzner alle jemacht hätte, dann hätte ick diesem abjehalfterten Soziologen nich die Arschbacke, sondern seinen verdammten Schwanz abjeschnitten. Darauf könn Sie einen lassen!«

»Soziologe?« Hilkenbach fuhr zusammen. »Fetzner war doch Wirt.«

»Ne armselige Kreatur war der. Ne jescheiterte Existenz.« Busche sah Hilkenbachs bohrenden Blick und meinte: »Der hat det mal studiert, hat er jedenfalls immer jesagt, der Angeber. Alte Kumpels von ihm wären jetzt Professoren anne Uni. Ick hab det ja nie richtig jeglobt. Aber einmal hat er mir sein Diplom jezeigt, von der Freien Universität. Det war echt.«

Hilkenbach war wie versteinert. Davon hatte in den Prozessakten nichts gestanden, für die Verhandlung war das wohl auch ohne Belang gewesen. Hilkenbach fühlte sich, als wäre ein D-Zug über ihn hinweggebraust. Er vergaß, dass Busche noch im Raum war.

»Et jibt hier ooch Aschenbecher.« Der Häftling deutete auf Hilkenbachs Zigarette. »Nur von wegen de Ordnung, Meester.«

Hilkenbach hörte gar nicht zu, er wachte erst wieder auf, als die Zigarette ihm die Finger ansengte. Ein schwarzer Käfer, der an der Wand entlangkroch, schien den Kommissar mehr zu interessieren als der Häftling, der gerade an die Tür klopfte. Der Schließer erschien und öffnete.

»Wie geht es eigentlich Ihrer Schwester?«, fragte Hilkenbach.

Busche, der schon hinausgegangen war, steckte noch einmal seinen Kopf zur Tür hinein. »Vor 'nem Jahr abjenippelt, det Miststück.«

»Oh, das tut mir leid.« Hilkenbach schluckte. »Überdosis?«

»Nee, Haushaltsunfall. Beim Fensterputzen ausjerutscht. Siebter Stock.«

Die Stahltür krachte, und der Kommissar war allein im Raum.

»Wat is'n det für'n Schwachkopp?«, hörte er Busches gedämpfte Stimme von draußen. »Der hat doch einen an der Waffel.«

Der Schließer schwieg. Hilkenbach hatte nichts anderes erwartet.

Als Hilkenbach an diesem Nachmittag nach Hause kam und den angeklebten Zettel von der Wohnungstür abnahm, lag der Schatten eines Lächelns auf seinen schmalen Lippen.

»Soziologie befasst sich mit Theorien sozialen Verhaltens«, erinnerte sich der Kommissar, ein Satz aus dem Uni-Merkblatt. Das Lächeln auf seinen Lippen schwappte über auf das ganze Gesicht. Er strahlte, schloss die Tür und besah sich die Notiz.

Über solche angehefteten Zettel wunderte sich Hilkenbach kaum noch, der Hauswart klebte des Öfteren Notizen an seine Tür. Nur weil Hilkenbach Polizist war, hatte der Hauswart das lästige Bedürfnis, ihn ständig über dies und jenes zu informieren. »Guten Tag, Herr Blockwart«, war es Hilkenbach einmal herausgerutscht, als er ihn beim Fegen des Treppenhauses getroffen hatte. »Guten Tag, Herr Kommissar«, war die Antwort des Besenschwingers gewesen. Den ›Blockwart‹ hatte er wahrscheinlich als Kompliment verstanden.

Hilkenbach zog den Mantel aus und las. Die Notiz war gar nicht vom Hauswart. Sie war von Bohm, ja, von seinem ehemaligen Kommilitonen Karlheinz Bohm. Derselbe stille und introvertierte Jurastudent Bohm, mit dem Hilkenbach vor beinahe zwanzig Jahren, zusammen mit Lilli Breitzke und Friedhelm Egener, ganze Nächte durchgezecht oder, wie sie es damals genannt hatten, »Staatsfragen erörtert« hatte. Seltsam!

Bohm war Egeners Zimmernachbar im Studentenheim gewesen, so hatte Hilkenbach ihn kennengelernt, beim gemeinsamen Spiegeleierbraten in der Etagenküche. Damals! Bohm war ein dürres, langes Elend gewesen, ein Schmachtlappen mit altmodischem Bürstenhaarschnitt (in den Siebzigern!) und gebügelten Jeans. Ältere Damen hätten ihn bestimmt als höflichen und zuvorkommenden jungen Mann beschrieben. Hilkenbach hatte ihn lediglich als unauffälligen, gutmütigen Spießer in Erinnerung. Ein typischer Jurastudent eben, zuverlässig, korrekt, langweilig.

»Seltsam«, sagte der Kommissar laut.

Auch die Nachricht von Bohm war ein wenig mysteriös: »Hallo, Hartmut! Schau doch mal bei mir rein, falls Du Dich ein bisschen über unseren toten Freund unterhalten willst. Ich freu mich schon auf unsere Plauderei. Wie in alten Zeiten. Karlheinz Bohm«

Das war alles. Darunter lediglich seine Adresse, sonst nichts. Hilkenbach drehte den Zettel um, auf der Rückseite stand: »P.S.: Schaff Dir mal einen Anrufbeantworter an.«

Wichtigtuer, dachte der Kommissar und steckte die Notiz in seine Manteltasche. Wahrscheinlich hatte Bohm in der Zeitung von Egeners Tod gelesen und auch erfahren, dass er, Hilkenbach, die Ermittlungen leitete. Und jetzt nahm Bohm diesen Zufall zum Anlass, den Kommissar zum nostalgischen Kaffeekränzchen einzuladen. Warum auch nicht!?

Hilkenbach hätte seinen alten Bekannten gern mal wiedergesehen. Er überlegte einen kurzen Moment lang und ging dann zum Telefon. Er wählte die Nummer der Auskunft und bekam auf Anhieb die gewünschte Telefonnummer. Er wählte erneut, und nach zweimaligem Klingeln meldete sich die Stimme von Karlheinz Bohm: »Dies ist der Anschluss 612...«

Ein Anrufbeantworter. Hilkenbach legte auf.

»Verfluchte Automaten!«, brummte er, wählte dann aber ein weiteres Mal Bohms Nummer. Er wartete auf den unvermeidlichen Piepton und sagte: »Ähh...«, dann wusste er nicht mehr weiter. Was wollte er Bohm eigentlich mitteilen? Ach ja! »Hallo, Karlheinz«, sagte er stotternd, »schade, dass du nicht zu Hause bist.« Das war doch wenigstens ein Anfang, Hilkenbach sprach ungern mit Tonbändern. »Hier ist Hartmut Hilkenbach ... wegen deiner Nachricht. Ich würde auch gerne ein bisschen mit dir plaudern, ich bin aber die nächsten Tage nicht in Berlin. Wahrscheinlich. Vielleicht Anfang nächster Woche. Wie wär's mit Montag? Tja ... tschüs.«

Als der Kommissar den Hörer auflegte, standen Schweißperlen auf seiner Stirn. Anrufbeantworter brachten ihn um. Er würde sich bestimmt niemals einen zulegen.

»Verfluchte Automaten!«, brummte er.

DRITTER TEIL

»Ich bitte um Vergebung. Ich vergaß einen Augenblick, dass Sie ja Detektiv sind. Es muss kompliziert sein, nicht wahr? Ein einfacher Fall hat wahrscheinlich irgendwie was Unanständiges.«
Raymond Chandler, »Lebwohl, mein Liebling«

1. Die Sekretärin

»Guten Morgen, Wigger. Schönes Wetter draußen, gell?« Kriminalrat Brutzinger schwebte geradezu durch den Raum, er strahlte von Ohr zu Ohr und war offensichtlich bester Laune an diesem kalten, aber sonnigen Freitagmorgen.

Wigger ächzte verständnislos, er stellte das Kaugummikauen ein, ließ den Gummi aber im Mund und nahm die Füße vom Schreibtisch. Heute schienen alle in diesem Büro auszuflippen. Er konnte beim besten Willen nicht verstehen, warum? Auch Hilkenbach war vorhin so unnatürlich aufgedreht und seltsam lächelnd zur Tür hereingeschneit. Und ebenso wieder hinaus. Zwar hatte er ausgesehen wie immer, blassgelb wie ein junger holländischer Käse, aber er war in bester Stimmung gewesen, hatte sogar versucht, freundlich zu sein. Beinahe mit Erfolg.

»Schönes Wetter?« Wigger schaute über den Rand des Sportteils seiner Zeitung zum Fenster. »Ganz wie man's sieht.« Er sah nichts. Die Jalousien waren noch runtergelassen. Aber es hatte den Anschein, als strahle draußen die Sonne. Brutzinger jedenfalls pfiff vergnügt, wenn auch reichlich schief, ein lustiges Kinderlied. Es sollte wohl »Der Gockel Konstantin« sein. »Auweia, auweia. Der Hahn legt keine Eier.«

Brutzingers Ohren waren rot, ob vor Kälte oder Erregung, ließ sich nicht sagen, sein Blick war schelmisch wie der eines Lausbuben, dem gerade ein toller Streich gelungen war. Die wenigen Haare über Brutzingers Ohren und an seinem Hinterkopf standen unmotiviert in der Gegend herum. Dabei legte er sie doch sonst pomadig akkurat um seine speckige Glatze. Jetzt sahen sie eher aus wie eine Dornenkrone. Wigger hatte beinahe den Eindruck, als sei er ein wenig aus der Puste. Er konnte nicht sicher wissen, er ahnte aber, dass Brutzinger seit Langem mal wieder eine prickelnde Nacht verbracht hatte. Und er glaubte, sogar den Grund für das Prickeln zu kennen. Der Grund war viel zu jung (fand Wigger), nicht sonderlich intelligent (fand Brutzinger), dafür aber ausnehmend schön und sehr leidenschaftlich (das fanden beide).

Das genaue Gegenteil zu Brutzingers Frau also.

»Ich glaube, der Frühling lässt grüßen, was meinen Sie, Wigger?«

»Eine Schwalbe macht noch keinen Sommer.« Hilkenbachs Assistent hatte ein ziemliches Talent, wenn es darum ging, die aufkommende Mitteilsamkeit des Kriminalrats zu besänftigen. Vor allem, indem er ihn nur selten ansah, wenn er mit ihm sprach.

»Sagen Sie bloß, Sie haben schon Schwalben gesehen?«

»Was?« Wigger legte endgültig die Zeitung beiseite und stöhnte. Sein Talent hatte versagt. »Natürlich nicht, Chef. Die sind noch in Afrika und machen Urlaub in der Sonne. Das sagt man nur so.«

»Wieso sagt man das so? Wir haben Februar, da kann man ja wohl noch nicht von Sommer sprechen.« Brutzinger war immer ein wenig verwirrt, wenn er etwas nicht verstand. Das kam manchmal vor.

Wigger lächelte nachsichtig und entgegnete nichts. Das war beim Chef zumeist das Klügste. Er hoffte, Brutzinger würde nicht noch mal nachfragen und endlich in seine Bude verschwinden. Was dieser schließlich auch tat, nachdem er einige Sekunden unschlüssig und mit halb geöffnetem Mund dagestanden hatte. Wigger atmete auf und nahm die Zeitung wieder zur Hand. Plötzlich tauchte der Kopf des Vorgesetzten erneut im Türrahmen auf.

»Ist die Phantomzeichnung des Einbrechers gestern rausgegangen?«

»Jawoll.« Wigger deutete auf die Zeitung. »Ist heute in allen Blättern. Sie lesen wohl keine Morgenzeitung?«

»Doch, eigentlich schon«, meinte der Kriminalrat unsicher, »nur heute morgen war …«

»Heute morgen war's ein bisserl knapp, was?« Wigger blieb ganz ernst, er kraulte mit der rechten Hand seinen Wuschelkopf und sah seinem Vorgesetzten direkt ins Gesicht. Dieser zog den Kopf zurück und war verschwunden. Na also, dachte Wigger.

»Ach, sagen Sie mal«, Brutzinger konnte anscheinend von diesem Kopf-raus-Kopf-rein-Spiel nicht genug bekommen und nervte schon wieder. »Wo steckt eigentlich Hilkenbach?«

»Der ist in Westdeutschland.« Der Kriminalhauptmeister biss sich auf die Lippen. Verflucht! Das hätte er besser nicht sagen sollen. Er knüllte die Zeitung zusammen und warf sie in den Papierkorb. Jetzt würde er doch nicht mehr zum Lesen kommen.

»Sieh an, sieh an, davon weiß ich ja gar nichts. Gestern war er doch noch hier, oder?« Brutzingers Blick war durchaus misstrauisch zu nennen. Überrascht, aber vorsichtig.

»Er war auch vor einer halben Stunde noch hier, aber jetzt reist er durch die schöne, weite Welt. Er schickt bestimmt eine Ansichtskarte.« Wigger war auch schon witziger gewesen.

»Wie nett!« Brutzinger dachte ähnlich. »Trotzdem werden Sie mir das wohl etwas näher erklären müssen, ich würde nämlich auch gern mal was wissen.« Der Kriminalrat übersah Wiggers ironisch grinsenden Blick, ließ sich schwerfällig auf einem Stuhl nieder und schlug die Beine übereinander. Er saß ziemlich unbequem, denn sein jahrzehntelang herangefütterter Bauch quoll über den etwas zu eng geschnürten Gürtel, zudem zwickte es ihn zwischen den Schenkeln. Auch das eine Auswirkung der vergangenen Nacht. Da er schlecht den Gürtel öffnen konnte, wie er es in seinem Büro getan hätte, entschloss sich Brutzinger, wieder aufzustehen. Wigger sah dem Schauspiel schweigend zu und wartete, bis sein Chef eine geeignete Position für seinen Unterleib gefunden hatte.

»Ich bin nicht sicher, ob ich Ihnen das so genau erklären kann«, sagte Wigger schließlich. Er verfluchte Hilkenbach. Nicht nur, dass er dessen Eskapaden aushalten musste, jetzt musste er sie auch noch erklären und wahrscheinlich den Kopf dafür hinhalten. Er hatte schon vergessen, dass er einfach die Klappe hätte halten können. Worum Hilkenbach ihn schließlich auch gebeten hatte.

»Ich weiß ja selbst nicht, was Kommissar Hilkenbach vorhat, was er eigentlich will. Jedenfalls hat er sich eine ziemlich mysteriöse Kettenbrief-Theorie zusammengeschustert.«

»Was denn für ein Kettenbrief?« Brutzinger erinnerte sich vage daran, dass Hilkenbach gestern irgend etwas von einem Kettenbrief erwähnt hatte, der in Egeners Wohnung gefunden worden war. Aber er konnte sich nicht genau erinnern, so sehr er es auch versuchte. Vielleicht, weil er nicht ganz bei der Sache war. In Gedanken lag er immer noch in Sabines Bett (ein großes Messingbett, zwei mal zwei Meter, mit butterweicher Matratze und Satin-Bettwäsche) und tat all die Sachen, bei deren bloßer Erwähnung seine Frau schon einen hochroten Kopf bekommen und schockiert das Zimmer verlassen hätte.

»Dieser Kettenbrief!« Wigger kramte in der Schreibtischschublade herum und zog den besagten Brief heraus. Es war eine Fotokopie des Originals, die Hilkenbach ihm gestern Nachmittag gegeben hatte. »Hilkenbach glaubt, einen Zusammenhang zwischen den Unglücksfällen und Morden entdeckt zu haben. Vor allem zwischen Fetzner und Egener.«

»Was für Unglücksfälle? Was für Morde? Was für ein Fetzner?« Brutzinger war nicht in der Lage, angestrengt nachzudenken. Er hörte soeben, dass die Sekretärin im Vorzimmer hinter ihrem Pult Platz genommen hatte. Außerdem hörte man die Kaffeemaschine leise röcheln. Brutzinger lief leicht kupferfarben an.

»Sabine ist aber ziemlich spät heute. Sie sollten sie sich mal vornehmen ... und ein Machtwort sprechen.« Wigger grinste boshaft.

»Wie? Ach so, ja ... die Sekretärin. Hm ... Und weiter?«

Wenn er sich nur erinnern könnte, wovon Wigger gerade gesprochen hatte. Ach ja, der Kettenbrief.

»Am besten wird's wohl sein, wenn ich Ihnen den Brief einfach vorlese, jedenfalls das Wichtigste daraus.« Wigger räusperte sich und nahm den Kaugummi aus dem Mund. Er pappte ihn unter den Schreibtisch, neben die anderen, bereits angetrockneten.

»Küsse jemanden, den du liebst«... bla bla bla«, begann er und ließ gleich die nächsten Sätze aus. »Du hältst gerade Dein Schicksal in den Händen. Dieser Brief könnte Dein Glück bedeuten. Auf ganz simple und völlig legale Art und Weise kannst Du durch ihn zu einer bedeutenden Menge Geld gelangen. Es ist wirklich ganz einfach« ... und so weiter und so weiter.« Wigger überflog murmelnd die nächsten Sätze. »Ah ... hier wird's wieder interessant: ›Unterbrich auf keinen Fall diese Kette, es würde großes Unglück auf Dich herabbeschwören.‹« Wigger machte eine theatralische Pause und zündete sich umständlich eine Zigarette an; eine Zeremonie, als würde er Pfeife rauchen.

»Ja weiter, Wigger. Kommen Sie endlich auf den Punkt. Oder geben Sie mir den Brief, dann lese ich selbst.«

»Nein, nein, ich bin ein guter Vorleser.« Wigger grinste unmerklich und zog erstmal genüsslich an seiner Zigarette. »Und ich tu es doch so gerne.« Schließlich fuhr er in dem Brief fort:

»»Arno Hillar aus Hamburg erhielt diesen Brief, vergaß ihn und starb nur eine Woche später an einem Herzinfarkt.

Dieter Kannenberg aus Duisburg unterbrach ebenfalls die Kette und verunglückte bei einem Autounfall tödlich.

Josef Tenbrink aus Ahaus nahm vor sieben Jahren die Warnungen nicht ernst und verunglückte vier Tage nach Erhalt des Briefes. Er ist seitdem gelähmt und an einen Rollstuhl gefesselt.

Bruno Fetzner aus Berlin erhielt diesen Kettenbrief vor zwei Jahren, warf ihn jedoch in den Papierkorb und wurde nur drei Tage später auf bestialische und sadistische Weise umgebracht.««

Wigger zog die Augenbrauen hoch, legte das Papier vor sich auf den Schreibtisch und sah seinen Vorgesetzten erwartungsvoll an.

»Na und?«, sagte dieser, ging langsam zur Vorzimmertür und lehnte sich an den Türrahmen. Es sah fast so aus, als horche er hinaus. Vielleicht interessierte ihn aber lediglich die Holzmaserung der Tür.

»Ich weiß gar nicht, was Hilkenbach da hineininterpretieren will.«

»Friedhelm Egener und Bruno Fetzner waren Studienkollegen.«

Wigger sagte dies, als wäre es für ihn von Bedeutung. Das war es aber nicht. Ganz und gar nicht.

»Wer ist denn nun dieser Bruno Fetzner?«

Wigger berichtete, was Hilkenbach berichtet hatte. Und das war nicht viel. Zu wenig jedenfalls, um Brutzinger zu beeindrucken.

»Meinetwegen«, meinte der Kriminalrat. »Dieser Fetzner war also Drogendealer. Und er hat wie Egener Soziologie studiert, sogar zur selben Zeit. Das heißt aber noch längst nicht, dass Egener auch im Drogengeschäft tätig war. Das meint Hilkenbach doch, oder?«

»Nee.« Wigger biss sich auf die Unterlippe, schüttelte langsam den Kopf und verdrehte die Augen. Er sah Brutzinger an wie ein Lehrer einen Schüler, nachdem dieser auf eine simple Frage eine völlig abstruse Antwort gegeben hat.

Schließlich sagte er: »Genau das meint Hilkenbach eben nicht.«

»Sondern?« Brutzinger verlor langsam die Geduld. Früher war es einmal selbstverständlich gewesen, dass Untergebene von sich aus Bericht erstatteten, ohne dass man ihnen jede Kleinigkeit wie einen Bandwurm aus dem Darm ziehen musste. Das war lange her. Leider!

»Hilkenbach hat herausbaldowert, dass alle diese Unglücksfälle in dem Brief tatsächlich passiert sind. Er glaubt nun, dass es einen roten Faden geben muss, dass ein Zusammenhang bestehen muss, genauso wie das bei Fetzner und Egener der Fall war. Also hat er sich in die gesammelten Bände der Kandidaten vertieft und scheinbar ein Gewinnlos gezogen. Jedenfalls ist er heute morgen wie ein Pfau auf Brautschau hier hereinstolziert. Und genauso wieder hinaus.«

»Herrgott, Wigger, ich möchte Sie bitten, sich nicht immer so schrecklich umgangssprachlich auszudrücken. Erstens kann ich Ihnen dann nicht folgen, und zudem macht so was wirklich …«

In diesem Moment klopfte es an der Tür, Brutzinger verstummte und entfernte sich einige Schritte von der Tür. Sein Gesicht änderte die Farbe, als die Sekretärin eintrat. Aus Kupferrot wurde Blutrot. Er ähnelte jemandem, der eine Minute lang in der Sauna die Luft angehalten hat.

»Hallo, Sabinchen! Schönen guten Morgen. Fein geschlafen?«, fragte Wigger und zwinkerte ihr keck zu. »Was gibt's denn, mein Zuckerschnütchen?«

»Wollen die Herren vielleicht ein Tässchen Kaffee?« Sie streckte nur ihren Kopf zur Tür hinein und klimperte mit ihren Augenlidern.

»Worauf du deinen schönen, knackigen Popo verwetten kannst.«

Sabine lächelte verlegen, das stand ihr gut und wirkte beinahe echt. Sie verschwand und kam nur wenige Sekunden mit einem Tablett zurück, sie stellte es auf den Schreibtisch und goss den Kaffee ein. Brutzinger trank ihn schwarz, Wigger mit viel Milch und drei Löffeln Zucker. Die Sekretärin warf Brutzinger einen schüchtern verschämten und Wigger einen vorwurfsvoll lächelnden Blick zu und verdrückte sich schleunigst wieder ins Vorzimmer.

»Also wirklich, Wigger«, platzte es aus Brutzinger heraus, »ich bin sprachlos! Beherrschen Sie sich gefälligst! Das ist ja ekelhaft!«

Die ganze, äußerst unerquickliche Szene hatte Brutzinger unwillig schweigend mitangeschaut, sein Anschauen galt der Sekretärin, sein unwilliges Schweigen dem Assistenten. Auch jetzt fand der Kriminalrat kaum passende Worte angesichts der sittlichen Zügellosigkeit seines Untergebenen. Wie ein Fisch schnappte er nach Luft, sein großer Glatzkopf leuchtete wie eine rote Ampel. Die Farbe Rot beherrschte er offensichtlich in allen Nuancen.

»Haben Sie denn gar keinen Anstand?!«
»Keine Sorge, Chef. Bienchen weiß, wie's gemeint ist.«
Wigger war ehrlich erstaunt über Brutzingers Entrüstung. Nach Sabines Erzählungen (streng vertraulich, aber detailliert, versteht sich) war der ja auch nicht gerade ohne. Wigger konnte sich ein Grinsen nicht verkneifen, als er es sich bildlich vorstellte. Ohne zu wissen, wieso, kamen ihm die Karikaturen von Manfred Deix in den Sinn.

Er nahm die Kaffeetasse in die Hand, rührte lange darin herum, bis er sicher war, dass der Zucker sich aufgelöst hatte, und schlürfte dann geräuschvoll seinen Kaffee.

Brutzinger ging zum Fenster hinüber, stellte die Lamellen der Jalousien so, dass Sonnenlicht ins Zimmer fiel, und schaute lange schweigend, aber schwer atmend hinaus, um sich abzuregen. Mit einem Ruck drehte er sich plötzlich um, er sah nach wie vor verärgert aus, aber er hatte sich wieder unter Kontrolle. Er taxierte Wigger so lange, dass es diesem unangenehm wurde.

»Sie haben mir jetzt aber immer noch nicht gesagt, was Hilkenbach in Westdeutschland macht. Ich bitte um Erklärung. Kommen Sie endlich zur Sache!«

»Tja ...«, wie sollte Wigger zur Sache kommen, wenn er nicht wusste wie diese Sache aussah. Außerdem war das allein Hilkenbachs Sache. »Der Kommissar ist unterwegs nach Ahaus in Westfalen, in meine alte Heimat. Er besucht das wundervoll verschlafene Münsterland.«

»Wieso? Hat er denn Urlaub?«

»Nein, natürlich nicht. Er ist bei diesem Josef Tenbrink, diesem Gelähmten aus dem Kettenbrief.«

»Welcher Gelähmte? Ach, der Gelähmte! So, so ... gelähmt also ...«

Brutzinger sah griesgrämig auf seine nicht ganz sauberen Fingernägel. Er hatte sich heute morgen nicht gewaschen, nicht einmal die Zähne geputzt. Er schüttelte den Kopf und grinste feist. Dann wurde er wieder ernst wie ein Priester bei der Beichte.

»Mal ganz ehrlich, Wigger, was halten Sie denn von dieser ganzen Geschichte?«

»Ich weiß nicht so recht, aber ich glaube, unser Hercule Poirot ist diesmal mächtig auf dem Holzweg.«

Brutzinger hatte diesen Namen zwar noch nie gehört, nickte aber beifällig. »Na, der wird jedenfalls was erleben, wenn er wieder hier ist! Dann gibt's ein Donnerwetter, das sich gewaschen hat!«, sagte er und verschwand mit seiner Tasse Kaffee im Büro nebenan.

Seltsam, dachte der Kriminalrat, als er mit geöffnetem Gürtel in seinem weichen und geräumigen Ledersessel saß, wirklich sonderbar. Woher wollte Wigger eigentlich wissen, wie schön Sabines Popo war, wo sie doch meistens weite Röcke trug?! Und er wäre sicherlich eifersüchtig geworden, wäre dieser Gedanke nicht so absurd gewesen. Brutzinger lächelte. Jeder, nur nicht Wigger! Dennoch schnürte er den Gürtel zu und ging zurück in den Vorraum. Wigger war nicht da. Aber man konnte seine Stimme aus Sabines Vorzimmer vernehmen. Er lachte schamlos und rief: »Mach keine Witze, Bienchen, das hat er nicht! Das hat er nicht getan!«

»Warum denn nicht?«, antwortete die Sekretärin lachend. »Was ist daran denn so abstoßend?«

»Was ist daran *nicht* abstoßend?«, fragte Wigger zurück.

Brutzinger hörte nun beide schallend lachen und ging schnell zurück in sein Büro. »O ja«, murmelte er leise, aber bestimmt, »Hilkenbach wird tatsächlich ein Donnerwetter erleben. Und zwar ein allerletztes!«

2. Der Spinner

Hilkenbach stieg im »Hotel zur Post« ab. Zugegeben, kein besonders einfallsreicher Name für eine Pension, aber auch nicht gänzlich unoriginell, schließlich gab es weit und breit keine Post. Vielleicht sollte auch nur auf Nostalgie gemacht werden, Erinnerungen an Poststationen mit Übernachtungsmöglichkeit und Frühstück, staubige Pferdekutschen mit uniformierten und durchgefrorenen Kutschern, durchgeschüttelte Reisende mit enormer Reisetoilette in Lederkoffern …

Hilkenbach entschied, dass es ein dämlicher Name war.

Sein Zimmer lag im ersten Stock, zur Frontseite des Hauses hin. Es sah aus wie alle Hotelzimmer dieser Preisklasse, grünliche Mustertapeten und dunkel furnierte Möbel, durchgelegene Matratzen in viel zu schmalen Betten, gelbe Deckchen auf dem Nachttisch, darauf eine Bibel und eine Broschüre des Fremdenverkehrsvereins Ahaus. An dem Marienbildnis über dem Bett erkannte Hilkenbach, dass er sich auf katholischem Terrain befand. Er hatte mit Absicht ein spartanisches Zimmer ohne Schnickschnack verlangt, schließlich wusste er nicht, ob er die Rechnung auf die Spesenliste würde setzen können. Und Hilkenbach war geizig.

Er packte nur halbherzig die Reisetasche aus, nahm lediglich Kulturbeutel und ein Buch heraus und verstaute die Tasche unter dem Bett. Seine Toilettenutensilien stellte er auf einen Stuhl neben dem Waschbecken, und das Buch legte er auf den Nachttisch. Neben die Bibel. Es war »Der Idiot« von Dostojewski.

Vom Fenster seines Zimmers aus hatte er einen wunderschönen Blick auf eine Verkehrsampel und ein Einkaufszentrum. Und auf die Kreissparkasse.

Hilkenbach schloss die Vorhänge und anschließend die Zimmertür und ging zum Münztelefon im Flur. Er wählte Tenbrinks Nummer, ließ den Apparat mindestens zehnmal klingeln und legte dann auf, schlechtgelaunt. Er hatte doch erst am Morgen mit Tenbrink gesprochen, und da hatte dieser ihm noch hoch und heilig versichert, er würde den ganzen Abend zu Hause vor dem Fernseher sitzen. »Meine Abende sind immer gleich, Herr Kommissar, um acht Uhr Tagesschau, danach einen Spielfilm oder eine Serie, und um elf Uhr bin ich im Bett. Ich freu mich auf Ihren Besuch, ich habe ja sonst sehr wenig Abwechslung. Bis heute Abend.«

Hilkenbach sah auf seine Uhr, es war genau neun Uhr.

Er grunzte und sah in den Spiegel neben dem Telefon. Seltsamer Platz für einen Spiegel. Fernsprecher für Gecken und Narzissten. Unwillkürlich musterte auch Hilkenbach sich eingehend im Spiegel, er war mit seinem Aussehen zufrieden, die Blessuren waren kaum noch zu sehen, lediglich am Kinn hatte er ein paar Kratzer. Als hätte er sich geprügelt. Der Kommissar trug einen langen, grauen Lodenmantel. Die hässliche Pudelmütze hatte er mit einem altmodischen, breitkrempigen Hut vertauscht, den er gewagt schräg und keck auf dem Kopf trug. Seine Pinocchio-Nase verschwand um ein Haar im Schatten der Hutkrempe. Er sah wirklich geheimnisvoll aus in seinem Outfit, ein bisschen verwegen und durchtrieben. Wie Alan Ladd in einem alten 40er-Jahre-Streifen. Oder wie der Vater von Alan Ladd.

Er ging hinunter ins Erdgeschoss. Dort befand sich eine Kneipe, die um diese Zeit schon gut gefüllt war. Hilkenbach fand einen Platz am Rand des Tresens und bestellte eines von diesen ekelhaft süßen, sauerländischen Bieren, die hier offensichtlich gern getrunken wurden. In der Gaststätte arbeiteten zwei Frauen. Die Chefin mit dem klangvollen Namen Elisabeth van Weyck, die Hilkenbach das Zimmer gezeigt hatte, nickte freundlich. Sie war eine dunkelblonde, nicht gerade schlanke, sehr geschwätzige, nicht unsympathische Mittvierzigerin mit einem riesigen Muttermal am Kinn. Hilkenbach hätte sich gern ein bisschen mit ihr unterhalten. Leider war sie dafür zuständig, die Tische zu bedienen. Und fast alle Tische waren besetzt. Mit voll bepacktem Tablett flog sie fachfraulich durch den Saal, ließ es sich aber nicht nehmen, hier und da ein kleines Schwätzchen mit den Gästen zu halten. Sie hatte den Laden unter Kontrolle.

Die zweite Bedienung, die hinter dem Tresen blieb und zapfte, war nicht halb so alt wie die Chefin und nicht halb so geschickt. Dafür hatte sie große, weiße Zähne, die sie stolz präsentierte, eine nagelneue Dauerwelle, die auf ihrem Kopf herumwogte, und lange rote Fingernägel, die bei der Arbeit ein wenig störten.

Hilkenbach wusste, dass es ein blödes Vorurteil war, und doch war er sich gleich sicher, dass sie keine Ahauserin war, jedenfalls keine gebürtige. Er sagte ihr das.

»Ach wat, sieht man dat?« Sie dehnte die Vokale verräterisch.

»Man hört das auch«, antwortete Hilkenbach und versuchte zu lächeln. »Sie kommen aus dem Ruhrgebiet, nicht wahr?«

Aus unerfindlichen Gründen fühlte sie sich geschmeichelt. Sie schenkte dem Kommissar ein Lächeln wie aus einer Zahnpastawerbung und scheuerte ihre Brüste auf dem Tresen.

»Ja, genau«, seufzte sie ein wenig wehmütig, »ich komm aus Essen. Essen-Bredeney.«

Machen Sie sich nichts daraus, sagte Hilkenbachs Blick, den sie nicht sehen konnte, da er auf ihrem Ausschnitt ruhte. Seine Stimme sagte: »Seit wann arbeiten Sie denn in Ahaus? Wohnen Sie etwa auch hier?«

Sie missverstand Hilkenbachs Neugier nur teilweise und gab bereitwillig Auskunft. »Seit ein' Monat arbeite ich erst hier. Bisschen langweilig, aber Frau van Weyck ist 'ne Tante von mir.«

»Ist sie eigentlich adelig?«

»Dat is' holländisch«, sagte sie geringschätzig. Hilkenbach verstand zwar nicht, wieso dies eine Antwort auf seine Frage war, nickte aber trotzdem wissend. Sie stellte unaufgefordert ein weiteres Bier vor Hilkenbachs Nase, machte einen Strich auf seinen Bierdeckel und sagte flüsternd: »Ich heiß Jacqueline.« Sie grinste und zeigte ihre Beißerchen wie ein Pony beim Wiehern und streckte ihre Hand über den Tresen.

»Hallo, Jacqueline.« Während er ihre beringte Hand mit Daumen und Zeigefinger hielt, um die langen Nägel nicht zu beschädigen, überlegte Hilkenbach, ob sie wirklich so hieß oder ob sie sich für ihren Tresenjob ein Pseudonym zugelegt hatte. Er ließ ihre Hand los, sie fühlte sich wie Eiswürfel an, ziemlich kalt und nass, als würde sie gleich zerfließen.

»Wenn Sie erst seit Kurzem hier wohnen«, kam er auf das zu sprechen, was ihn wirklich bewegte, »dann können Sie mir wahrscheinlich kaum etwas über die Leute hier am Ort sagen, oder? Ich meine, an der Theke hört man doch so einiges.«

Ihre gebleckten Zähne verschwanden hinter riesigen, knallrot geschminkten Lippen, und ihre Glubscher wuchsen. Sie hörten gar nicht mehr auf damit. Jacqueline verstand offensichtlich nicht.

»Wat meinen Sie?«

»Kennen Sie einen gewissen Josef Tenbrink?«

»Ach so.« Sie hatte begriffen. »Die Litfaßsäule steht draußen.«

Sie drehte sich um und widmete sich wieder ihren halbschalen Bieren. Noch einmal sah sie zu Hilkenbach hinüber. »Wenn's da nich steht, versuchen Sie's mal mit der Telefonauskunft.«

Alle Achtung, diesen schlagfertigen Abgang hätte der Kommissar ihr nicht zugetraut. Er staunte, und seine schmalen Lippen formten ein hübsches, rundes O. Wie ein Fisch.

»Na, das war aber eine deutliche Abfuhr!« Ein kleiner, unscheinbar aussehender Mann hinter Hilkenbach lachte schadenfroh. Er trug eine hellblaue Jacke, dunkelblaue Hosen und altmodische braune Lederschuhe mit sehr hohen Absätzen und ein übertrieben fröhliches Grinsen hinter der schwarzen Hornbrille. Er war leicht angetrunken, das sah man an den roten Backen, dem provokanten Grinsen und seiner etwas schaukelnden Haltung. Er hatte sein Hemd bis zum Nabel aufgeknöpft. Vermutlich nicht mit Absicht. Auf dem Kopf hatte er kaum noch Haare, doch um seine Glatze zu kaschieren, hatte er die restlichen Flusen von einem Ohr zum anderen gekämmt, mit Pomade zusammengepappt.

»Darf ich mich setzen?« Er wartete nicht auf eine Antwort und hievte sich mit etwas Mühe auf den Hocker, der gerade neben dem Kommissar frei geworden war. Hilkenbach konnte seine Fahne riechen, sie war aber noch erträglich. Ohne Absätze war der Mann wirklich sehr klein. Der Barhocker betonte das. Und Hilkenbachs Nachbarschaft machte ihn geradezu zu einem Zwerg.

»Sie erwähnten gerade Josef Tenbrink?« Er sah schlau und munter zu Hilkenbach auf. »Sie sind Detektiv, stimmt's? Ich tippe, von der Versicherung. Die wollen wohl etwas Geld einsparen. Bisschen spät dafür.«

Hilkenbach schwieg vielsagend und sah seinen neuen Bekannten aufmunternd an. Er hatte den Eindruck, der würde ohnehin gleich loslegen. Egal, ob Hilkenbach etwas sagte oder nicht.

»Sie wollen was über Tenbrink erfahren, und ich habe Durst.« Der Kleine öffnete seine Jacke und deutete auf seinen nicht zu verachtenden Bierbauch. Um den zu bewundern, hätte er seine Jacke gar nicht öffnen müssen. Der Bauch war nicht zu übersehen.

»Vielleicht können wir uns gegenseitig helfen. Wie wär's mit 'nem Bier, mein Freund?«

»Nehmen Sie dieses, ich hatte es sowieso nicht bestellt.«

»Hauptsache, Sie bezahlen es anschließend.« Der Mann kicherte und leerte das Glas in einem Zug. Kein Kunststück bei 0,2-Liter-Gläsern.

Hilkenbach bestellte bei Jacqueline ein weiteres Bier. Die hatte die Bestellung zwar gehört, sah aber nicht herüber und ließ sich auffallend Zeit dafür. »Sie kennen also Josef Tenbrink?«, fragte Hilkenbach, ohne allzu großes Interesse durchblicken zu lassen, und steckte sich eine Zigarette an. »Kennen Sie ihn persönlich?«

»Mehr oder weniger. Aber man hört ja einiges. Und in einem so kleinen Ort wie diesem passiert sonst nicht sonderlich viel.«

Er setzte eine Miene auf, die besagen sollte, dass er gern sein beträchtliches Wissen mit anderen teilen wollte. Zu gewissen Konditionen, versteht sich. Diesen Blick glaubte Hilkenbach aus einem schlechten Film zu kennen. Überhaupt schien dieser Zwerg aus einem miserablen Krimi entflohen zu sein. Typ: billiger Tresen-Informant, gespielt von einem Peter-Lorre-Double.

»Und was haben Sie so gehört?«, fragte der Kommissar und bestellte, als Jacqueline endlich das Bier brachte, ein weiteres und dazu einen Korn für seinen Freund. Noch lallte dieser nicht, aber das würde bestimmt nicht mehr lange dauern.

»Eine seltsame Geschichte war das. Es ist ja schon ein paar Jährchen her. Aber ich bin sicher, da soll was vertuscht werden. Das war nie und nimmer ein Unfall. Mafia, mehr sag ich nicht. Prost!« Das Bier war verschwunden, er atmete tief durch und wartete auf die nächste Lage. Und er wiederholte mit Nachdruck: »Mafia, mehr sag ich nicht.«

»Was meinen Sie damit?« Hilkenbach begann, am Sinn dieser Unterhaltung zu zweifeln. Nicht zuletzt weil Jacqueline, während sie die nächste Runde servierte, vorsichtig auf den kleinen Mann wies und mit dem rechten Zeigefinger an die Stirn tippte.

»Ich meine, dass das kein Unfall war. Prost!« Er brauchte für das Bier nicht länger als für den Korn, es schien ihm zu schmecken.

»Tenbrink war so 'n Sportfanatiker, Fußballer in der Ersten Mannschaft bei Eintracht Ahaus, später bei den Alten Herren Mannschaftskapitän. Tennisspieler war der, glaube ich, auch. Und gejoggt ist der wie ein Verrückter. Das war dann sein Verhängnis.« Er machte eine lange Pause und spielte so lange mit dem Bierglas herum, bis Hilkenbach die nächste Runde einläutete.

»Beim Joggen haben sie ihn alle gemacht. Die Ahauser Atom-Mafia. Ich kenn die Brüder, alle miteinander. Das war kein Unfall, das kann mir keiner weismachen, nicht mir. Nicht einem Ludwig Böhlker!« Er wurde sehr laut, und einige Gäste verrenkten bereits den Kopf.

Hilkenbach war das peinlich, er machte eine beschwichtigende Handbewegung und fragte flüsternd: »Warum Atom-Mafia?«

»Haben Sie schon mal was vom BEZ gehört?« Er schielte zu Hilkenbach hinauf, dieser schüttelte den Kopf. »Brennelementezwischenlager. Das steht hier in Ahaus. Was meinen Sie, woher das Geld für die Innenstadt-Sanierung kam? Aus der Atomwirtschaft. Neuverklinkerung der Fußgängerzone im Tausch gegen Atom-Zwischenlager. Verstehen Sie jetzt?« Böhlker stürzte das nächste Bier hinunter und war enttäuscht, als sein spendabler Nachbar wieder mit dem Kopf schüttelte.

»Tenbrink war Vorsitzender der Bürgerinitiative gegen das BEZ. Ganz Ahaus hat aufgeatmet, als der aus dem Weg geräumt war. Kein Mensch hat wirklich versucht, den Autofahrer zu finden. Es hätte ja jemand aus den eigenen Reihen sein können.« Der kleine Mann redete sich in Rage, er spuckte geradezu auf die Theke. Hilkenbach versuchte erneut, ihn zu beruhigen. Mit Alkohol. Dass das der falsche Weg war, hätte ihm eigentlich klar sein müssen.

»Ein Feldweg war das, mitten in der Pampa.« Böhlker kippte sich den Schnaps hinter die Binde. »Eine stinknormale Feldwegkreuzung, weit und breit nur Getreidefelder. Ein sonniger Tag noch dazu, kein Nebel, nichts. Und Tenbrink joggt so vor sich hin …« Er versuchte, es im Sitzen nachzumachen, und fiel beinahe vom Hocker »Und bumm! machen sie ihn nieder. Bei freier Sicht.« Er knallte die Faust auf den Tresen und hatte endlich die ungeteilte Aufmerksamkeit sämtlicher Kneipenbesucher. Und die der Chefin.

»Vielleicht war die Sicht durch das Getreide behindert«, versuchte Hilkenbach einzuwenden, um doch noch etwas Inhaltliches zu erfahren.

»Getreide? Mensch, das war im Herbst. Da sind höchstens noch Stoppeln auf den Feldern. Die Mafia hat den mit Anlauf auf die Schippe genommen. Was ich Ihnen sage …«

Hilkenbach war immer noch nicht überzeugt, das kränkte den kleinen Mann. Er zog ein letztes As aus dem Ärmel. Und das stach.

»Dann passen Sie mal gut auf! Man hat Reifenspuren gefunden, Gummispuren auf der Straße. Wissen Sie, wo?« Er wartete nicht auf eine Antwort und gab sie selbst. »Nicht auf der Kreuzung. Von wegen. Keine Bremsspuren. Nein! Fünfzig Meter vor der Kreuzung. Vom Anfahren mit quietschenden Reifen. Na? Was sagen Sie jetzt?« Er donnerte seine Faust mit aller Kraft auf den Tresen, fiel beinahe rücklings vom Hocker herunter, konnte sich gerade noch mit der rechten Hand am Tresen festhalten, während er mit der linken wild herumfuchtelte und schließlich ein Bierglas auf den Boden schmetterte.

»So, das reicht, Lutz!« Die Chefin stand hinter ihm und bugsierte ihn am Kragen vom Hocker herunter. »Du weißt, du hast hier Hausverbot. Mach, dass du nach Hause kommst. Aber dalli!«

Der eben noch so wichtige und geheimnisvolle Informant war nun auf nicht einmal die Hälfte seiner eh schon zu vernachlässigenden Größe zusammengeschrumpft. Noch einmal riss er sich zusammen und schrie, schon auf dem Weg vor die Tür: »Ich bin, wie ich bin. Ja, so bin ich! Und so bleib ich auch!«

»Du kannst sein, wie immer du willst. Aber nicht in meiner Kneipe.« Und wie einen Müllsack warf sie den Wicht auf die Straße. »Und so, wie du bist, möchte ich nie werden«, sagte sie, zog ihre Augenbrauen hoch und atmete hörbar ein und aus. Die anwesende Menge grölte und wandte sich dann wieder ihren Getränken zu. Hilkenbach war die Szene sehr peinlich. Er entschuldigte sich bei der Wirtin.

»Das konnten Sie ja nicht wissen«, sagte sie nachsichtig, »aber Sie sollten in Zukunft etwas aufpassen, wem Sie die Biere spendieren. Lutz ist ein stadtbekannter Säufer, er spielt gerne den Dorftrottel und erzählt absurde Geschichten, um hier und da ein Bier zu schnorren. Ein Spinner. Im Prinzip ist er harmlos, aber wenn er ein paar Schnäpse getrunken hat …« Sie beendete den Satz, indem sie mit der Hand vor der Brust fächelte, und ging zurück zu dem Tisch, den sie gerade bedient hatte.

Hilkenbach blieb am Tresen. Jetzt brauchte er ein Bier und einen Korn. Jacqueline brachte ihm das Gewünschte und bedachte ihn mit einem Blick, der soviel besagte wie: So was kommt von so was. Hilkenbach antwortete mit einem Blick, der besagte: Eben!

Ludwig Böhlker, sagte er sich in Gedanken und prostete ins Nichts, es war schön, Ihre Bekanntschaft gemacht zu haben.

Und er freute sich auf seine Bettlektüre.

3. Der Gelähmte

Ich weiß gar nicht, was Wigger immer hat, dachte Hilkenbach, als er am nächsten Morgen den Rollstuhl durch den Schlosspark von Ahaus schob, es ist doch ganz nett, dieses Münsterland. Hübsch grün alles, schön flach und übersichtlich. Wiesen und Felder, Weideland mit ausdruckslos kauendem Vieh. Die Kühe taten Hilkenbach ein wenig leid, bei der Kälte. Hier und da gab es ein Wäldchen, überall Flüsse und Bäche, die holländische Grenze nicht weit entfernt. Auch dieses Wasserschlösschen, das er gerade zum zweiten Mal umkurvte, war recht ansehnlich. Schnuckelig wie ein Spielzeuggebilde. Das Spielzeug irgendeines Bischofs.

Und an den seltsam bäuerlichen Akzent, an die Leute, die ständig so reden, als hätten sie heiße Kartoffeln im Mund, wird man sich doch auch gewöhnen.

Vorsichtig blickte der Kommissar Tenbrink über die Schulter, doch dieser schlief noch immer, ein kindliches Grinsen auf den Lippen.

Aber vielleicht stimmt es doch, nahm der Kommissar den Gedanken wieder auf, dass ein Ort immer nur dann schön ist, wenn man ihn mit Touristenblick betrachtet, wenn man nicht gezwungen ist, dort zu leben. Ihm ging es ja eigentlich ähnlich. Als gebürtiger Berliner, als waschechter »Icke« (auch sein Großvater war schon in Berlin geboren, erst das machte bekanntlich einen echten Berliner zu einem waschechten) hatte er nie verstehen können, was die Massen von Menschen, die Millionen von Touristen nach Berlin zog. Auch während seiner Studienzeit hatte er sich stets über seine Kommilitonen gewundert, die mehr oder weniger freiwillig in die Stadt gekommen waren, um dort zu studieren. Trotz Mauer und Insellage und allem.

In Berlin ließ es sich ja einigermaßen leben, das wollte Hilkenbach gar nicht bestreiten, er hätte sich sogar kaum vorstellen können, in einer anderen Stadt zu leben. Aber so etwas wie lokalpatriotischen Stolz konnte er beim besten Willen nicht nachempfinden. Womit er, wie er nur zu gut wusste, in krassem Gegensatz zu einigen seiner Kollegen bei der Polizei stand, die anscheinend keinen Handschlag tun konnten, ohne sich vorher einzureden, es sei allein zum Wohle der Stadt.

Hilkenbach dachte an die beiden Kollegen, mit denen er hauptsächlich zusammenarbeitete. Der eine war Halbschwabe, der andere Vollwestfale, soviel zur Berliner Polizei. Der Kommissar konnte sich bei dem Gedanken ein Lachen nicht verkneifen. Es wirkte ein wenig deplatziert in seinem hageren, leicht verfrorenen und rot angelaufenen Gesicht. Im Prinzip hätte er schlecht gelaunt sein müssen, immerhin war er fast 600 Kilometer gefahren, nur um diesen schlafenden Josef Tenbrink durch die Gegend zu chauffieren. Diesem war nämlich heute Morgen als Erstes eingefallen, den blond gelockten Zivildienstleistenden der Caritas nach Hause zu schicken.

»Ich hab ja jetzt jemanden, der mich durch die Stadt kutschiert«, hatte er stolz gesagt und den Besuch aus Berlin angelächelt. »Nicht wahr, Herr Kommissar?«

Der Zivi hatte sich das nicht zweimal sagen lassen und war in Nullkommanichts über alle Berge gewesen. Hilkenbach hatte keine Wahl gehabt und so getan, als wäre es ihm eine Freude. Zu allem Überfluss war Tenbrink dann aber, kaum dass er im Freien an der frischen Luft war, friedlich eingeschlummert.

Vielleicht hätte Hilkenbach es gestern Morgen doch bei seinem Telefonat aus Berlin belassen sollen, aber das Telefonieren hatte sich als durchaus problematisch erwiesen. Er könne sich am Telefon immer so schwer konzentrieren, hatte Tenbrink behauptet und das anschließend gleich dadurch belegt, dass er auf Hilkenbachs Fragen gar nicht oder nur zusammenhanglos antwortete und schließlich meinte: »Kommen Sie doch einfach vorbei, ich bin immer zu Hause.« Auf Hilkenbachs wiederholte Bemerkung, er sei aber leider gerade in Berlin, hatte Tenbrink gekontert: »Oh! Das ist aber schade!«

Bevor Tenbrink in seinem Rollstuhl eingeschlafen war, hatte der Kommissar ihn auf den vergangenen Abend angesprochen.

»Ich war den ganzen Abend zu Hause vorm Fernseher. Warum sind Sie nicht einfach zu mir gekommen. Wenn ich abends fernsehe, gehe ich grundsätzlich nicht ans Telefon. Das lenkt immer so ab. Woher sollte ich auch wissen, dass Sie das sind?«

Hilkenbach hatte säuerlich gegrinst, den Rollstuhl zur Tür hinaus- und über einen gefliesten Weg durch den Vorgarten zur Straße geschoben. Ein hübsches, altes Häuschen besitzt dieser Tenbrink, hatte Hilkenbach noch gedacht. Und einen bewundernswert festen Schlaf dazu.

Das würde eine harte Nuss werden, wusste der Kommissar, als er zur dritten Runde durch den Schlosspark ansetzte. Und fast wünschte er sich zurück nach Berlin an seinen langweiligen Schreibtisch. Aber nur fast. Denn, wie schwierig er auch sein mochte, dieser Tenbrink war nun mal die wichtigste Person dieses Puzzles. Der einzige, der dem Kommissar möglicherweise weiterhelfen konnte. Er war der einzige Überlebende!

Auch wenn er im Moment eher wie ein Toter aussieht, dachte Hilkenbach, denn das spärliche, wenn auch recht malerische, fahlgelbe Licht und die kühle, neblige Februarluft ließen das nicht gerade sonnenverwöhnte Gesicht Tenbrinks noch blasser und kränklicher erscheinen. Hilkenbach hatte Leichen gesehen, die lebendiger ausgesehen hatten.

Der Kommissar hatte plötzlich, wie so oft in den letzten Tagen, die Leiche Egeners wieder vor Augen, und während er sich abmühte, den schweren, quietschenden Rollstuhl über den Kiesweg zu schieben, dachte er an die alten Zeiten. Seine Gedanken gingen weit zurück in seine Studienzeit, als er, Hilkenbach, der überhebliche und eingebildete Friedhelm Egener, dessen stiller Freund Karlheinz Bohm und schließlich die ulkige, lebensfrohe Lilli Breitzke ein scheinbar untrennbares Quartett gebildet hatten. Egener und Lilli waren bereits tot. Hoffentlich lebte Bohm noch ein paar Tage. Der Kommissar grinste, er dachte an Bohms Einladung zum Kaffeeklatsch.

Ewig lang war das alles her, seine (äußerst kurze) Studienzeit kam Hilkenbach vor wie ein fernes, fremdes Leben. Wie engagiert sie damals gewesen waren, wie politisch. Und wie anmaßend. Den Staat hatten sie ändern wollen, heute war der Staat Hilkenbachs Brötchengeber. Und Hilkenbach war froh, wenn der Staat ihn ansonsten in Ruhe ließ. Als Polizist musste er es ja wissen.

Damals hatten sie sich allesamt für so ungemein wichtig gehalten. Ganze Nächte hatten sie sich um die Ohren geschlagen, hatten wild diskutiert und polemisiert, Staatsfragen erörtert. Meistens waren diese intellektuellen Keilereien in wüsten Saufereien ausgeartet. Und Lilli, die als einzige ein Auto besaß, hatte üblicherweise die anderen anschließend nach Hause bringen müssen.

Sie hatten alle mehr oder minder ein Auge auf Lilli geworfen, besonders der Weiberheld Egener, der sich ihr gegenüber immer mächtig aufspielte und sich, wie Hilkenbach damals fand, recht pubertär verhielt. Egener hatte die unangenehme Angewohnheit gehabt, alle Leute anfassen und befingern zu müssen. Lilli war er dabei jedesmal fast unter das T-Shirt gekrochen. Und mit seinen Blicken hatte er sie regelrecht ausgezogen. Ekelhaft.

Auch Bohm, der mit Lilli schon gemeinsam in den Kindergarten gegangen war, hatte sich in sie verknallt. War es wahrscheinlich sein Leben lang gewesen. Sein schmachtender Blick war verräterisch. Doch Bohm hätte sich nie getraut, Lilli seine Liebe einzugestehen. Er war der klassisch unglücklich Verliebte. Wahrscheinlich schrieb er Liebesbriefe und verbrannte sie gleich anschließend. Nein, auf Bohm war Hilkenbach nie eifersüchtig gewesen. Auf Egener schon.

Von Hilkenbachs Episode mit Lilli hatten die anderen nie etwas erfahren, Lilli und er hatten das Wochenende in den Bergen nie erwähnt.

Auch wenn sie allein gewesen waren, hatte keiner von beiden jemals wieder ein Wort darüber verloren. Leider!

Nach Lillis Tod im Sommer 1974 war die Gruppe binnen kürzester Zeit auseinandergebrochen. Lilli war der Mittelpunkt gewesen, die strahlende Sonne, um die sich die drei männlichen Planeten gedreht hatten. Der einzige Grund, sich zu treffen. Nach ihrem Autounfall gab es keine Gruppe mehr, keine »Clique«. Hilkenbach hasste dieses Wort.

Nur wenige Monate später hatte Hilkenbach sein Studium abgebrochen, einige Zeit herumgejobbt und sich schließlich bei der Kriminalpolizei beworben. Wenn er heute darüber nachdachte, so hatte dieser Schritt sicher auch mit Lillis Tod zu tun. Hilkenbach hatte ein Kapitel abgeschlossen. Völlig.

Nach dem Abbruch seines Studiums und dem Beginn seiner Polizeikarriere hatte Hilkenbach nie wieder etwas von Egener gehört, jedenfalls nicht, solange der lebte. Auch von Bohm nicht. Bis vorgestern.

Das Gesicht des Kommissars zeigte jetzt wieder diesen verbiesterten Ausdruck, der ihm so eigen und auch lieb war. Der Blick, mit dem er die Leute einzuschüchtern versuchte, mit dem er sie sich vom Leib hielt. Womit er ja auch bei den meisten, sah man einmal von Wigger ab, Erfolg hatte.

In dem Rollstuhl regte sich in diesem Moment etwas, Tenbrink schien den Kopf bewegt zu haben.

»Oh, Herr Kommissar, ich bin doch nicht etwa eingeschlafen?« Er lächelte noch etwas müde, den Blick starr nach vorn gerichtet. »Ich glaube, es ist auch an der Zeit, dass ich wieder nach Hause komme. Mir ist ein bisschen kalt. Sie können uns dann ja eine schöne Tasse Kaffee aufsetzen.«

»Wie Sie wünschen«, sagte der Kommissar, wendete den Rollstuhl über die knirschenden Kieselsteine und schlug die entgegengesetzte Richtung ein.

Tenbrink war ein groß gewachsener, in seinem Rollstuhl aber dennoch winzig aussehender Mann. Seine Arme, die auf der Decke auf den Knien lagen, waren lang wie die eines Gorillas, aber dürr wie bei einem Fixer. Sein Gesicht war eingefallen, eine knochige, etwas schiefe Nase stach daraus hervor. Sein Haar war grau, dicht und zerzaust. Eine Bürste hatte es schon lange nicht mehr gesehen. Tenbrink war Eitelkeit fremd, jedenfalls was sein Äußeres betraf. Mit der Hygiene war es auch nicht weit her. Der Zivildienstleistende schien seinen Einsatz bei Tenbrink nicht gerade zu übertreiben. Tenbrink wirkte ein wenig verlottert. Und er roch.

Sein Blick war abwesend und etwa so klar wie modriges Fennwasser. Moore und Feuchtgebiete gab es hier in der Gegend ebenfalls in Hülle und Fülle. Hilkenbach hatte das in der Touristik-Broschüre gelesen.

»Warum besorgen Sie sich eigentlich keinen automatischen Rollstuhl, dann wären Sie unabhängiger und nicht so sehr auf die Sozialstationen angewiesen?«, fragte Hilkenbach, als sie auf dem Rückweg zu Tenbrinks Haus durch die Fußgängerzone kamen und gerade ein hässliches Betonungetüm passierten, das wohl eine katholische Kirche darstellen sollte. Hilkenbach hatte immer gedacht, nur Protestanten würden unahnsehnliche Gotteshäuser bauen.

»Ach, wissen Sie, Herr Kommissar, es ist sehr angenehm, geschoben zu werden. Außerdem könnte ich nicht schlafen, wenn ich dieses verdammte Ding gleichzeitig lenken müsste.« Er grinste sein Babygrinsen und wurde plötzlich merklich nachdenklich. Er verdrehte seinen Hals so weit es ging und versuchte, dem Kommissar ins Gesicht zu schauen. »Verzeihen Sie meine Frage. Was war das noch mal, was Sie von mir wissen wollten?« Tenbrink war zwar nun wach, aber lebendiger wirkte er keineswegs. »Ich weiß, Sie haben mir das gestern am Telefon schon gesagt, aber mein Gedächtnis lässt mich in der letzten Zeit des Öfteren im Stich.«

Hilkenbach wiederholte geduldig alles, was er schon einmal erzählt hatte, wenn auch in gekürzter Form. Er war damit fertig, als sie vor Tenbrinks Haus ankamen.

»Ach, richtig, diese Geschichte war das«, sagte Tenbrink leise, mit einer brüchigen, eigentlich nur alten Menschen eigenen Stimme. »Ja, jetzt erinnere ich mich wieder.« Er nickte zufrieden und lange. »Und was wollen Sie da von mir?«

Hilkenbach machte eine noch saurere Miene. Es schien fast so, als hätte Tenbrink dem Kommissar gar nicht zugehört, oder der Unfall hatte nicht nur seinen Rücken, sondern auch seinen Kopf in Mitleidenschaft gezogen. Das konnte ja heiter werden.

Hilkenbach betrachtete den Rasen vor Tenbrinks Haus, er war seit ewigen Zeiten nicht mehr geschnitten worden. Der Kommissar verglich den Vorgarten mit denen der Nachbarn. Tenbrinks war der einzige mit Charakter. Ein wenig verlottert eben.

Eine halbe Stunde später brachte Hilkenbach den Kaffee in das kleine, karg möblierte Wohnzimmer. Er trug noch immer seinen Mantel. Das sah zwar ein wenig seltsam aus, aber es befreite ihn von der Peinlichkeit, den Hut abnehmen zu müssen. Hilkenbach hatte lediglich den Schal an der Garderobe im Flur abgelegt.

Die Einrichtung des Wohnzimmers bestand eigentlich nur aus einem alten Sofa mit zerschlissenem bräunlichem Stoffbezug, einem niedrigen Holztisch, einem Stuhl und einem Fernseher. Der Zweck der ärmlichen Möblierung war klar, obwohl der Raum fast winzig zu nennen war, konnte Tenbrink mit seinem Rollstuhl jede Ecke des Zimmers erreichen.

An den Wänden waren, etwa in Brusthöhe und für den Gelähmten ohne fremde Hilfe erreichbar, etliche Regale angebracht, vollgestopft mit Büchern und Zeitschriften. Dieser Raum war Tenbrinks Lebensmittelpunkt geworden, das sah man. Und Tenbrinks Leben bestand aus Lesen und Fernsehen.

Ebenfalls an den Wänden hingen mit Stecknadeln befestigte, vergilbte Fotos oder Ausschnitte aus Zeitungen, einige Artikel zum Atom-Zwischenlager und zur Bürgerinitiative. Zumeist aber waren es Bilder von Sportlern. Fußballmannschaften in Reih und Glied, mit stolz präsentierten Pokalen. Tennisspieler in weißer Kluft. Einige Gesichter auf den Sportfotos ließen eine vage Ähnlichkeit mit dem Gelähmten erkennen, so als handelte es sich um entfernte Verwandte. Hilkenbach wusste, dass es Tenbrink selbst war. Der Kommissar betrachtete mitleidig den Mann im Rollstuhl, der, obwohl noch keine fünfzig Jahre alt, wie ein Greis wirkte und so aussah, als würde er jeden Moment wieder einschlafen.

»So, hier ist der Kaffee«, sagte er möglichst laut und fragte sich, ob Tenbrink überhaupt allein trinken konnte.

»Sie brauchen nicht so zu schreien, ich bin ja nicht taub.« Tenbrinks Augen funkelten den Kommissar trotzig an, er griff unsicher mit der rechten Hand nach der Tasse und nahm einen Schluck des sehr heißen, sehr starken Kaffees.

Sie saßen am Esstisch, Hilkenbach auf dem Holzstuhl, Tenbrink in seinem Rollstuhl, in dem er sich ausgesprochen wohl zu fühlen schien. Der Kommissar atmete auf, er hatte schon befürchtet, er müsste dem Gelähmten aus dem Stuhl helfen. In solchen Dingen war er schrecklich ungeschickt. Aber Tenbrink machte keine Anzeichen, seinen Rollstuhl verlassen zu wollen. Erleichtert schlürfte Hilkenbach den wärmenden Kaffee.

»Es tut mir leid, ich kann Ihnen wirklich nicht mehr sagen, Herr Kommissar. Es ist doch schon so lange her, zehn Jahre mindestens.«

»Sieben Jahre«, verbesserte Hilkenbach. »Ihr Unfall war 1985.«

»Eben!« Wieder versuchte Tenbrink, einen Schluck zu nehmen, es ging nicht. Der Kaffee war eindeutig zu heiß und zu stark.

Hilkenbach fragte sich plötzlich, was geschähe, wenn Tenbrink auf die Toilette müsste. Hoffentlich würde er das allein können. Vielleicht trug er sogar Windeln, Hilkenbach hatte einmal etwas von Pampers für Erwachsene gehört. Er musste sich eingestehen, dass er von Querschnittsgelähmten nicht die leiseste Ahnung hatte. Das war ihm ein wenig peinlich.

»Drohbriefe hab ich bekommen damals«, fuhr der Gelähmte fort. »Jede Menge Drohbriefe. Beschimpft haben sie mich, Nestbeschmutzer und so weiter. Ich war hier mal in der Lokalpolitik aktiv. Meinen Sie das? Meinen Sie vielleicht Drohbriefe?«

»Nein, ich meine Kettenbriefe.« Hilkenbach wurde ungeduldig und steckte sich eine Zigarette an.

»Sie können gern hier rauchen, auch wenn ich persönlich Raucher und sonstige Luftverpester verabscheue. Aber machen Sie bitte vorher das Fenster los.«

»Los?« Hilkenbach stutzte. Eigentlich hätte er durch Wigger an Westfalismen gewöhnt sein müssen. »Sie meinen, auf?«

»Hab ich doch gesagt.«

Hilkenbach zuckte mit den Schultern, ging zum Fenster, öffnete es und warf die brennende Zigarette hinaus. Er schloss das Fenster.

»Nicht so wichtig«, sagte er und setzte sich wieder.

»Wovon haben wir gesprochen, Herr Kommissar?«

»Von Ihrem Unfall. Und von Kettenbriefen.« Hilkenbach klang leicht resigniert.

»Ach so, ja, ja.« Tenbrink dachte nach. »Natürlich hab ich schon Kettenbriefe erhalten, mehr als einen. Aber ob da einer direkt vor dem Unfall kam?« Er versuchte es noch mal mit Nachdenken. »Keine Ahnung, kann mich nicht erinnern.« Tenbrink gab auf.

»Haben Sie nie solche Briefe bekommen?«

»O doch«, antwortete der Kommissar, »massenweise.« Er überlegte und setzte hinzu: »Ich hab sogar einige Male mitgemacht.«

»Na, sehen Sie«, meinte Tenbrink, und seine Lippen verzogen sich zu einem zufriedenen Lächeln, so als fände er in den Worten des Kommissars eine Entschuldigung für seine eigene Vergesslichkeit.

»Ich kann mich ja nicht mal richtig an den Unfall erinnern, es ist alles wie weggeblasen. An ein blaues Auto am Straßenrand kann ich mich erinnern. Und an quietschende Reifen. Das ist alles. Wochenlang war nicht klar, ob ich überhaupt überlebe. Und Sie fragen mich, ob ich zu der Zeit Kettenbriefe erhalten habe. Sie müssen zugeben, das klingt ein wenig seltsam.«

Hilkenbach gab es zu.

Tenbrink wurde nachdenklich und verstummte. Eine Frage bildete sich in seinem Hirn. Er stellte sie: »Und wie war das jetzt gleich mit dieser Namensliste?« Als Tenbrink die finstere Miene Hilkenbachs sah, fragte er sich, ob dieser es ihm vielleicht schon einmal erklärt hatte. Wahrscheinlich.

»Ich habe Folgendes herausgefunden«, begann Hilkenbach und war selbst über seine Engelsgeduld überrascht. »Sämtliche Personen, die in diesem Kettenbrief erwähnt werden, also unter anderem auch Sie, haben Anfang der siebziger Jahre an der Freien Universität Berlin studiert.«

»Ja, ich hab da mal studiert, in Berlin. Das muss so ungefähr, lassen Sie mich überlegen, das muss in den frühen Siebzigern gewesen sein. War 'ne schöne Zeit damals.«

»Bestimmt.« Hilkenbach nickte zustimmend, aber doch reichlich ungeduldig. »Ich möchte nun herausfinden, ob vielleicht noch ein weiterer Zusammenhang zwischen diesen Personen bestand.«

Tenbrink sah noch immer starr geradeaus, direkt an Hilkenbach vorbei, und schlürfte geräuschvoll seinen Kaffee. Er fragte sich, ob es Kriminalbeamte vielleicht nötig hatten, so starken Kaffee zu trinken.

»Haben Sie möglicherweise einen dieser Namen schon mal gehört?«

»Welche Namen? Ach, die Namen ... wie waren die gleich noch mal?«

Hilkenbach war kurz davor zu explodieren und diesem verdammten Kretin seine bescheuerte Kaffeetasse aus der Hand zu schlagen. Er riss sich aber ein letztes Mal zusammen und las die Namensliste ein weiteres Mal vor.

»Arno Hillar.« Keine Reaktion im Rollstuhl.

»Dieter Kannenberg.« Wieder keine Reaktion.

»Josef Tenbrink.« Keine Reaktion. Stutzen bei Hilkenbach.

»Bruno Fetzner.« Nichts.

»Friedhelm ...«

»Kenn ich!«, rief Tenbrink und grinste verhalten.

»Wen, Friedhelm Egener?«

»Was denn für ein Egener? Bruno Fetzner, den kenn ich. Fetzer hieß der bei uns, weil er ungeheuer schnell war.«

»Wie bitte?«

»Na, beim Fußball natürlich.« Tenbrink sah den Kommissar missbilligend an. »Wir haben zusammen in einer Studentenmannschaft gekickt. In Berlin, ich hab da mal studiert. In den Siebzigern. Wir waren ein gutes Team damals. Fetzner war zwar nicht gerade eine große Leuchte, der konnte nur rennen, aber unser Kapitän war ein echtes As, der hatte sogar ein Angebot von Hertha BSC.«

Hilkenbach schien beinahe glücklich, er streichelte seinen Schnurrbart, und seine dunkel geränderten Augen strahlten vor Stolz und Selbstzufriedenheit.

»Ja, Herr Kommissar, das war 'ne echte Sportskanone, der Tannenberg. Interessieren Sie sich für Fußball?«

Der Kommissar verneinte. Wieder ein verständnislos missbilligender Blick hinter der Kaffeetasse.

»Schade! Weil nämlich der Tannenberg, unser Käptn von damals, der hat später in der Bundesliga gespielt, beim MSV Duisburg.«

Hilkenbach riss die Augen auf und stellte zittrig die Kaffeetasse auf den Tisch. Er befürchtete beinahe, sich verhört zu haben, und hakte deshalb noch einmal nach.

»Ja, kann schon sein«, meinte Tenbrink, etwas verwirrt durch die plötzliche Fußballbegeisterung des Kommissars, »vielleicht hieß der auch

Kannenberg. Namen, wen interessieren schon Namen? Ist doch schon so lange her. Wer soll sich das alles merken? Und Sie müssen wissen, Herr Kommissar, mein Gedächtnis lässt mich in der letzten Zeit des Öfteren im Stich.«

4. Der Fußballspieler

Es war ein feuchtkalter, nebliger Sonntagmorgen. Eine Uhrzeit, zu der anständige Leute im Bett und noch anständigere in der Frühmesse waren. Und ein Wetter, bei dem man keinen Hund vor die Haustür jagte. Ein Wetter, bei dem man mit seinen vier Buchstaben im Haus, am besten in den Daunenfedern blieb. Der Nebel war penetrant; wenn man gute Augen hatte und diese anstrengte, konnte man ungefähr fünfzig Meter weit sehen. Aber Hilkenbachs Augen gaben ihm in der letzten Zeit immer mehr zu denken, darum war es für ihn keine besondere Freude, bei dieser Sicht auf der A 1 in Richtung Norden unterwegs zu sein. Mit 80 Stundenkilometern über die Autobahn zu kriechen.

Obwohl das Ruhrgebiet nur einen Katzensprung entfernt gewesen wäre, hatte er sich entschieden, nicht nach Duisburg zu fahren. Hilkenbach hatte für das Ruhrgebiet wenig übrig, er kannte es kaum, war nur selten dort gewesen, aber er hasste den Ruhrpott und seine Bewohner (obwohl er keinen einzigen persönlich kannte). Die stillgelegten Zechen, die kohleverdreckten Häuserfassaden, der proletenhafte Akzent der Leute, die den ganzen Tag nichts anderes taten, als vor irgendwelchen Trinkhallen herumzulungern oder, gestützt auf ein Kissen, aus dem Fenster zu starren. Seine Abneigung gegen das Kohlerevier war ebenso unbedacht wie entschieden. Sie war jedoch nicht der Grund dafür, dass Hilkenbach die lächerlichen 80 Kilometer bis Duisburg nicht fahren wollte. Der Fall Kannenberg war schlicht und ergreifend zu eindeutig. Zu eindeutig unklar, zu offensichtlich unstimmig. Hilkenbach glaubte nicht, dass er vor Ort noch etwas Neues oder Überraschendes hätte erfahren können. Etwas, das er nicht schon wusste. Oder ahnte.

Kannenbergs Unfall (»Dieter Kannenberg aus Duisburg unterbrach ebenfalls die Kette und verunglückte bei einem Autounfall tödlich.«) stank schon nach dem, was Hilkenbach in den Akten gelesen hatte, gewaltig zum Himmel. Sein Porsche Carrera war im Sommer 1980 in Duisburg-Meiderich aus dem Rhein-Herne-Kanal gefischt worden. Am Steuer ein ziemlich unlebendiger Fußballprofi namens Dieter Kannenberg. Und in dessen Blut ein Alkoholgehalt von 1,7 Promille. Niemand hatte etwas gehört, niemand etwas gesehen, Kannenberg musste früh am Morgen baden gegangen sein, als ganz Meiderich schlief. Gewundert hatte sich die Polizei schon, wie jemand an dieser übersichtlichen, kurvenfreien, völlig ungefährlichen Stelle in den Kanal schießen konnte.

Ohne Bremsspuren, ohne Anzeichen eines Zusammenpralls. Aber bei 1,7 Promille wundert man sich nicht lange, wenn das Arbeit bedeuten könnte. Befund: Unfall unter Alkoholeinfluss.

Kannenberg war genau so gewesen, wie Hilkenbach sich Fußballprofis immer vorgestellt hatte. Er hatte billige Mädchen, goldenen Hals- und Armschmuck und teure Autos geliebt. Jeweils in großen Mengen. In seiner Garage hatte er noch einen Mercedes, 280er Coupé, und einen protzigen Geländewagen stehen gehabt. Ein unangenehmer Zeitgenosse, ein lärmender Bonvivant. So stellte Hilkenbach sich ihn zumindest vor. Er konnte diese aufdringlich egozentrischen und großtuerischen Typen nicht ausstehen. Wenn man es recht besah, gab es ziemlich viel, was Hilkenbach nicht ausstehen konnte. Vor allem Sonntag morgens.

Nur war Kannenberg gar kein wirklicher Lebemann gewesen, jedenfalls kein formvollendeter. Als Profisportler (und das soll er mit Herz gewesen sein) hatte er Abstriche machen müssen. Er war eiserner Abstinenzler gewesen, kein Nikotin, kein Alkohol, keine Drogen. Niemals. Hilkenbach hatte noch nie einen Abstinenzler mit 1,7 Promille erlebt. Das zu sehen, wäre bestimmt ein Heidenspaß gewesen. Erst recht in einem Porsche Carrera. Schon seltsam, dass das der Duisburger Polizei damals nicht aufgefallen war. Sie hätte bestimmt herzlich darüber gelacht.

Kannenberg war unverheiratet gewesen, seine Eltern, die in Bochum zu Hause gewesen waren, waren längst gestorben, und der einzige Bruder, den Hilkenbach noch hätte befragen können, lebte in Freiburg. Nein, der Fall Kannenberg war nicht sehr interessant für ihn und nicht sehr entscheidend. Vielleicht war er tatsächlich verunglückt, vielleicht aber auch nicht. Und darauf kam es Hilkenbach an, auf dieses »vielleicht«. Es war jedenfalls nicht abwegig, *nicht* an einen Unfall zu glauben. Die Möglichkeit bestand.

Aber, wie gesagt, das alles hatte Hilkenbach schon in Berlin gewusst. Er hatte sich die Akte aus Duisburg rüberfaxen lassen, hatte ein wenig herumtelefoniert, hatte sogar mit dem damaligen Trainer des MSV Duisburg gesprochen (daher kannte er Kannenbergs Abneigung gegen jegliche Art von Drogen). Hilkenbachs abschließendes Urteil war schon in Berlin klar gewesen: alles unklar. Und das reichte ihm. Details zu etwaigen Kettenbriefen würde er eh nicht mehr erfahren, wen sollte er auch fragen? Jetzt war er an anderen Dingen interessiert. Und an anderen Personen. Wie etwa die Witwe dieses Arno Hillar, des Typen mit dem Herzinfarkt. Nach Hamburg war Hilkenbach unterwegs, zu den Nordlichtern und Fischköppen.

Den gestrigen Samstagabend hatte der Kommissar genutzt, um über die holländische Grenze ins benachbarte Enschede zu fahren. Ein hübsches Städtchen war das. Überall diese kleinen, schmalen, etwas schiefen

Häuschen. Ein bunter Mischmasch an Kulturen darin. Holländische Patat-Buden neben israelischen Shoarma-Läden neben ägyptischen Restaurants. Coffee-Shops, in denen (fast-)legal Marihuana und Haschisch verkauft wurde und die so aussahen, als wären in ihnen Nebelmaschinen angeschaltet.

In den Straßen wimmelte es von dunkelhäutigen Indonesiern, grinsenden Chinesen, bekifften Rastas aus der Karibik und angetrunkenen deutschen Touristen. Internationalität.

Das alles hatte Hilkenbach herzlich wenig interessiert. Er war in ein Bordell gegangen. Er hatte sich eine kleine, ständig lächelnde, dunkelhäutige Zwanzigjährige ausgesucht und es sich gut gehen lassen. Er hatte gehofft, er würde nichts von dem verstehen, was sie ihm erzählte, während sie auf ihm hin- und herrutschte. Aber vertan! Natürlich sprach sie fließend deutsch. Wie alle Holländer. Hilkenbach hatte das zweifelhafte Vergnügen, mit einer Frau zu schlafen, die genauso sprach wie Rudi Carrell. Und dafür noch zu zahlen.

In Enschede war Hilkenbach auch zum ersten Mal der rote Ascona aufgefallen. Auf dem Hinweg schon war er hinter ihm gewesen, er war dem Kommissar im Rückspiegel aufgefallen, weil sein vorderes linkes Licht nur schwach brannte. Und weil er ein Berliner Kennzeichen hatte. Auf dem Weg zurück nach Ahaus war der Ascona abermals einige hundert Meter hinter Hilkenbach über die Grenze gerollt. Hilkenbach hatte sich zu dem Zeitpunkt noch nichts dabei gedacht. Sich nur ein wenig gewundert.

Doch als er jetzt auf der Autobahn in Richtung Bremen wieder einen roten Ascona mit schwach leuchtendem linken Scheinwerfer hinter sich sah, da begann der Kommissar zu denken. Angestrengt. Und er beschloss, dass ihm das nicht passte. Trotz des Nebels war er sicher, dass es derselbe Ascona wie am gestrigen Abend war, er blieb stets in einiger Entfernung, aber in viel zu konstant bleibender Entfernung.

Hilkenbach drosselte das Tempo und fuhr beinahe in Schrittgeschwindigkeit, so dass selbst die vorsichtigsten Fahrer ihn überholten. Der Verfolgerwagen kam nicht näher, er überholte nicht und war darauf bedacht, dass immer einige Autos oder genug Nebel zwischen ihm und dem Kommissar blieben. Hilkenbach drückte jetzt auf die Tube, er wechselte auf die Überholspur und beschleunigte auf über 120 Stundenkilometer. Völlig meschugge bei diesem Sauwetter. Plötzlich scherte ein Trabi zum Überholen aus, und Hilkenbach musste mit aller Macht in die Eisen gehen. Zum Glück fuhr ihm niemand hinten drauf. Hilkenbach schwitzte und überlegte es sich anders. Warum sollte er sich zu Tode fahren? Und warum sollte er dem Opel zu erkennen geben, dass er wusste, dass er verfolgt wurde? Hilkenbach fuhr auf den nächsten Parkplatz.

Der Opel fuhr ebenfalls runter. Hilkenbach parkte nach etwa vierzig

Metern auf der rechten Seite und wartete. Nichts geschah, der Ascona-Fahrer blieb in seinem Wagen. Also vertrat der Kommissar sich ein wenig die Beine. Auf dem Parkplatz gab es keine Toilettenkabinen, lediglich die üblichen Abfallcontainer und einige Steintische und Bänke. Ein paar Männer standen vereinzelt an einer Baumgruppe unweit der Tische. Hilkenbach gesellte sich zu ihnen, er tat so, als müsse er austreten, und blickte über seine Schulter nach hinten.

Der Ascona stand ganz am Anfang des Parkplatzes. Der Fahrer war noch immer nicht ausgestiegen. Durch die getönten Scheiben konnte man nicht viel erkennen. Es saß aber nur eine Person im Wagen. Hilkenbach verschwand hinter den Bäumen in einem kleinen Graben. Der Boden war feucht und glitschig, er rutschte den Abhang hinunter. Jemand rief ihm lachend nach: »Vorsicht, Tretminen!« Hilkenbach war vorsichtig.

Vorbei an menschlichen Exkrementen und halbverwittertem Klopapier schlich er sich in diesem Graben vorwärts, immer darauf bedacht, vom Parkplatz aus nicht gesehen werden zu können. Nach einigen Metern krabbelte er mühsam wieder hoch, er hielt sich an Steinen und Baumwurzeln fest und gelangte so aus dem Graben. Er war nun auf der Höhe des Asconas. Schnell ging er durch die Bäume, die hier lichter waren, vereinzelter standen und deshalb nicht bepinkelt wurden und stand plötzlich neben dem Opel.

Der Verfolger hatte aufgepasst, er hatte den Motor nicht ausgestellt und brauste nun, als Hilkenbach gerade die Beifahrertür öffnen wollte, mit quietschenden Reifen los. Der Kommissar kam zu spät, es riss ihm den Arm weg. Er hielt sich die Hand unter die Achsel und fluchte. Auch von dem Mann in dem Opel hatte er nur wenig gesehen. Ein ziemlich großer, ziemlich breiter und feister Kerl, der Hut und Sonnenbrille (bei dem Nebel!) trug. Das war alles, was er erkennen konnte. Aber Hilkenbach hatte wenigstens das Kennzeichen. Er hatte mehr erhofft.

Der Kommissar besah sich von oben bis unten. Der Anzug war feucht und dreckig, seine Hände ebenso. Er kontrollierte seine Schuhsohlen. Natürlich! Irgendeinen Haufen trifft man immer. Er fluchte abermals und sah zu der pinkelnden Männerrunde bei den Bäumen. Die lachten sich halbtot, während sie die letzten Tropfen abschüttelten und ihren Unterkörper wieder verpackten.

Hilkenbach kratzte angewidert mit einem Zweig die Scheiße vom Schuh. Sie war hartnäckig und ließ sich nicht ganz entfernen. Hilkenbachs Schuhe hatten Profilsohlen. Er gab es auf und ging zurück zum Auto. Er stieg ein und brauste los.

Auf dem restlichen Weg hatte er einen stechenden, Brechreiz erzeugenden Geruch im Wagen. Er versuchte, sich durch Rauchen abzulenken, es war zwecklos. Also öffnete er das Fenster einen Spaltbreit und hatte sich zwei Stunden später, als er in Hamburg ankam, leicht erkältet. Aber wenigstens sah er auf dem restlichen Weg den roten Ascona nicht wieder.

5. Die Witwe

Hilkenbach fand die Adresse sofort, obwohl er noch nie in Hamburg gewesen war. Nein, das stimmte nicht ganz, einmal war er vom Hamburger Hafen aus mit einem Luxusdampfer ins Mittelmeer gefahren. Eine Kreuzfahrt.

Hilkenbach hatte niemanden gehabt, mit dem er in Urlaub hätte fahren können, und er hatte sich gedacht, auf einer Kreuzfahrt mit so vielen Leuten auf so engem Raum würde man bestimmt ein paar nette Menschen kennenlernen. Irrtum! Er war lediglich seekrank geworden und hatte die meiste Zeit im Bett gelegen. Allein.

Arno Hillars Witwe lebte ziemlich zentral, in Hamburg-Hohenfelde, ganz in der Nähe des St. Georg-Krankenhauses. Sie wohnte in einem geräumigen, wie es schien frisch renovierten Appartement, das sie bereits kurz nach dem Tod ihres Mannes bezogen hatte. Vor fünfzehn Jahren, um genau zu sein. Das Wohnzimmer mit einer winzigen, nur durch einen Mauervorsprung abgetrennten Kochnische war geschmackvoll eingerichtet. Ein wenig kalt vielleicht, aber mit Stil. Viel Schwarz, viel Stahl, Halogenlampen unterschiedlichster Art. Und Pop-Art-Poster an den Wänden. Der obligatorische Roy.

Einen Blick ins Schlafzimmer konnte Hilkenbach nicht erhaschen. Leider.

Ein Bild des verstorbenen Gatten hing über dem Fernseher. Goldgerahmt. Arno Hillar hatte in Berlin Architektur studiert und anschließend in Hamburg als freier Architekt gearbeitet. In Berlin hatte er seine spätere Gattin kennengelernt, gemeinsam waren sie dann rauf in den hohen Norden gezogen. Wo sie geboren war. Sie war studierte Kunsthistorikerin und arbeitete mittlerweile als Werbefachfrau in einer Agentur.

Hilkenbach hatte keine rechte Ahnung gehabt, was ihn erwarten würde. Vielleicht eine aufgedonnerte, versnobte Schickimicki-Tante, vielleicht eine affektierte Lifestyle-Intellektuelle mit Künstlergehabe. Der Kommissar kannte einige Mitarbeiter von Public-Relation-Büros, und die waren allesamt gespreizt und maniert, so lebensecht wie ihre Werbestrategien. Wie der Persil-Mann. Hilkenbach hatte sich überraschen lassen wollen, und er war überrascht worden. Frau Hillar war schlicht eine Wucht.

Hilkenbach starrte sie ungläubig an, wie sie so aufmunternd lächelnd am Mini-Küchentisch saß, die Teetasse vor sich. Sie hatte keinen Ton zu Hilkenbachs verdreckter Aufmachung verloren, er hatte sogar den Hut abgenommen und seinen Flickenteppich auf dem Kopf präsentiert. Sie hatte nichts gesagt. Nicht mal gestarrt.

Elisabeth Hillar hatte sich nicht extra in Schale geworfen, war ganz schlicht, aber elegant in Schwarz gekleidet. Ein Kleid mit langer Knopfleiste vorn, große weiße Knöpfe, die obersten drei geöffnet. Obwohl Hilkenbach sich telefonisch angemeldet hatte, hatte er sie beim Mittagsschlaf überrascht. Sie sah noch etwas verschlafen aus, das stand ihr. Sie war etwa genauso alt wie Hilkenbach, wirkte aber Jahrzehnte jünger. Ja, sie sah blendend aus, der Kommissar war richtig angetan. Rank und schlank, kein Gramm zu viel, eher zu wenig. Falten natürlich hier und da, Lachfalten wahrscheinlich.

Sie war eine schöne Frau, und ihre Schönheit lag in ihrer Natürlichkeit. Ihre braunen, welligen, schulterlangen Haare waren etwas wirr. Sie lief nicht gleich zum Spiegel, um sie zu ordnen. Ihre Haut im ungeschminkten Gesicht war relativ glatt und, wie Hilkenbach glaubte, sehr weich. Er hätte das gern überprüft. Sie hatte kein Make-up nötig. Dies war kein geliftetes Ledergesicht, sondern ein frisches, ausdrucksstarkes und offenes Gesicht. Sie hatte eine kleine, sehr gerade Nase, die sie gern krauszog, und Augen so tief wie ein Märchenbrunnen. Sie lachte sehr viel und zeigte dabei ihre regelmäßigen weißen Zähne.

Auch war es für den Kommissar eine Wonne, mit ihr zu reden, gerade nach dem anstrengenden Gespräch mit Josef Tenbrink. Elisabeth Hillar sprach flüssig und mit natürlichem Ausdruck, sie verstand schnell und verstand auch, wenn es nicht wichtig war, ob sie verstand oder nicht. Sie war intelligent und stellte keine blöden Fragen. Vor allem redete sie nicht in hochtrabenden, aber hohlen Floskeln, Frau Hillar war ausgesprochen freundlich. Und nicht unverbindlich. Es kam zwischen den beiden zu einer richtig netten Unterhaltung. Über Hamburg und das Wetter. Über Berlin und das Wetter dort. Über dies und das. Irgendwas. Ungezwungener Kaffeeklatsch mit Tee und Gebäck. Wann hatte er das zum letzten Mal mit einer Frau gemacht?

Normalerweise reagierten Frauen, interessante Frauen, anders auf ihn. Nichtssagend höflich. Aber eben nichtssagend.

Dem Kommissar machte es richtig Spaß, der Hillar zuzuhören. Vielleicht lag das auch an ihrem Akzent. Typisch norddeutsch, ein wenig hart und spitz, mit scharfem »S«, begleitet von einer expressiven Mimik und Gestik. Sie hatte eine Vorliebe für das Wort »mächtig«. Es war mächtig kalt und mächtig neblig und überhaupt alles mächtig lange her. Hilkenbach musste grinsen, er mochte diese Marotte. Aber er hätte alles an ihr gemocht. Selbst wenn sie ständig »affengeil« gesagt hätte. So hörte er ihr begeistert zu, als sie über ihre anstrengende Arbeit klagte. Sechzig Stunden die Woche. Das kannte er. Und er hörte sich selbst über die diesjährige Berlinale berichten. Obwohl er nichts darüber wusste. Er las ja nie den Kulturteil einer Zeitung, er las überhaupt selten Zeitung, höchstens die Seite mit Meldungen »Aus aller Welt«. Flugzeugkatastrophen und Erdbeben. Zum Entspannen.

Es dauerte eine Weile, bis sie zum eigentlichen Thema kamen. Als wäre es das Normalste auf der Welt, dass ein Kommissar der Mordkommission Berlin nach Hamburg fährt, um ein wenig Tee zu schlürfen und sich mit einer hübschen Frau über hübsch Nebensächliches zu unterhalten. Hilkenbach hatte es nicht besonders eilig damit, auf ihren verstorbenen Gatten zu sprechen zu kommen. Er hatte Zeit. Alle Zeit. Schließlich war es Frau Hillar, die den Kommissar darauf ansprach.

»Zuerst war ich ja schon ein bisschen erschrocken, als sie sagten, sie seien von der Kripo, Herr Kommissar.« Elisabeth Hillar lächelte wieder ihr guttuend verständnisvolles Lächeln und sah Hilkenbach direkt ins Gesicht. »Ich hoffe, Sie werden mir jetzt nicht erzählen wollen, dass mein Mann ein Verbrecher war. Es ging doch wohl um meinen verstorbenen Mann, nicht wahr?«

»Keine Bange. Es ist nur eine Routineuntersuchung.« Hilkenbach versuchte sich ebenfalls in einem Lächeln. Es wurde etwas zu dünn. Er war aus der Übung.

»Routineuntersuchung? Das glauben Sie ja selbst nicht, mein Mann ist immerhin schon über ein Jahrzehnt tot. Entweder sind Sie in Berlin sehr langsam, oder sie haben eine mächtig verschrobene Auffassung von Routine.« Sie lachte. Er lachte. Wie schön.

»Nein, der Mordfall, den ich bearbeite, ist eigentlich schon aktuell, und ihr Mann hat auch im Prinzip nichts damit zu tun. Jedenfalls nicht direkt ... Es ist ein bisschen schwierig zu erklären ...« Er räusperte sich und sah sie an. Ihre braunen Augen forderten ihn auf weiterzusprechen. »Der Name ihres Mannes ist in einem Brief aufgetaucht. Und ich glaube, nicht zufällig, wenn Sie verstehen, was ich meine.«

Natürlich hatte sie nicht den Hauch von Ahnung, was Hilkenbach wollte. Trotzdem sagte sie: »Namen tauchen selten zufällig auf.«

»Sehen Sie. Das denke ich auch.« Hilkenbach konnte gar nicht ausdrücken, wie dankbar er diesem wundervollem Wesen war.

»Um was für einen Brief handelte es sich?«, fragte Frau Hillar. Sie trank ihren Tee, ohne den kleinen Finger abzuspreizen. Zum Glück. »Um einen Erpresserbrief? Hat mein Mann vielleicht Leute erpresst und seine Erpressungsversuche namentlich gekennzeichnet?«

Wieder lächelte sie sanft und vollkommen. Ach, würde sie doch niemals damit aufhören. Hilkenbach war ein Schneemann im Hochsommer, er floss nur so dahin.

»Dann wäre Arno dümmer gewesen, als ich dachte.«

Elisabeth Hillar machte sich ein wenig lustig über den Kommissar, und er merkte das. Es störte ihn nicht. Nicht wirklich.

»Nein, es geht um einen Kettenbrief, den ein gewisser Professor Friedhelm Egener aus Berlin erhalten hat. Kennen Sie ihn? Oder kannten Sie ihn? Er ist nämlich tot.«

»Der Arme«, sagte sie und schüttelte nur leicht den Kopf. Sie nahm die Teekanne und wollte dem Kommissar nachschenken. Der winkte aber ab. Er hasste Tee, er hatte nur höflich sein wollen und die erste Tasse mit unterdrücktem Abscheu heruntergewürgt.

»Kennen Sie vielleicht einen der folgenden Namen?« Hilkenbach ging nicht weiter auf den Kettenbrief und was es damit auf sich hatte ein, sondern rappelte lediglich die Namensliste aus dem Brief herunter. Er konnte sie auswendig, wie früher einmal den Anfang der »Glocke« von Schiller. Nachts träumte er schon von den Namen.

Die Hillar wurde sofort fündig. Sie kannte Kannenberg. Der Kommissar war kaum überrascht. Aber er freute sich.

»Die restlichen Namen sagen mir gar nichts, aber Dieter Kannenberg ist mir bekannt. Er war ein Freund meines Mannes, jedenfalls so was Ähnliches. In Berlin war er oft mit uns zusammen.« Sie stand auf, suchte den Boden des Appartements ab, fand schließlich ihre Schuhe am Fernseher, holte sie und zog sie über ihre schwarzen Nylons. Sie bückte sich dabei. Hilkenbach hasste sich dafür, aber er stierte in ihren aufgeknöpften Ausschnitt.

»Hilft Ihnen das weiter?« Sie hatte bemerkt, dass der Kommissar nicht ganz bei der Sache war. Jedenfalls nicht bei seiner.

»Äh … ja. Woher kannte Ihr Mann Kannenberg?«

»Sie kamen aus dem gleichen Dorf. Altenoythe. Irgend so ein gottverlassenes Nest, mächtig winzig, in der Nähe von Oldenburg. Die beiden sind da gemeinsam zur Schule gegangen. Das war aber auch das einzige, das sie verband.« Sie machte eine Pause und prustete verächtlich, sie schien an etwas zu denken, das ihr sichtlich unangenehm war.

»Kannenberg war ein mächtiger Idiot. Ein ständig grabschender Weiberheld, wie eine Krake mit acht Armen. Der hielt sich für unwiderstehlich.« Irgend etwas in ihrem Blick sagte Hilkenbach, dass sie ihm womöglich nicht ganz widerstanden hatte.

»Und Fußballfanatiker war er noch dazu. Mit dem konnte man über nichts anderes reden. Höchstens noch Autos. Arno hat irgendwann keinen gesteigerten Wert auf seine weitere Bekanntschaft gelegt und den Kontakt abgebrochen. Noch bevor wir nach Hamburg gezogen sind. Wie das eben so ist mit Schulfreundschaften.«

Hilkenbach konnte sich den Grund für den »nicht gesteigerten Wert« vorstellen, ohne seine Phantasie allzu sehr anstrengen zu müssen.

»Von Kannenberg hab ich nie wieder was gehört, seit beinahe siebzehn Jahren nicht mehr. Schon seltsam, nicht wahr?«

»Was die ersten fünf Jahre angeht, mag das vielleicht seltsam sein«, meinte der Kommissar und grinste etwas unangebracht. »Dass er sich danach nicht mehr gemeldet hat, lässt sich leicht erklären. Er ist 1980 gestorben.« Hilkenbach hatte schon mehr Takt bewiesen. Und es hatte schon kleinere Fettnäpfe gegeben.

»Aha«, sagte die Hillar bloß, sie hatte das Thema Kannenberg damit abgehakt. Ihre Überraschung hielt sich in Grenzen. Ihre Trauer auch. Zum ersten Mal sah sie nun auf die Uhr, und prompt wurde sie ein bisschen nervös, so schien es. Sie presste ihre vollen Lippen etwas missmutig aufeinander und stöhnte: »Oh, schon vier Uhr?«

»Sie wollen noch fort?«

»Nein, aber ich bekomme Besuch.« Sie rieb sich scheinbar gleichgültig den Nacken und setzte hinzu: »Ein Kollege.« Sie blickte den Kommissar forsch an und hoffte auf sein Verständnis. »Ich muss mich noch ein wenig zurecht machen.«

Sie hatte Hilkenbachs Verständnis, aber sie hatte nichts davon.

»Ihr Mann ist an einem Herzinfarkt gestorben?«

»Ganz recht. Das ist lange her, und ich erinnere mich nur ungern daran.« Man sah ihrem Gesicht an, dass dies stimmte.

»Ein Herzinfarkt mit fünfunddreißig? Das ist eher unüblich.« Der Kommissar war unerbittlich, auch wenn es ihm schwerfiel.

Sie seufzte und sah ein, dass sie nicht darum herumkommen würde.

»Es ist auch unüblich, dass jemand drei Schachteln Zigaretten am Tag raucht.« Sie klang nicht böse, nur ein wenig gereizt. »Genauso unüblich ist es, dass ein gut verdienender Architekt ständig Geldprobleme hat, weil er die Finger nicht von Spielkarten und Spielautomaten lassen kann. Arno war total verschuldet gewesen. Luxus auf Pump. Hätten wir nicht Gütertrennung vereinbart, müsste ich heute noch seine Schulden tilge. Nein, Herr Kommissar, üblich ist das alles vielleicht nicht. Aber überraschend nun auch nicht gerade.«

Hilkenbach sagte nichts, er wollte es dabei belassen, doch Elisabeth Hillar fuhr von sich aus fort: »Hinzu kam die Sache mit der Hochzeit. Die hat ihm, glaube ich, den Rest gegeben.«

»Welche Hochzeit?« Er nahm eine Zigarette aus der Schachtel, sah seine Gastgeberin fragend an, diese nickte, und der Kommissar steckte die Zigarette an und paffte mit Andacht. Mit einer leichten Erkältung, rauchte es sich bekanntlich am besten.

»Die Hochzeit seiner Schwester, seiner kleinen Schwester. Er hatte etwas gegen diese Vermählung und hat doch die Feierlichkeiten organisiert.« Sie zögerte, sah jedoch Hilkenbachs drängenden Blick und fuhr fort: »Nun ja, es war eine ›Muss-Hochzeit‹. Pauline, so hieß die Kleine, war schwanger. Sie lebte damals noch in Altenoythe und hat sich bei einem Schützenfest von einem Bauernjungen aus dem Dorf schwängern lassen. An Abtreibung war nicht zu denken, also wurde geheiratet. Arno hat das alles mächtig aufgeregt. Pauline war sein kleiner Liebling, sein Juwel.«

Unwillkürlich musste Frau Hillar lachen, es war ein bitteres Lachen.

»Wissen Sie, wo und wann mein Mann seinen Herzinfarkt bekommen hat?« Sie wartete nicht auf Antwort, sah Hilkenbach gar nicht an. »Am Hochzeitsabend. Während der Feier. Ausgerechnet. Die Hochzeit hat er nicht verhindert, aber er hat dafür gesorgt, dass sie auf immer in unschöner Erinnerung blieb.«

Der Satz hing in der Luft wie Hilkenbachs Zigarettenqualm. Beide schwiegen. Etwas betreten. Schließlich durchbrach Hilkenbach das Schweigen.

»Wissen Sie eigentlich, woher ich von dem Herzinfarkt weiß?«

»Wieso?« Sie verstand nicht. »Sie sind doch Polizist.« Sie lachte. »Kennen Sie dieses Lied, wie ging das noch – Polizisten wissen, was zu tun ist, denn sie haben Funkverkehr?«

Hilkenbach zog einen Flunsch, natürlich kannte er den Song. Einmal hatte er Wigger dabei ertappt, wie er ihn im Büro vor sich hin summte. Das hatte den größten Anschiss in der Berliner Polizeigeschichte gegeben.

»Der Herzinfarkt wird in dem Kettenbrief an Professor Egener erwähnt. Ich erzählte Ihnen davon.«

»Haben Sie dieses Ding vielleicht dabei? So langsam interessiert mich das doch.« Ihre Stimme war merkwürdig zittrig.

Der Kommissar gab ihr den Kettenbrief, sie hielt ihn lange in der Hand, bevor sie ihn las. Sie überflog den Brief mehrmals und wurde plötzlich sehr blass. Sie hielt das Papier krampfhaft fest und starrte schweigend auf den Küchentisch.

»Es tut mir leid.« Hilkenbach nahm ihr behutsam den Brief aus der Hand. »Diese Briefe sind schrecklich, nicht wahr?«

Sie machte keine Bewegung. Sie hörte nicht zu.

»Es ist bestimmt schockierend für Sie, den Namen Ihres Mannes und den von Dieter Kannenberg in dieser Liste zu lesen. Ich hätte Ihnen diesen Brief nicht zeigen dürfen.« Hilkenbach war besorgt.

»Das ist es nicht«, sagte sie schließlich und sah den Kommissar wie einen Geist an. »Ich kenne diesen Brief. Oder einen ähnlichen.«

Hilkenbach bekam feuchte Hände, er beherrschte sich aber und schwieg, er legte nur sehr viel Gefühl in seinen Blick. Das half.

»Arno hat tatsächlich so einen Brief bekommen. Wenige Tage vor seinem Tod. Genauso wie es da steht. Ich hatte ihn völlig vergessen, aber jetzt erinnere ich mich. Ich hab ihn auf seinem Schreibtisch gefunden. Ungeöffnet.« Sie rieb sich nervös die Innenfläche der rechten Hand.

»Arno hatte in den Tagen vor der Hochzeit soviel mit der Organisation der Feier zu tun, dass er sich nicht mehr um die Privatpost kümmerte. Erst nach seinem Tod hab ich seine Briefe geordnet und dabei diesen Kettenbrief gefunden. Ich war ziemlich entsetzt, als ich diese Drohungen las. Man drohte damit, dass ihm etwas zustößt, wenn er nicht mitmacht bei dem Blödsinn. Das ist ein reichlich beängstigendes Gefühl, wenn der Mann gerade gestorben ist, das können Sie sich vorstellen.« Sie nahm eine Zigarette aus Hilkenbachs Schachtel und ließ sich von ihm Feuer geben.

»Sie rauchen?«, fragte der Kommissar.

»Nein.« Sie verschluckte sich an dem Rauch und hustete.

Hilkenbach wartete gespannt.

»Arno hat den Kettenbrief nie geöffnet und stirbt kurze Zeit später an einem Herzinfarkt.« Sie sprach flüsternd und sah traurig aus. Plötzlich sah sie Hilkenbach funkelnd an. »Ich hätte diesen Kettenbriefautor umbringen können. Und ich hätte es wirklich getan, wenn ich ihn gekannt hätte.«

Der Kommissar konnte nichts entgegnen, denn in diesem Moment klingelte es an der Haustür. Frau Hillar sprang geradezu auf und sah auf die Uhr. »Zu früh«, rief sie und rannte zur Tür. Sie drückte auf den Türöffner und sah aufgeregt in den Spiegel neben der Garderobe. Sie ordnete ihr Haar flüchtig und rannte dann ins Bad. Mittlerweile klingelte es an der Wohnungstür, wer auch immer es sein mochte, er hatte die drei Stockwerke in Rekordzeit erklommen. Einen Aufzug gab es nicht.

Hilkenbach stand auf und sagte: »Ich mach schon auf.« Das »Nicht nötig!« aus dem Badezimmer überhörte er nur zu gerne und ging zur Tür. Und öffnete.

»O Lisa, mein Schatz, ich konnte es nicht länger aushalten.« Erst spät merkte der atemlos schnaufende junge Mann an der Tür, dass er nicht mit seiner Lisa, sondern mit einem fremden Mann sprach. Beinahe hätte er Hilkenbach einen feuchten Kuss auf die Lippen gedrückt.

»Ich fühle mich geschmeichelt«, sagte der Kommissar grinsend. »Aber ich habe Ihre Sympathie wirklich nicht verdient. Kommen Sie doch rein, und machen Sie es sich bequem. Die anderen sind auch schon da.«

»Welche anderen?« Das Gesicht des Besuchers war ein Augenschmaus. Die Augen traten ihm wie Marty Feldman aus dem Gesicht, er vergaß, den Mund zu schließen. Wie Boris Becker beim Tennismatch. Angewurzelt blieb er vor der Türschwelle stehen.

Hilkenbach war mindestens ebenso überrascht. Nicht nur, dass der Kerl aussah wie ein herausgeputzter Gockel beim Abschlussball des ersten Tanzkurses und stank wie eine ganze Berufsschulklasse voller Friseurlehrlinge, er war zudem höchstens Mitte Zwanzig, ein junger Hüpfer, noch grün hinter den Ohren. Er hätte ihr Sohn sein können. Wahrscheinlich hatte er noch Pickelprobleme. Und schnell fettendes Haar.

Hilkenbach wusste nicht, ob er amüsiert oder enttäuscht sein sollte. Er entschied sich für Letzteres.

»Komm rein, Niklas.« Frau Hillar stand hinter den beiden und rettete die Szene. Sie hatte nun die Lippen geschminkt, sah aber ansonsten unverändert aus. Etwas blass vielleicht. »Du bist zu früh.«

»Ich störe wohl.« Der Junge sah eingeschnappt aus. »Ich kann ja wieder gehen.«

Hilkenbach hörte sich seufzen. Stutzerhaft, stinkend, kükenhaft und zu allem Überfluss auch noch eifersüchtig.

»Nein, nein«, sagte er, »das Gehen besorge ich schon.« Er ging zur Garderobe, nahm Mantel, Schal und Hut und verabschiedete sich mit einem Händedruck von seiner Gastgeberin.

»Es hat mich gefreut, Sie kennengelernt zu haben. Vielleicht sehen wir uns mal wieder. Wäre schön.« Er nahm Kugelschreiber und Papier aus seinem Mantel und notierte seine Telefonnummer. Er gab ihr den Zettel und sagte: »Für alle Fälle. Auf Wiedersehen.«

Sie sagte nichts, ließ aber Hilkenbachs Hand nicht sofort los. Ihr war dieser Auftritt peinlich, ihre Rehaugen sagten das. Sie sah ihren Niklas kurz an, und dieser Blick versprach einiges. Ärger nämlich.

Hilkenbach riss sich von ihrem Anblick los und ging. Im Vorbeigehen flüsterte er dem jungen Burschen zu: »Viel Spaß, mein Junge.« Er wusste, dass der den nicht bekommen würde.

Hilkenbach war froh, als er draußen war. Dieser Niklas hatte ihn angesehen, als würde er ihn gleich umbringen. Wie in einem Courths-Mahler-Roman. Wenn er schon umgebracht werden sollte, dann bestimmt nicht im Affekt aus Eifersucht. Vor allem dann nicht, wenn zu dieser Eifersucht keinerlei Grund bestand. Warum waren eigentlich in letzter Zeit so viele Männer eifersüchtig auf ihn? Er dachte an das Muskelpaket Nau. Und warum jedes Mal grundlos?

In diesem Moment bemerkte er, dass er seine Zigaretten in der Wohnung liegenlassen hatte. Er drehte um und stieg hinauf in den dritten Stock. Vorsichtig näherte er sich der Wohnungstür. Als er von drinnen das Schreien hörte, schüttelte er den Kopf und verschwand. Unten auf der Straße ging er zum nächsten Zigarettenautomaten. Seine Marke gab es nicht.

Das machte nichts. Er hätte ohnehin kein Kleingeld gehabt.

VIERTER TEIL

»Was liegt daran, dass ich recht behalte! Ich habe zuviel Recht. Und wer heute am besten lacht, lacht auch zuletzt.« Friedrich Nietzsche

1. Der Assistent

Wigger stand in der eiskalten, nach verwesten Astern, verfaultem Blumenwasser und abgestandenem Bier riechenden Leichenhalle und starrte auf den mit weißen und roten Rosen geschmückten Sarg.

Eiche massiv, sie hatten sich ganz schön ins Zeug gelegt. Der Sarg war bereits geschlossen, und Wigger schien es nicht im Mindesten zu interessieren, wen sie heute zu Grabe trugen. Vorn, auf einem Podest, stand ein großer, dicker Mann ohne Gesicht und ohne Haare, der mit einem leicht süddeutschen Akzent eine sehr lange, sehr pathetische und nichtssagende Rede hielt. Einen Nachruf auf einen Polizisten.

»Wir verlieren mit unserem Kollegen eine unserer fähigsten, zuverlässigsten und loyalsten Kräfte. Nur wenige Tage vor seiner Beförderung zum Oberkommissar ist er – in Erfüllung seiner polizeilichen Pflichten – aus dem Leben geschieden ...«

Wigger fühlte sich völlig fehl am Platze, die ganze Zeremonie war ihm ein wenig peinlich, er nahm Teil an einer Schmierenkomödie. Einer Farce. Zudem plagte ihn ein unbestimmtes, logisch nicht begründbares Gefühl der Schuld. Wer auch immer der Tote war, irgend etwas hatte Wigger mit seinem Tod zu tun. Hätte er ihn vielleicht verhindern können, oder hatte er ihn gar verursacht?

Wigger wollte davonlaufen, aber es war ihm nicht möglich, sich von der Stelle zu bewegen. Er sah an sich hinab und bemerkte erst jetzt, dass seine Beine in Gips steckten, dass sein Oberkörper in einer Zwangsjacke gefangen war. Panik erfüllte ihn. Und Panik verbreitete sich auch ringsherum. Wigger atmete merklich auf, als plötzlich ein unvorstellbares Getöse von Glockenlärm, Kirchengesang und chaotischem Frauengeschrei um ihn herum losbrach und diese gespenstische Feier wie eine gigantische Seifenblase platzen ließ.

Der Kriminalhauptmeister schrak zusammen und wachte auf. Schlaftrunken und schwerfällig bemühte er sich, das Geräusch, das ihn geweckt hatte, zu identifizieren. War es vielleicht der Wecker? Aber nein, er war ja längst im Büro. Also schied die Haustür ebenfalls aus. Wigger hing wie ein nasses Bettlaken auf der Leine über seinem Bürosessel, er war so weit heruntergerutscht, dass sein Kopf auf der Rückenlehne lag. Wo seine Beine waren, wusste er nicht. Wieder klingelte es. Er erhob sich mühsam und dachte: Ach so.

Er nahm den Telefonhörer ab.

»Ja!«, grunzte er in die Muschel und erschrak selbst über seine Stimme.

»Na, Gottfried, altes Haus, wie steht's?«

Es dauerte eine geraume Zeit, bis Wiggers Hirn die Laute aus dem Hörer in Sinn ergebende Worte umwandelte und schließlich sogar die Stimme des anderen zu erkennen glaubte.

»Chef, sind Sie's vielleicht?«, fragte er zögernd.

»Sagen Sie mal, was ist denn mit Ihnen los? Sie klingen ja wie ein kaputtes Grammophon!«

»Ach, mir geht's heute morgen nicht so gut.« Eine leichte Untertreibung angesichts seines derben Brummschädels (trotz zweier Alka-Seltzer und diversen Aspirin-Tabletten). Die Adern in seinem Schädel pochten unerbittlich, Hammerschläge an seiner Schläfe. Wigger hatte den Eindruck, als müsse man sie sehen können, wie die Krampfadern an den Beinen seiner Mutter. Seine auf halbe Größe zusammengeschrumpften, ehemals blauen Augen brannten, er rieb sie, sie brannten noch mehr. Und die Ohren waren verkleistert, er hörte wie unter Wasser. Er konnte die Fische sogar riechen, aber das war er wohl selbst. Wigger spürte Drähte in seinem Kopf und ein Unbehagen in der Magengegend, es fühlte sich an, als gebrauche ein Profiboxer seine Gedärme als Sparringspartner. Kurz und auf gutdeutsch: Es ging ihm hundsmiserabel!

Er räusperte sich (es klang eher wie ein Röcheln, das letzte vor der ewigen Ruhe) und versuchte, sich zu sammeln, um wenigstens einen einigermaßen nüchternen Eindruck zu machen.

»Chef, gut, dass Sie anrufen. Wo stecken Sie denn? Brutzinger macht mir seit Tagen die Hölle heiß, und ich weiß nicht ...«

Plötzlich fiel dem Assistenten auf (sein Gehirn reagierte, wie gesagt, noch nicht allzu schnell), dass Hilkenbach ihn mit dem Vornamen angeredet hatte, was normalerweise nur vorkam, wenn der Kommissar einen besonders guten Tag hatte. Und der freundschaftliche Ausdruck »altes Haus« klang aus Hilkenbachs Mund beinahe wie Blasphemie. Wigger stutzte, ließ den angefangenen Satz unvollendet und sagte unvermittelt: »Sieh an, Sie scheinen ja verdammt gut gelaunt zu sein, was?«

»Sieh an. Und Sie scheinen ja verdammt verwirrt zu sein, was?«, imitierte Hilkenbach die schnoddrige Sprache und versoffene Stimme seines Assistenten. Was diesen wiederum erst recht davon überzeugte, dass sein Chef entweder etwas Phänomenales herausgefunden hatte oder schlicht übergeschnappt war. Solange er nun schon bei der Kripo Berlin war – das war zugegebenermaßen noch nicht sehr lange: Er hatte sich erst letzten Sommer von Münster nach Berlin versetzen lassen, aus privaten Gründen, wegen einer Frau; er war für sie nach Berlin gezogen, und sie hatte sich von ihm getrennt. Pech! Aber das war eine andere Geschichte ...

Solange er also schon in Berlin war, hatte er es noch nie erlebt, dass Hilkenbach versucht hatte, witzig zu sein. Geschweige denn, dass es ihm gelungen war.

»Wo stecken Sie denn jetzt? Brutzinger macht mir ... aber das hab ich, glaub ich, gerade schon gesagt ... Jedenfalls sollten Sie sich beeilen, wieder herzukommen. Der Herr Kriminalrat hat anscheinend eine Schweinerei Ihnen gegenüber vor, das behauptet zumindest unsere Vorzimmerspionin. Und die muss es wissen. Die hat Zugang zu Geheimdokumenten.«

»Was kümmert mich Brutzinger?« Wigger glaubte, am anderen Ende der Leitung ein leichtes, kindliches Kichern zu hören. Aber vielleicht lag das nur an der schlechten Verbindung. Hilkenbach war bei dem Lärm im Hintergrund eh kaum zu verstehen. Straßenlärm.

»Aber um Sie zu beruhigen, Gottfried, ich bin beinahe schon auf dem Weg zurück.«

»Auf dem Weg zurück von *wo*?« Wigger platzte vor Neugier. Seit vier Tagen war Hilkenbach von der Bildfläche verschwunden, und jetzt hielt er es nicht einmal für nötig, etwas zu erzählen.

»Seien Sie fair, Chef, und lassen sich nicht alles aus der Nase ziehen.«

Auch wenn der Assistent es sich niemals eingestanden hätte, so interessierte ihn diese abstruse Kettenbrief-Theorie doch, wahrscheinlich gerade weil sie so abstrus war. Auch wenn er sie bislang noch gar nicht verstanden hatte und somit eigentlich kaum beurteilen konnte, ob sie abstrus war oder nicht. Er wusste nur, dass sie allem widersprach, was er bisher in der Praxis erlebt hatte, dass sie aller Logik (oder was er dafür hielt) entgegenlief. Was Wigger imponierte, war der Starrsinn Hilkenbachs, dessen beinahe westfälischer Dickschädel, den er (als Westfale) nie besessen hatte. Die Gelassenheit Brutzinger gegenüber war schon erstaunlich. Was andererseits natürlich nichts daran änderte, dass er den Kommissar (rein persönlich) für ein borniertes Arschloch hielt.

»Also gut«, sagte Hilkenbach schließlich gönnerhaft, »aber kein Wort zu Brutzinger, dem will ich die Rechnung auf einen Schlag servieren. Und außerdem ... vielleicht können Sie mir sogar weiterhelfen.«

»Hört, hört! Ich Ihnen helfen? Das wär ja mal was ganz Neues.«

»Gottfried, hören Sie jetzt zu, wenigstens soweit Ihnen das in Ihrer jetzigen Verfassung möglich ist.«

»Ick höre, Meester«, sagte Wigger und hätte sich am liebsten gleich auf die Zunge gebissen, denn, wie er aus Erfahrung wusste und an dem folgenden Schweigen des Kommissars erkannte, war dies der Ton, den Hilkenbach an seinem Assistenten am meisten hasste. Anmaßung, Impertinenz und Ironie waren die drei Dinge, die den Kommissar auf die Palme bringen konnten und die Wigger in höchster Vollendung verkörperte.

»Ich war in Ahaus und bin jetzt in Hamburg«, sagte Hilkenbach nach einer beträchtlichen Pause. »Letzte Nacht war ich auf der Reeperbahn, falls es das ist, was Sie interessiert.«

»An Sankt-Pauli-Geschichten hab ich eigentlich kein Interesse.«

»Das sollte ein Scherz sein.« Hilkenbach klang nicht belustigt.

»Ach, so hören die sich bei Ihnen an«, meinte Wigger und lachte. Das tat seinem Schädel gar nicht gut. »Nur weiter.«

»Nun ja …« Wieder eine Pause und wahrscheinlich erneut die Überlegung, ob es überhaupt Sinn hatte, Wigger irgend etwas zu erzählen. »Es hat sich einiges Interessantes aufgetan. Es gibt Neuigkeiten. Zum Beispiel bei den Unfällen von Tenbrink und Kannenberg. Die Namen sagen Ihnen doch noch was, oder?«

»Ja, ja, ich hab den Kettenbrief vor mir liegen.« Das stimmte natürlich nicht, aber Wigger suchte ihn gerade. Und fand ihn.

»Diese beiden Unfälle stinken gewaltig zum Himmel. Tenbrink ist beim Joggen von einem Auto auf die Schippe genommen worden. Bei Tage auf einem übersichtlichen Feldweg. Fahrerflucht, versteht sich. Und bei Kannenberg liegt der Fall noch merkwürdiger, der ist samt Porsche aus dem Rhein-Herne-Kanal gefischt worden. Kein Mensch konnte sich so recht erklären, wie er da reingekommen war. Da er aber einigen Alkohol im Blut hatte, hat man das Ganze als Unfall zu den Akten gelegt.«

»Hm …«, meinte Wigger und fragte sich, ob das schon alles war. So überwältigend fand er das nun gerade nicht. »Und was war mit diesem Arno Hillar und seinem angeblichen Herzinfarkt?«

»Tja, dieser angebliche Herzinfarkt war wohl ein tatsächlicher.«

»Also nicht wie bei Miss Marple?« Wigger wusste selbst nicht, ob er diese Anspielung auf den »Wachsblumenstrauß« ironisch meinte, oder ob er wirklich enttäuscht war.

»Was meinen Sie denn jetzt wieder damit?«, drang Hilkenbachs Stimme ein wenig mürrisch und genervt durch den Apparat.

»Nun, ich dachte an Zu-Tode-Erschrecken oder so …«

»Nein, nein! Hillar ist im Kreise seiner Familie, makabererweise bei der Hochzeit seiner kleinen Schwester, gestorben. Aber seine Witwe, eine bemerkenswerte Frau übrigens …« Eine kurze Pause entstand. Wigger glaubte, Hilkenbach ins Telefon schnurren zu hören, bevor dieser fortfuhr: »… und eine ausnehmend schöne Frau …«

Oho, dachte Wigger und sagte: »Es freut mich, dass Sie Spaß hatten.«

»Blödmann!«

Wigger freute sich, er hatte einen wunden Punkt getroffen. Den Namen Hillar würde er sich merken müssen, damit könnte er Hilkenbach noch des Öfteren ärgern.

»Frau Hillar konnte mir jedenfalls enorm weiterhelfen, denn, obwohl sich die Geschichte bereits vor ewigen Zeiten abgespielt hat, konnte sie sich noch genau daran erinnern, dass ihr Mann damals tatsächlich einige Tage vor seinem Tod einen Kettenbrief erhalten hatte. Sie fand es natürlich seltsam und ziemlich entsetzlich, dass er so kurz nach diesen Kettenbriefdrohungen einen Infarkt bekommen hatte. Wem würde das nicht zu denken geben!«

»Einen Moment mal, Chef«, unterbrach Wigger den Kommissar, zündete sich eine Zigarette an, die seine Kopfschmerzen auch nicht unbedingt linderte, und betastete einen überreifen Pickel auf seiner Stirn. Der Pickel tat weh.

»Darf ich mich mal an einer kurzen Zwischenbilanz versuchen?«

Da Hilkenbach schwieg, fuhr er fort: »Das würde also bedeuten, dass alles oder fast alles, was in diesem Kettenbrief steht, den Tatsachen entspricht. Dass sowohl Hillar, Kannenberg, Tenbrink und Fetzner ...«

»Vergessen Sie Egener nicht.«

»Der steht doch gar nicht in dem Brief, aber okay. Dass sie also allesamt diesen Kettenbrief erhalten, aber nicht mitgemacht haben und daraufhin umgekommen sind. Nur dass Sie jetzt annehmen, alle seien umgebracht worden, und zwar von ein und derselben Person, von dem Kettenbriefinitiator.«

»Alle außer Hillar.«

»Weil der mit seinem Infarkt dem Mörder zuvorgekommen ist?«

»Vielleicht.«

»Aber das ergibt doch keinen Sinn! Sie müssen zugeben, dass es ziemlich unsinnig klingt, dass jemand sich erst soviel Mühe gibt, Morde als Unfälle aussehen zu lassen, um dann den nächsten Opfern ganz plump die Rübe einzuschlagen.«

»Richtig«, entgegnete der Kommissar, »aber vielleicht hat er sich gar nicht so viel Mühe gegeben, wie Sie denken.«

Wigger dachte darüber nach.

»Meinetwegen«, meinte er schließlich, »aber den Zeitraum von fünfzehn Jahren finde ich auch reichlich happig. Für ganze drei Morde und einen Mordversuch. Und abgesehen davon, wo soll denn da das Motiv sein? Man bringt doch die Leute nicht um, nur weil sie sich nicht an einem Kettenbrief beteiligen wollen.«

Wigger drückte die Zigarette aus, zum einen, weil sie ihm noch nicht schmeckte und das Gewitter in seinem Kopf und das Rumoren in seinem Bauch noch verstärkte, zum anderen, weil er sich ärgerte. Es regte ihn auf, dass er nach wie vor nichts verstand und zudem nicht wusste, ob es nur am Kater oder an seiner geistigen Unzulänglichkeit lag. Als er die Zigarette ausgedrückt hatte, ärgerte er sich noch mehr. Es war seine letzte gewesen.

»Immer mit der Ruhe, Wigger«, meldete sich Hilkenbachs Stimme besänftigend. Der Nachname seines Assistenten schien dem Kommissar doch einfacher über die Lippen zu gehen. »Das ist ja noch längst nicht alles, hören Sie sich doch zuerst den Rest an, bevor Sie ein Urteil fällen.«

Wigger klemmte den Hörer zwischen Wange und Schulter, drückte den furunkelartigen Pickel auf seiner Stirn mit zwei Fingern aus und schnippte anschließend die Eiterhaube von seinem Fingernagel. Diese Sorge war er los.

»Das Interessanteste kommt ja noch«, fuhr Hilkenbach fort und warf ein weiteres Geldstück in den Telefonapparat.

Wigger hörte das Klicken der Münze und bezweifelte gleichzeitig, dass Brutzinger dem Kommissar diese Ausgaben als Spesen anrechnen würde.

»Stellen Sie sich vor: Die Opfer haben sich gekannt.«

»Um mir das vorzustellen, brauch ich mich nicht sonderlich anzustrengen. Ich hab gedacht, davon wären Sie sowieso die ganze Zeit ausgegangen.«

»Seien Sie doch nicht so ungeduldig, Wigger. Sie wissen ja, die Arbeit des Kriminalbeamten besteht zu zwanzig Prozent aus Eingebung und zu achtzig Prozent aus Abwarten.«

Wigger wollte seinen Ohren nicht trauen, als er seinen Chef am anderen Ende der Leitung laut lachen hörte.

Schließlich ging's weiter: »Der Clou kommt schon noch. Interessant ist nämlich, auf welche Weise sie sich gekannt haben.«

Hilkenbach zündete sich in aller Seelenruhe eine Zigarette an, während sein Assistent so gespannt war, dass er beinahe seine Kopfschmerzen vergaß. Wigger hörte das Geräusch des Feuerzeugs und anschließend tiefes Luftholen. Am liebsten hätte er den Kommissar (Brutzinger zitierend) angeschrien: Ja weiter. Kommen Sie endlich auf den Punkt!

»Arno Hillar und Dieter Kannenberg stammen aus dem gleichen Kaff in der Nähe von Oldenburg, wo sie auch gemeinsam zur Schule gegangen sind. Kannenberg, Josef Tenbrink und Bruno Fetzner haben zusammen in einer Studentenmannschaft Fußball gespielt. Und Fetzner und Egener kannten sich aufgrund ihres gemeinsamen Soziologie-Studiums ... Verstehen Sie jetzt, was ich meine?«

»Nein, tut mir leid. Heute morgen bin ich wohl etwas schwer von Begriff.« Wigger war sicher, dass er auch in nüchternem Zustand nichts verstanden hätte.

»Aber sehen Sie denn nicht das Prinzip, das dahintersteckt? A kennt B, B kennt A und C, aber C hat keine Ahnung, wer A ist. Jeder kennt nur die vorhergehende und die nachfolgende Person auf der Liste. Jeder kennt nur das vorige und folgende Glied ...«

»... der Kette!«, führte Wigger den Satz zu Ende.

»Richtig. Oder des Kettenbriefs!«

Beide schwiegen. Hilkenbach, um seinen kleinen Triumph auszukosten, und Wigger, um noch mal genau darüber nachzudenken. Scheinbar war alles ja ganz logisch, jedenfalls gab es tatsächlich ein Prinzip. Und trotzdem war irgend etwas faul an der Sache. Plötzlich fiel es Wigger ein.
»Halt! Stop!«, rief er aufgeregt. »Das passt doch nicht zusammen.«
»Wieso nicht?« Hilkenbach hatte nicht mit Widerspruch gerechnet. Das hörte man, seine Frage klang wie das Kläffen eines Hundes. »Nun, weil das bedeutet, dass alle Opfer an dem Kettenbrief beteiligt waren. Hillar gab ihn weiter an seinen alten Schulfreund Kannenberg, der schickte ihn an seinen Fußballkameraden Tenbrink, der gab ihn weiter an seinen Vereinskollegen Fetzner. Und dieser schickte ihn an seinen Studienkollegen Egener.«
»Richtig. Und warum passt das nicht zusammen?«
»Weil das all dem widerspricht, was Sie vorhin gesagt haben; dass alle umgebracht worden seien, weil sie sich an dem Kettenbrief nicht beteiligt hätten.«
»Das hab ich nie gesagt.« Hilkenbach hörte sich nun wieder überlegen und sicher an und sagte: »Lassen Sie's gut sein, denken Sie noch mal drüber nach, wenn Sie einen klaren Kopf haben.«
»Soll das heißen, dass Sie bereits die Lösung dieses Wirrwarrs kennen?« Wigger war verzweifelt, ihn beschlich das unangenehme Gefühl, möglicherweise den Beruf verfehlt zu haben. Vielleicht hätte er doch (wie seine Mutter es immer gewünscht hatte) Post- oder Finanzbeamter werden sollen (weil das weniger gefährlich und dafür weniger Intelligenz vonnöten gewesen wäre).
»Jetzt rücken Sie schon damit raus, ich schnall eh nichts mehr.«
»Das ist es ja gerade. Ich weiß und begreife alles und verstehe trotzdem nichts. Ich durchschaue das Prinzip, aber es bringt mich keinen Deut weiter. Noch nicht.«
Wigger erwiderte nichts. Sollte Hilkenbach ruhig dieses Spielchen weitertreiben, er, Wigger, würde nicht wie ein kleines, neugieriges Kind noch und noch einmal nachfragen. Er hatte den starken Verdacht, dass sein Chef keineswegs angerufen hatte, um sich (wie er behauptet hatte) von ihm weiterhelfen zu lassen. Einziger Sinn und Zweck war es doch gewesen, Wiggers Unwissenheit zu einer Art geistiger Selbstbefriedigung zu benutzen. Der Kriminalhauptmeister kam sich ziemlich veräppelt vor. Wie sollte er denn auch irgend etwas begreifen, wenn Hilkenbach gar nicht wollte, dass irgend jemand etwas wusste. Wigger fühlte sich wie ein Straßenköter, dem man einen saftigen Knochen vor die Nase hielt, um ihn dann doch in den Mülleimer zu werfen. Hilkenbach war kein Tierfreund.
Alles, was er noch vor wenigen Minuten an Hilkenbach bewundert hatte, betrachtete er nun mit aufrichtig empfundener Abneigung. Und er

musste sich eingestehen, dass es so auch viel bequemer war, denn im Gegensatz zur Sympathie musste man sich Hilkenbach gegenüber zur Antipathie nicht erst durchringen. Ihn zu bewundern war anstrengend und lohnte nicht. Ihn nicht zu mögen, lag sozusagen auf der Hand und bedurfte keiner Überwindung.

»Wigger, sind Sie noch dran?« Die Pause war dem Kommissar nun doch etwas peinlich geworden, er konnte sich gar nicht erklären, warum sein Kollege plötzlich in so tiefes Schweigen verfallen war.

»Ja«, antwortete Wigger kurz angebunden.

»Sie könnten mir nämlich noch einen kleinen Gefallen tun und den Besitzer eines Autos, eines roten Ascona mit Berliner Kennzeichen, ausfindig machen.«

Obwohl es Wigger fast schon auf der Zunge lag, fragte er nicht, was es mit diesem Ascona auf sich hatte. Er redete sich ein, dass es ihn gar nicht interessierte. Es war Hilkenbachs Kettenbrief, Hilkenbachs Theorie, Hilkenbachs Fall. Wigger hatte bereits Kopfschmerzen genug und wollte sich daran nicht auch noch den Kopf zerbrechen. Er notierte also lediglich die Autonummer und versprach, sich darum zu kümmern.

»Ach ja, Chef, hier gibt's übrigens auch was Neues«, fügte er hinzu. »Sie haben den Einbrecher geschnappt.«

»Welchen Einbrecher?«

»Den Baschny-Einbrecher natürlich.«

»Und?«

»Nichts weiter. Mehr weiß ich auch noch nicht. Ich knöpf ihn mir heute Nachmittag vor.«

»Aha.« Der Kommissar war ins Grübeln geraten. »Wir können ja heute Abend noch mal darüber reden. Ich mach mich am Nachmittag auf den Weg und werde wohl, wenn's nicht zu spät wird, im Büro reinschauen. Auch um Brutzinger zu beruhigen. Tschüs.«

Erst als Hilkenbach aufgelegt hatte, schrak der Assistent aus seinen Gedanken auf und betrachtete aufmerksam die Notiz mit dem Autokennzeichen. Verdammt, er hätte doch fragen sollen! Jetzt würde er (wenn überhaupt) die Antwort erst in einigen Stunden erfahren. Er legte den Hörer auf und schrie plötzlich: »Herein!« Er war sich nicht einmal sicher, ob es überhaupt an der Tür geklopft hatte. Er blickte hoch und schaute direkt in das müde lächelnde Gesicht der Sekretärin. Auch sie sah ziemlich mitgenommen aus, nicht ganz so schlimm wie Wigger, aber die dunklen Ringe unter ihren Augen waren nicht zu übersehen. Sie sah aus, als trage sie eine Sonnenbrille. Sie hätte auch eine brauchen können, das kalte Neonlicht im Büro blendete sie, sie kniff die Augen zusammen.

»Ja, Sabine?«

»Du wolltest doch noch eine Tablette. Ich bin extra runter in die Apotheke, weil unser Medizinschrank so gut wie leergefegt ist.«

Wie eine Mutter steckte sie ihm die Tablette in den Mund, setzte das Wasserglas an die Lippen und strich ihm zärtlich übers Haar. Er wehrte sich nicht. Dazu fehlte ihm die Kraft. »So und jetzt brav schlucken.« Sie setzte einen feuchten Kuss auf seine Nase.

»Meine Güte, hast du 'ne Fahne«, war alles, was er herausbrachte.

»Du musst ja wohl ganz ruhig sein, du stinkst doch auch aus allen Poren. Du hast ja quasi in Tequila gebadet.« Sie versuchte zu lachen, beließ es aber bei dem Versuch, als sie den finsteren Ausdruck in seinem Gesicht sah.

Nur undeutlich erinnerte sich Wigger an Sabines gestrige Geburtstagsfeier. Es war hoch hergegangen, das wusste er noch. Zum Glück waren kaum Kollegen dagewesen, die ihn in betrunkenem Zustand gesehen hatten. Eigentlich hatte er gar nicht kommen wollen, womöglich wäre er gar Brutzinger begegnet, aber sie hatte ihn so lieb gebeten und versprochen: »Martin bleibt zu Hause. Dem hab ich gar nicht Bescheid gegeben.«

Sabine war schon in Ordnung, auch wenn sie was mit Brutzinger hatte. Daraus machte sie schließlich keinen Hehl. Und er, Wigger, hatte letztlich ebenso etwas davon. Informationen nämlich.

Wigger mochte Sabine, er konnte sie gut leiden. Das war aber schon alles. Brutzingers offensichtliche Eifersucht, gerade in den letzten Tagen, fand Wigger höchst amüsant und erheiternd. Es war ihm schwergefallen, in der Gegenwart des Kriminalrats ernst zu bleiben, vor allem, wenn Sabine anwesend war. Und Hilkenbachs hässliche Blicke und abfällige Bemerkungen ignorierte der Assistent schlicht. Was wusste Hilkenbach schon von ihm? Nichts. Und was wusste Hilkenbach von Frauen? Gar nichts!

»Deinen nächsten Geburtstag feiern wir dann eben ohne Alkohol.« Er sagte das, um überhaupt etwas zu sagen. »Von Buttermilch soll man zum Beispiel keinen Kater bekommen.«

»Ich bin sofort dabei«, sagte Sabine und grinste herausfordernd, »vielleicht wärst du dann ja anschließend noch zu etwas zu gebrauchen.«

Wigger verstand diese Anspielung nicht, er hatte irgendwann in der Nacht einen Filmriss gehabt und konnte sich an die frühen Morgenstunden nicht mehr erinnern. Er war zwar im Slip neben (!) ihrem Bett aufgewacht, aber er hatte sich nichts dabei gedacht. Nur gut, dass er sich nicht erinnern konnte.

Bevor er etwas erwidern und sie gar um eine Erklärung bitten konnte, huschte Sabine zurück ins Vorzimmer. Wigger blieb allein mit seinem Blackout, seinem Kater und seiner Fahne im Büro und wartete sehnsüchtig (es war nicht einmal Mittag) auf den Feierabend. Er lehnte sich zurück und war sofort eingeschlafen.

»Ähm. Aufwachen, Herr Polizist!«

Wigger tat, wie ihm befohlen, und sah erneut in das übermüdete Gesicht der Sekretärin. »Was denn noch?«

»Nur ein kleiner Tipp: Geh heute dem Alten lieber aus dem Weg. Der hat ultraschlechte Laune«, sagte Sabine und rollte die Augen.

»Wieso? Hat der VfB Stuttgart am Samstag verloren?«

»Ich hab ihm gerade gesagt, dass ich ihn vorerst nicht mehr treffen werde. Er wollte mir eine Szene machen, weil ich ihn nicht zur Geburtstagsparty eingeladen habe. Und da hab ich ihm gekündigt.«

»Glaubst du, dass das klug war?«

»Keine Ahnung.« Sie lachte. »Denk an unsere Verabredung heute Abend.« Sie verschwand.

Wigger war wie versteinert. Was hatte er Sabine denn da nun wieder versprochen? Er konnte sich beim besten Willen nicht an eine Verabredung erinnern. Verfluchter Alkohol. Verfluchter Wochenanfang. Verfluchter Montag. Montage sollte man ganz einfach abschaffen. Ersatzlos streichen.

2. Der Sündenbock

Als Hilkenbach am Montagnachmittag in Berlin, in der Schlangenbader Straße, ankam, war er gut gelaunt, extrem gut sogar. Er hatte sie noch einmal gesehen, hatte sie in ihrem Büro angerufen und zum Frühstück eingeladen. Einfach so, ganz direkt, eigentlich nicht Hilkenbachs Art.

Aber es hatte sich gelohnt, er hatte mit ihr gefrühstückt. Das heißt, sie hatte gefrühstückt, und er hatte sie dabei beobachtet, er selbst hatte keinen Bissen herunterbekommen. Aber er hatte sich erneut mit ihr verabredet, für das kommende Wochenende. Das war ein hartes Stück Arbeit gewesen. Zunächst hatte er geglaubt, Elisabeth Hillar hätte etwas gegen ihn, vielleicht auch wegen der Szene vom Sonntag.

»Ich mag Ihren Schnurrbart nicht«, hatte sie in scherzhaftem Ton gesagt, während ihre Augen ernst geblieben waren. »Für Sie würde ich ihn glatt abnehmen, Elisabeth«, war Hilkenbachs Antwort gewesen. Auch in scherzhaftem Ton, aber ebenso ernst gemeint. Vielleicht zu offensichtlich. Sie hatte kopfschüttelnd gelacht. »Das würde Ihnen aber nicht stehen.« Hilkenbach hatte ebenfalls gelacht, obwohl ihm nach Weinen zumute gewesen war. Doch dann hatte sie sich doch auf eine Verabredung am Wochenende eingelassen. Hilkenbach hatte sie nicht wirklich überreden müssen, sie schien nicht sonderlich unglücklich über seine Einladung ins Theater gewesen zu sein. »Sie dürfen mich ruhig Lisa nennen.« Aber Hilkenbach hätte das nicht gewollt, dieser ekelhafte Niklas hatte sie »Lisa, mein Schatz« genannt. Sie war aufgestanden, lachend, und war zurück an ihre Arbeit gegangen. »Bis Samstag, Hartmut.« Und Hartmut war der glücklichste Mann auf der Welt gewesen.

Hilkenbach schloss die Wohnungstür auf und sagte: »Bis Samstag, Elisabeth!« Er zog sich aus und warf die Sachen in den Wäschekorb, er duschte und rasierte sich. Noch in Unterwäsche trank er einen Kaffee, dann noch einen. Er sah aus dem Fenster, die Sonne ging gerade unter. Er schaltete die Glotze im Schlafzimmer ein und sah sich eine Gameshow auf RTL an, während er sich wieder anzog. Neue Wäsche, neuer Mensch. Es ging ihm gut.

Hilkenbach trat an den Schreibtisch und suchte die Nachricht von Karlheinz Bohm mit dessen Adresse. Er fand sie und überflog die wenigen Sätze: »Schau doch mal bei mir rein, falls Du Dich ein bisschen über unseren toten Freund unterhalten willst.«

»Wie in alten Zeiten«, murmelte der Kommissar und steckte den Zettel in die Hosentasche. Dann machte er sich auf ins Büro. Auf in die Höhle des Löwen.

Im Wagen pfiff er ein Lied, ob Zufall oder nicht, es war »Wenn die Elisabeth nicht so schöne Beine hätt'.«

»Na, war's schön beim Flirten in Westdeutschland?«, wurde er von der Sekretärin freundlich empfangen. Trotz ihres gewinnenden Lächelns sah sie heute irgendwie älter aus, fand Hilkenbach.

»Wunderschön«, hätte er beinahe geantwortet, sagte dann aber: »Wissen hier eigentlich alle Bescheid über mich? Auch über das, was ich selbst nicht weiß?«

»Gottfried ist eben ein ziemliches Klatschmaul. Ein Schandmaul.«

»Wem sagen Sie das!«

»Er hat auch verraten, dass Sie heute noch im Büro auftauchen wollten.« Ihr Lächeln verschwand, und in ihrem Gesicht trat ein trauriger Zug hervor, den der Kommissar sonst nicht an ihr kannte, der eigentlich nicht zu ihrem sonnigen Gemüt passte.

»Das ist doch kein Grund, Trübsal zu blasen«, wollte der Kommissar sie aufheitern. »Einen Judas gibt's in jeder Tafelrunde.« Ihm war nach Lächeln zumute, und er tat es.

»Leider weiß der Chef es auch. Er will, dass Sie sofort zu ihm kommen. Aber ich kann ihm auch sagen, dass ich Sie nicht gesehen habe.«

»Nein. Wieso denn? Ich werde es schon überleben.«

»Aber heute ist nicht gut Kirschen essen mit dem Herrn Kriminalrat.« Sie zog die Mundwinkel nach unten und schob die Unterlippe vor. Dann setzte sie hinzu: »Er hat Liebeskummer.«

Hilkenbach lachte schallend los, und auch Sabine musste grinsen. Hilkenbach öffnete die Tür zum Büro und fragte, als er niemanden darin sah: »Wo steckt denn Wigger?«

»Unterwegs. Bei den Kollegen vom Einbruch«, kam die Antwort aus dem Vorraum.

»Noch beim Verhör?«

»Ja. Irgendein ungeständiger Einbrecher, glaube ich. Mir sagt ja keiner was.« Sie war wieder die Alte. Sie lachte.

»Auch Brutzinger nicht?«, wollte Hilkenbach flüsternd wissen.

Für einen Moment wurde sie wieder ernst, scherzte dann aber ebenso leise: »Der weiß doch nie was.«

Hilkenbach klopfte an die Tür mit dem hässlichen Namensschild.

»Herein, wenn's kein Schneider ist.«

Hilkenbach konnte Brutzingers abgestandene Redensarten nicht ausstehen und antwortete: »Nein, es ist nur ein Kommissar.« Schneidig trat er ein.

»Aha, Sie sind's, Hilkenbach. Grüß Gott. Wieder im Ländle, gell!« Das übertriebene Schwäbeln Brutzingers verriet nichts Gutes. Und als er das Gesicht seines Vorgesetzten sah, wusste Hilkenbach, dass es um ihn geschehen war. Er sah die zusammengekniffenen Augen und die nur andeutungsweise erkennbaren, aber entschlossen zuckenden Backenmuskeln, und er wusste, was sein Chef vorhatte. Brutzingers feistes, speckiges Gesicht, dem er peinlich bemüht war, ein todernstes und bedeutungsschwangeres Aussehen zu verleihen, ließ keinen Zweifel übrig. Außerdem leuchteten seine Ohren blutrot. Ein schlechtes Zeichen. Ein ganz schlechtes.

Jetzt begriff Hilkenbach auch, warum Sabine ihn so mitleidig angesehen hatte. Sie hatte recht mit ihrer Vermutung gehabt, Brutzinger hecke irgend etwas aus. Nicht gut Kirschen essen! Der Kommissar musste an Wigger denken, wie recht der daran tat, Brutzinger niemals zu unterschätzen.

Leute, die aussehen, als könnten sie nicht bis drei zählen, sind immer die gefährlichsten! Auch wenn sie so wirken, als wären sie gerade aus der Muppet-Show getürmt.

Aber im Gegensatz zu Wigger konnte Hilkenbach sich eben nicht verstellen, er war kein Ja-aber-Mensch, er konnte nicht »In Ordnung, Chef«, sagen, wenn er »Du Arschloch!« meinte. Er war eher ein Harald-Juhnke-Typ: Barfuß oder Lackschuh. Alles oder nichts. Nur dass er die Alternative *barfuß* für sich persönlich ausgeschlossen hatte.

Aber das Undenkbare war jetzt eingetreten, Brutzinger machte ernst. Der gutmütig trottelige, ewig belächelte, schmerbäuchige Kriminalrat zeigte die Krallen, und er, Hilkenbach, hatte keine Chance. Immer wieder hatte der Kommissar sich über seinen Chef lustig, ihn lächerlich gemacht. Einmal sogar vor laufenden SFB-Kameras, als er eine Entscheidung des Kriminalrats als »hanebüchenen Unsinn« bezeichnet hatte. Diesen Affront hatte Brutzinger ihm nie verziehen. Und Hilkenbach hatte sich nie dafür entschuldigt, schließlich hatte er nur die Wahrheit gesagt. Doch jetzt kam Brutzingers Abrechnung.

Dies alles ging ihm nun durch den Kopf, dies alles hatte er mit einem einzigen Blick erkannt, noch bevor sein Chef ein weiteres Wort gesagt hatte.

»Setzen Sie sich«, sagte Brutzinger, ohne dem Kommissar ins Gesicht zu sehen, und wies mit einer Handbewegung auf einen Stuhl in einer Ecke des Raumes, gleich neben dem Fenster. Hilkenbach war sich ziemlich sicher, dass dieser Stuhl bisher direkt vor dem Schreibtisch gestanden hatte.

»So setzen Sie sich doch!«

Der Kommissar blieb stehen.

»Soll ich meine Marke und meine Dienstwaffe bei Ihnen oder beim Pförtner abgeben?«

Brutzinger legte den Füllhalter aus der Hand und kaute nervös auf seinen Fingernägeln. Seine gebückte Haltung, seine massive Gestalt und sein stur nach unten gerichteter Blick ließen ihn entfernt einem Bullterrier ähneln. Charles Laughton, schoss es Hilkenbach plötzlich durch den Kopf, jetzt wusste er, woran Brutzinger ihn immer erinnert hatte: an Charles Laughton in dessen Paraderolle als Glöckner von Notre Dame.

»Ich weiß nicht, woher Sie das haben«, sagte Brutzinger nach einer Weile, während der er keine Regung gezeigt hatte, »aber wenn Sie es eh schon wissen, um so besser. So ist es ja auch für uns beide leichter, gell?«

»Ihr ›gell‹ können Sie sich sparen. Sie meinen, für Sie ist es leichter. Haben Sie etwa ein schlechtes Gewissen? Das brauchen Sie nicht, Sie sind doch der Chef.« Hilkenbach, der noch immer stand und jetzt zum Fenster hinüberging, wollte es seinem Chef nicht zu einfach machen. Wenn er schon gefeuert würde, so sollte es wenigstens ein Abgang nach Maß sein. Er wollte Brutzinger noch ein letztes Mal zappeln lassen, ihn beobachten, wie er sich verzweifelt um Autorität und Respekt bemühte.

»Aber Sie meinten doch gerade ...«

»Ich meine nichts, und ich weiß nichts. Deshalb bin ich ja Polizist.«

»Eben drum«, meinte Brutzinger.

»Eben drum!«, wiederholte der Kommissar und dachte daran, wie absurd diese Situation war. Und wie pathetisch. Hilkenbach sah aus dem Fenster und sah unten auf dem Parkplatz Wiggers Privatwagen vorfahren, einen dunkelblauen Mazda. Er sah eigentlich wenig, es war schon dunkel draußen, aber er hörte Wiggers Wagen, der Auspuff war seit Wochen kaputt.

Brutzinger rückte unruhig in seinem Sessel hin und her und legte Füllhalter, Kugelschreiber und Bleistifte in Reih und Glied auf seine Schreibunterlage, mit einem Lineal überprüfte er, ob sie auch symmetrisch lagen. Brutzinger vermied es nach wie vor, den Blick des Kommissars zu kreuzen.

»Hilkenbach, hören Sie doch auf mit diesen Spielchen. Sie müssen doch einsehen, dass es so nicht weitergehen konnte. Sie haben mich ja regelrecht dazu gezwungen ... Dieser Egener-Fall, über eine Woche ist das nun her, und das einzige, was Sie vorzuweisen haben, ist ein Autounfall und eine Spritztour in die Weltgeschichte. Sie lassen mir doch keine andere Wahl, ich kann so was nicht zulassen! ... Ich meine ja nur, ein Pause würde Ihnen sicherlich guttun.«

»Aha, und wie soll diese Pause aussehen?«

»Machen Sie doch ein wenig Urlaub, kommen Sie wieder zu sich. In ein, zwei Monaten sieht's ja vielleicht schon ganz anders aus.«

Der Kommissar schnaufte abfällig, diese Masche war also angesagt: Erholen Sie sich, beruhigen Sie etwas Ihre Nerven! Von Brutzinger war auch nichts Originelleres zu erwarten gewesen, geschweige denn etwas, das den tatsächlichen Beweggründen näherkam. Wie auch immer die aussahen.

»Ach so, jetzt verstehe ich, was Sie meinen«, sagte Hilkenbach und trat ganz dicht an den Schreibtisch heran. »Sie machen sich Sorgen um meine Gesundheit und geben mir den väterlichen Rat, eine kleine Verschnaufpause einzulegen.« Er wollte betont locker und souverän wirken, doch das Zittern seiner knochigen Hände hatte er nicht unter Kontrolle. Man merkte ihm an, wie viel Überwindung es ihn kostete, sich zu beherrschen und nicht aus der Haut zu fahren. Brutzinger überhörte Hilkenbachs ironischen Unterton, verzog leicht den Mund und sah seinen Kommissar zum ersten Mal für den Bruchteil einer Sekunde an.

»Nun ... ja, so ungefähr hatte ich das gedacht.«

»Dann ist ja alles klar!« Hilkenbach schrie beinahe und schleuderte seinem Chef dabei die Spucke ins Gesicht. »Gesundheitlich geht's mir prima, und auf ihren väterlichen Rat kann ich verzichten.« Er schlug mit der Faust auf den Schreibtisch und brachte Brutzingers Schreibutensilien durcheinander. »Darf ich jetzt gehen?«

»Nein, verdammt!« Auf der Stirn des Kriminalrats zeigten sich erste Schweißtropfen, er fuhr zittrig mit dem Finger in den Kragen und lockerte seine Krawatte. »Ich hab sie tausendmal gewarnt, aber Sie wollten ja nicht hören! Mir reicht's! Noch bin ich hier der Chef, und wer nicht macht, was ich ihm sage, der fliegt!« Brutzinger war aufgesprungen und blähte seine Backen. »Sie halten sich für unersetzbar, aber das sind Sie nicht, Hilkenbach! Und das wird Ihnen schon noch klar werden.«

Hilkenbach grinste unnatürlich und setzte sich, nachdem er den Stuhl an den Schreibtisch herangezogen hatte. Da lag also der Hund begraben, es hatte nichts mit dem Fall zu tun. Es war allein Brutzingers verletzte Eitelkeit, seine fehlende Autorität (so paradox das auch klang), die den Kommissar vorerst den Job kostete. Es ging nicht darum, dass Hilkenbach nach Westdeutschland gefahren war, sondern darum, dass er es unangemeldet tat und dass Brutzinger nicht eingeweiht gewesen war.

Hilkenbach musste dran glauben, musste den Kopf hinhalten, damit Brutzingers Selbstvertrauen nicht vollends Schiffbruch erlitt. Dieser Gedanke verschaffte dem Kommissar eine seltsame, eigentlich unangebrachte Genugtuung. Er grinste geringschätzig.

»Sehen Sie, das ist es, was ich meine: Ich warne Sie, und Sie tun so, als wäre ich Luft. Jetzt befördere ich Sie sogar vor die Tür, und Sie grinsen! Ich kann es nicht ausstehen, wenn man mich nicht ernst nimmt!«

Hilkenbach sprang auf.

»Aber daran sollten Sie sich doch allmählich gewöhnt haben.« Er lachte verkrampft und ging zur Tür. »Ansonsten mache ich natürlich alles, wie Sie es wünschen.« Er nahm seine Dienstmarke und warf sie Brutzinger zu, der aber nicht reagierte und das Stück Blech zu Boden fallen ließ.

Als der Kommissar die Tür hinter sich zugeknallt hatte, verschwand das ironische Grinsen, zu dem er sich die ganze Zeit hatte zwingen müssen, mit einem Mal aus seinem Gesicht, und alles, was übrig blieb, war Hass und Bitterkeit. Der ewig angewiderte Hilkenbach-Blick.

Er holte tief Luft, räusperte sich und betrat unbemerkt den Vorraum, in dem Wigger gerade eine Räuberpistole zum besten gab:

»Was meinst du, Sabine, was mir gerade vor ein paar Minuten in der U-Bahn passiert ist. Kommt da so 'n dicker, kurz geschorener Prolet mit Zigarette rein und qualmt im Waggon gemütlich weiter. Ich geh hin und nehm ihm das Teil aus dem Mund und drück es auf dem Boden aus. Erst hat er blöd geguckt, und dann zieht der plötzlich ein Messer aus dem Gürtel und schreit: ›Das wirst du noch bereuen, Bürschchen.‹ Mucksmäuschenstill war's plötzlich in der Bahn. Aber ehe der sich versieht, halte ich ihm mit ausgestrecktem Arm meine Knarre an die Schläfe und sage: ›Darauf würde ich keine Wetten annehmen.‹ Du hättest sehen sollen, wie schnell der am Nollendorfplatz die Türen aufgerissen hat und rausgesprungen ist.« Wigger warf sich in die Brust. »Die Polizei, dein Freund und Helfer.«

Sabine lachte ungläubig.

Hilkenbach klatschte Beifall. Der Assistent und die Sekretärin fuhren herum und schienen erleichtert, als sie den Kommissar sahen. Und nicht etwa Brutzinger.

»Eine schöne Geschichte«, sagte Hilkenbach bedächtig.

»Hallo, Chef«, sagte Wigger. »Ja, nicht wahr? Und live erlebt.«

»Sie sind ja ein richtiger Held, Wigger.« Mit zitternden Händen zündete er sich eine Zigarette an. »Ach ja, ich hab Sie gerade vom Fenster aus gesehen. Sie haben mit Ihrem Mazda meinen Wagen zugeparkt. Wären Sie wohl so freundlich, ihn umzusetzen?«

Hilkenbach lachte verkrampft, und Wigger war sauer: »Pointenkiller«, schnaufte er und grinste.

»Was ist denn das?« Brutzingers Bass erfüllte den Raum. »Ist hier eine Betriebsversammlung?« Wild sah er sich im Zimmer um. »An die Arbeit, aber plötzlich! Das gilt natürlich nicht für Sie, Hilkenbach!« Er durchquerte den Raum und verschwand im Flur, wie er gekommen war. Wie ein Geist.

Er hinterließ ein schmerzhaftes Schweigen im Raum. Wigger und Sabine sahen Hilkenbach betreten an. Hilkenbach zuckte mit den Schultern.

3. Der Privatdetektiv

»Mein Gott, Wigger, schauen Sie doch nicht wie ein begossener Pudel. Diesen Blick sparen Sie sich lieber auf für meine Beerdigung.« Hilkenbach setzte sich hinter den Schreibtisch und inspizierte die Schubläden und Fächer. Darin sah es aus wie in seiner Wohnung, alte Zeitungen, Essensreste überall, angeknabberte Äpfel und leere Nussschalen. Und natürlich Papiermüll in Hülle und Fülle, wahrscheinlich noch aus der Vorkriegszeit. Viel persönliches Hab und Gut hatte er nicht auszuräumen, ein paar Fotos vom letzten Polizeikarneval (Hilkenbach war der einzige gewesen, der sich geweigert hatte, eine Narrenkappe aufzusetzen), einen Roman von Flaubert, den er nie gelesen hatte (ein Geburtstagsgeschenk, er hatte vergessen von wem), und eine Flasche Cognac (guter sogar und noch fast voll).

Obwohl dieses Büro, dieser Tisch sein eigentliches Zuhause bedeutet hatten, würde schon in wenigen Minuten nichts mehr an ihn erinnern. Hilkenbach versuchte, die melancholischen Gedanken abzuschütteln, ging hinüber zum Schreibtisch seines Assistenten und stellte ihm den Cognac vor die Nase.

»Wenn Sie hin und wieder daran nippen, können Sie ja an den alten Hilkenbach denken. Ich hoffe, das wird Ihnen den Appetit nicht nehmen.«

Hatte er das wirklich gerade gesagt? Hilkenbach konnte es selbst kaum glauben, er missbilligte Sentimentalitäten, bei anderen und noch mehr bei sich selbst. Er verabscheute rührselige Filmszenen, weinende Männer (solange es keine Schmerzenstränen waren) und die Weihnachtszeit (die besonders!). Hilkenbach war dankbar, dass Wigger nur stumm nickte und auf seine peinlich sentimentale Bemerkung nicht ebenso gefühlsduselig antwortete.

Was hätte Wigger auch sagen können? Besonders da er sich gar nicht im Klaren darüber war, ob ihm Hilkenbachs Zwangsurlaub irgend etwas ausmachte. Beinahe gönnte er es dem Kommissar. War es nicht seit Langem an der Zeit, dass jemand es diesem verbohrten, humorlosen und arroganten Möchtegern-Columbo heimzahlte? Wenn er ganz ehrlich war, musste er sich eingestehen, dass ihn Hilkenbachs Schicksal ziemlich kaltließ, leid tat es ihm nur um den Fall Egener. Jetzt würde irgendein Idiot, einer dieser vielen Stümper, von denen es bei der Kripo nur so wimmelte, mit dem Fall beauftragt, und Wigger würde nie die Wahrheit erfahren. Er hatte seit Hilkenbachs Anruf am Morgen lange darüber nachgedacht und er glaubte nun zu wissen, worauf der Kommissar hinaus war. Es stand für Wigger so gut wie fest: Hilkenbach hatte recht.

»Was wollen Sie denn nun tun?«, fragte Wigger, nur um überhaupt etwas von sich zu geben, und stellte die Cognacflasche ins Regal hinter einen leeren Aktenordner mit der Aufschrift: »Hochgeistiges«. Dort stand schon eine halb volle Flasche Korn.

»Na ja, in meine Laube werde ich mich bestimmt nicht zurückziehen.«

»Seit wann haben denn Sie eine Laube?«, fragte Wigger, den leicht schwäbisch nuschelnden Akzent Brutzingers imitierend. Da Hilkenbach auf diese Anspielung nicht reagierte und keine Miene verzog, wurde Wigger wieder ernst.

»Ich meinte das eigentlich nicht so allgemein, ich dachte dabei an Ihre Ermittlungen.« Wigger ging zur Vorzimmertür, lugte hindurch und bat Sabine um eine Tasse Kaffee. »Wollen Sie auch einen?«, wandte er sich an Hilkenbach. Dieser nickte. »Zwei Tassen also. Danke, Schatz.«

»Bei meinen Ermittlungen ändert sich gar nichts, warum auch? Wahrscheinlich bin ich heute Abend schon ein gutes Stück schlauer.« Hilkenbach zog einen Stuhl an Wiggers Schreibtisch heran und setzte sich. Er bat seinen Kollegen um eine Zigarette (Hilkenbach hasste Wiggers parfümiertes und viel zu schwaches Kraut) und hätte gern auch einen Schluck Cognac zu sich genommen. Nervös rieb er sich das Kinn und zog so stark an der Zigarette, dass ein Brechreiz in ihm hochstieg.

»Sie wollen also ohne Segen von oben weitermachen? Ohne Dienstausweis und Pistole?«

»Ich hab auch bisher weder das eine noch das andere gebraucht.«

»Was Ihnen jetzt auch den Job gekostet hat.« Wigger war gespannt, wie Hilkenbach auf diese Bemerkung, die er normalerweise als Provokation empfunden hätte, reagieren würde.

Doch Hilkenbach sagte nichts, auch sein Gesichtsausdruck ließ keinen Ärger erkennen. Dann geht es ihm wirklich dreckig, dachte Wigger.

»Was hat Ihr Einbrecher so von sich gegeben? Hat sich's gelohnt?«, fragte Hilkenbach, aber seinem Gesicht war anzusehen, dass die Antwort ihm ziemlich gleichgültig sein würde.

»Christoph Hübner heißt der. Tja, der hat gestanden.«

»Was?« Der Kommissar sprang auf, schaute seinen Assistenten entsetzt an, sah ein ähnliches Entsetzen in Wiggers Gesicht und war beruhigt. »Den Einbruch?«, fragte er.

»Natürlich den Einbruch«, antwortete Wigger. »Was denn sonst?« Hilkenbach machte dem Kriminalhauptmeister richtiggehend Angst. »Die übliche Masche«, erklärte Wigger. »Setz einem ungeständigen Einbrecher einen Einbruch-Bullen vor die Nase, und er wird noch wochenlang leugnen. Setz ihm aber die Mordkommission vor und beschuldige ihn des Mordes, so wird er sofort alle Einbrüche gestehen, selbst die, die er nicht begangen hat.« Wigger sah Hilkenbach eindringlich an und machte eine Pause. Sein Vorgesetzter hörte mittlerweile zu. »Er hat den Einbruch bei Baschny prompt gestanden und noch ein paar andere dazu. Aber umgebracht hat der niemanden. Im Leben nicht. Als ich das Wort ›Mord‹ nur in den Mund nahm, ist der schon in Ohnmacht gefallen.«

»Wie haben die den eigentlich geschnappt? Das Phantombild kann's doch kaum gewesen sein.« Der Kommissar erhob sich, um der Sekretärin das Tablett mit dem Kaffee abzunehmen.

»Er stand schon lange auf der Warmhalteplatte«, erklärte Sabine. »Kann sein, dass er ein wenig bitter ist.«

»Dann würde der Kaffee wenigstens zu unserer Laune passen«, scherzte Hilkenbach, ohne dabei ein Grinsen erkennen zu lassen.

Kommentarlos verschwand Sabine in ihrem Kabuff.

»Es war aber doch das Phantombild«, fuhr Wigger fort. »Eine Nachbarin von Baschny hat ihn erkannt. Das war auch nicht sonderlich schwer für sie, immerhin ist sie Hübners Tante.«

»Der ist von seiner eigenen Tante verraten worden?«

»Die Welt ist schlecht, Herr Kommissar. Sie sollten das eigentlich wissen.« Wigger nahm einen Schluck Kaffee. »Bäh!«, machte er. »Bitter ist aber eine ziemliche Untertreibung. Schmeckt ja wie Galle.«

»Und wie wollen Sie jetzt weiter vorgehen?«, fragte Hilkenbach. Er trank seinen Kaffee, ohne mit der Wimper zu zucken. Oder mit dem Mund.

»Brutzinger will, dass ich den armen Kerl so lange weich klopfe, bis er den Mord an Egener gesteht. Und ich bin sogar sicher, dass das möglich wäre. Dieser Hübner ist so weich wie Butter.«

»Na, dann machen Sie das doch.«

»So ein Geständnis ist einen Scheißdreck wert, der würde widerrufen. Der war's ganz einfach nicht, egal, was Brutzinger denkt oder zu denken versucht.«

»Brutzinger!«, schrie Hilkenbach urplötzlich und knallte die Faust auf den Schreibtisch, sein Kaffee schwappte über. »Der hat doch keine Ahnung!«

»Mich brauchen Sie nicht anzuschreien. Und mich müssen Sie auch nicht überzeugen«, versuchte Wigger, ihn zu besänftigen. »Ich habe nämlich noch mal über Ihre Vermutungen nachgedacht.«

»Vermutungen!«, sagte Hilkenbach verächtlich und ging hinüber zum

Fenster, um sich wieder abzuregen. Die Kaffeetasse ließ er in der Lache auf dem Schreibtisch stehen. Es tropfte auf den Fußboden.

»Nennen Sie es, wie Sie wollen«, meinte Wigger. »Ich glaube jedenfalls zu wissen, was Sie meinen.«

»So?« Die Stimme des Kommissars klang überheblich, aber doch erstaunt.

»Ja, ich habe noch mal über das nachgedacht, was Sie mir am Telefon heute Morgen gesagt haben. Und ich hab's jetzt begriffen: Es gibt zwei Kettenbriefe. Einen, an dem Egener und Co. selbst teilgenommen haben, und einen anderen, der von dem Mörder an Egener und Co. verschickt wurde, quasi als Ankündigung der Morde.« Wigger machte eine Pause, um die Reaktion Hilkenbachs abzuwarten. Diese blieb jedoch aus, der Kommissar starrte nach wie vor unbewegt aus dem Fenster.

»Dieser zweite Brief«, fuhr Wigger fort, »ist natürlich kein echter, deshalb auch die fehlende Namensliste.«

Wieder eine Pause, wieder keine Reaktion.

»Und wahrscheinlich liegt im ersten Brief das Motiv für den zweiten und damit für die Morde.«

»Bravo.« Hilkenbach drehte sich um, er hatte seine Emotionen wieder unter Kontrolle, auch wenn sein überarbeitet wirkendes Gesicht noch deutlich errötet war. »Bravo, Wigger!«

Der Kommissar betrachtete seinen Assistenten wie ein Lehrer einen Schüler, dem er am Ende des Schuljahres die Lektionen der ersten Stunde beigebracht hat. Hilkenbachs »Bravo!« klang eher wie ein »Wurde auch Zeit«.

»Und Brutzinger wird das auch irgendwann einsehen müssen«, sagte er, wieder eher zu sich selbst als zu Wigger. »Ich werd's schon noch beweisen.« Hilkenbach nahm seinen Mantel von der Garderobe und wollte sich von Wigger verabschieden. Dieser ergriff die Hand des Kommissars und machte ein nachdenkliches Gesicht.

»Ich möchte ja nicht neugierig sein, aber Sie sagten vorhin, heute Abend würden Sie vielleicht schon schlauer sein. Wie meinten Sie das?«

»Ich besuche einen alten Studienkollegen, einen Bekannten Egeners. Er tat etwas geheimnisvoll, vielleicht hat er etwas für mich.« Wenn er überhaupt zu Hause ist, setzte Hilkenbach in Gedanken hinzu.

Wigger hielt nach wie vor die Hand des anderen, er musste noch etwas loswerden.

»Wenn Ihnen jetzt als Privatdetektiv doch einmal ein Dienstausweis von Nutzen wäre, können Sie gern auf mich zurückgreifen.«

»Seien Sie doch ehrlich.« Hilkenbach grinste andeutungsweise. »Ihre Neugier trieft Ihnen aus den Augen. Aber Sie können beruhigt sein, ich werde Sie auf dem Laufenden halten.« Er befreite sich aus dem festen Händedruck seines Kollegen und wandte sich zur Tür.

»Ich weiß nicht wieso, aber Sie misstrauen mir«, sagte Wigger, ein wenig in seiner Eitelkeit gekränkt. »Sie müssen doch einen Grund dafür haben.«

»Wie soll ich Ihnen trauen, wenn ich genau weiß, dass Sie mich nicht ausstehen können.« Hilkenbach öffnete die Tür, hob die Hand zum Gruß und war verschwunden.

Wigger saß ein paar Sekunden mit offenem Mund da und brach plötzlich in schallendes Gelächter aus.

Das war ja kaum zu fassen; diese Selbstgefälligkeit war unglaublich! Während Wigger mit seiner Abneigung gegen Hilkenbach wenigstens hin und wieder haderte (auch wenn sie ihm keine Gewissensbisse bereitete), war dem Kommissar diese Antipathie scheinbar nur recht. Er suhlte sich geradezu in seiner Unbeliebtheit, sie schmeichelte ihm und bestätigte ihn in seiner selbst gewählten Rolle als unverstandener Einzelkämpfer.

»So ein arrogantes Arschloch!«, rief Wigger und schüttelte den Kopf.

»Was gibt es denn hier zu lachen?« Brutzinger stand plötzlich im Raum und hielt einen Brief in der Hand.

Als Wigger das dümmliche Gesicht seines Vorgesetzten sah, war es mit seiner Selbstbeherrschung vollends zu Ende. Die Tränen stiegen ihm in die Augen, und er musste sich den Bauch vor Lachen halten.

»Dieser Brief ist heute für Hilkenbach gekommen.« Brutzinger warf ihn auf Wiggers Schreibtisch und sah zu, dass er Land gewann.

»Heute spielen wohl alle verrückt!«

Wigger betrachtete, immer noch schniefend, den Brief. Kein Absender. Aber Eilzustellung. Der Kriminalhauptmeister ging zum Fenster, öffnete es und wischte sich die Tränen aus den Augen.

»Hallo! Einen Moment noch!«, schrie er hinunter in den engen, dunklen Hof und erkannte nur schemenhaft die Gestalt Hilkenbachs, der gerade in seinen Wagen steigen wollte. Dieser drehte sich um und sah hinauf in den zweiten Stock.

»Was gibt's denn?«

»Hab ich Sie tatsächlich zugeparkt? Soll ich runterkommen und meinen Wagen wegsetzen?«

»Nicht nötig, geht schon«, war die Antwort des Kommissars.

»Noch was«, rief Wigger hinunter, »hier ist gerade ein Brief für Sie hereingeflattert!«

»Legen sie ihn bitte auf meinen Tisch, ich komme morgen eh noch mal kurz vorbei.«

»Ist aber ein Eilbrief.«

Hilkenbach stieg in den Wagen und knallte die Tür zu. Bevor er den Motor anließ, kurbelte er das Fenster herunter.

»Wenn Sie glauben, dass es so dringend und wichtig ist, können Sie ihn ja auch öffnen!«

Der Motor heulte auf, und der Wagen setzte sich knatternd in Bewegung. Wigger schloss das Fenster und knallte den Brief auf den fast leeren Schreibtisch. Wer war er denn, dass er fremde Briefe öffnete! So neugierig war er nun auch wieder nicht!

Er setzte sich hinter sein Pult und holte den Cognac aus dem Regal. »Darauf einen der besten«, sagte er und grinste höhnisch, »darauf einen …«

Verdammt! Jetzt hatte er das Wichtigste vergessen, den roten Ascona! Wo hatte er heute nur seine Gedanken gelassen? Versoffen, gab er sich selbst die Antwort. Er kramte einen Zettel aus der Schublade, darauf stand: Christoph Hübner, 27 Jahre, Mahlower Straße 1, 1/44. Der falsche Zettel. Wigger kramte weiter in der Schublade, schließlich fand er die richtige Notiz. Der Halter des Wagens war ein völlig unbeschriebenes Blatt. Ein Rechtsanwalt zudem. Na, dann wird's wohl auch nicht so wichtig sein und bis morgen Zeit haben, dachte er und legte den Zettel zurück.

Seltsam, obwohl nichts über diesen Kerl in den Akten stand, kam Wigger der Name irgendwie bekannt vor. Hatte der vielleicht vor kurzem einen Kunden der Mordkommission verteidigt? Wigger glaubte nicht. Karlheinz Bohm! Woran erinnerte ihn das bloß?

Aber ja, jetzt hatte er es, war das nicht der Ehemann von Romy Schneider? Ach, Unsinn, das war ja Alain Delon!

Und dann dachte er daran, dass er Sabine zum Kino eingeladen hatte.

FÜNFTER TEIL

»Lass ruh'n den Stein, er trifft dein eigen Haupt.«
Annette von Droste-Hülshoff, »Die Judenbuche«

1. Der Studienkollege

Hilkenbach parkte seinen Wagen in der Nähe des Schlesischen Tores, im Halteverbot an einer Bushaltestelle. Er stellte den Motor ab, schaltete das Licht aus und blieb noch einige Sekunden im Dunkeln sitzen. Sein Kopf brummte. War das ein Tag gewesen! Und noch war der ja nicht zu Ende. Er sah zum Bahnhof mit seinen seltsamen Zwiebeltürmen, die so wunderbar zu den Döner-Imbissen ringsherum passten. Eine gelbe Schlange kroch gerade in den Bahnhof hinein. »Schlesisches Tor … Endbahnhof … Alles aussteigen!« Die Stimme des Zugabfertigers klang müde und gereizt. Kurze Zeit später war sie wieder zu vernehmen: »Richtung Ruhleben … zu-rückbleiben!« So müde wie die Stimme des Ansagers geklungen hatte, genauso müde schlich die nächste gelbe Schlange auf den Hochgleisen aus dem Bahnhof.

Hilkenbach stieg aus und gähnte. Wie lange war er schon nicht mehr in diesem Teil der Stadt, im hintersten Kreuzberg gewesen? Vor Jahrzehnten hatte er hier gelebt, nur für eine kurze Zeit in den Siebzigern. Doch dann war er weggezogen, regelrecht geflohen. Und er hatte es nie bedauert. Er mochte Kreuzberg nicht besonders, als uniformierter Beamter hatte man hier einen schweren Stand, und als Zivilbeamter musste man stets mit einer gewissen Paranoia kämpfen, mit der Furcht, als Zivil-Bulle »entlarvt« zu werden. Und Hilkenbach sah man den Polizisten auf den ersten Blick an. Warum nur? Der Schnurrbart wahrscheinlich.

Hilkenbach sah sich um: Der hell erleuchtete U-Bahnhof, der Osthafen auf der anderen Seite der Spree, die Mauer, das Wenige, das für die Touristen davon übrig gelassen worden war, die Oberbaumbrücke, ehemals »Übergang für West-Berliner«; alles kam ihm fremd vor, nicht nur wegen der Dunkelheit. Dabei hatte sich eigentlich kaum etwas verändert, mehr Verkehr gab's, früher war hier Totentanz angesagt gewesen, Ampeln hatte man keine gebraucht, hierher hatte sich eh kein Auto verirrt. Sackgasse. Doch das war es nicht, was den Kommissar irritierte. Er selbst hatte sich verändert, und das wurde ihm wieder einmal bewusst. Sein Zuhause war der Südwesten Berlins, Dahlem, Zehlendorf, Schmargendorf, dort lebte er, dort kannte er sich aus, Kreuzberg gehörte für ihn zu einer anderen Welt oder doch zumindest zu einer anderen Zeit. Er fühlte sich wie ein Eindringling, er gehörte nicht mehr hierher.

Der Kommissar fragte sich, was Bohm gerade in diese Gegend verschlagen hatte. Falls er sein Jurastudium beendet hatte, musste er nun

Anwalt oder so was in der Art sein. Wahrscheinlich war er einer von diesen Alt-68er-Anwälten, die mit Vorliebe irgendwelche autonomen Chaoten verteidigten.

Hilkenbach schüttelte nachdenklich den Kopf. Gütiger Himmel, jetzt dachte er schon genauso, wie seine reaktionären Kollegen immer redeten. Er knallte die Tür zu und schloss ab.

Und außerdem: Wenn jemand kein »68er« gewesen war, dann der brave, unpolitische Jurastudent Bohm. Der liebe Karlheinz war er von allen genannt worden, nett und unscheinbar, höflich und unauffällig. Ein Typ, der immer im Hintergrund geblieben war, sich nie vorgedrängt hatte. Bohm war es sichtlich unangenehm gewesen, wenn er plötzlich im Mittelpunkt gestanden hatte. Was eigentlich so gut wie nie vorgekommen war. Zum Glück für ihn. Niemand hatte Bohm je richtig ernst genommen, auch Hilkenbach nicht. Am allerwenigsten jedoch Egener; möglicherweise weil Bohm sich stets hartnäckig geweigert hatte, Egeners Bibel »Das Kapital«, das dieser stets und ständig zitieren musste, auch nur in die Hand zu nehmen. Hilkenbach hatte es auch nie gelesen, aber wenigstens hatte es in seinem Bücherschrank an exponierter Stelle gestanden. Direkt neben den Werken von Adorno und Horkheimer, die er ebensowenig gelesen hatte.

Apropos Kapital: Hilkenbach musste an den bluttriefenden Perserteppich in Egeners Villa denken, an den Springbrunnen mit den Amoretten und an den Schmuck.

»Eigentum ist Diebstahl«, murmelte er halblaut und lächelte ein wenig verschlagen. Er ging die Köpenicker Straße entlang, eine düstere Straße, kaum beleuchtet. Industriegebiet, eigentlich. Ah, da war ja auch die Hausnummer 14! »Dritter Stock, rechts«, hatte auf dem Zettel gestanden.

Er suchte Bohms Klingel, es gab keine. Er suchte den Türöffner, es gab keinen. Er drückte auf die Klinke und lehnte sich gegen die massive Haustür, sie war unverschlossen. Er öffnete die Tür, drückte auf den Schalter für die Treppenhausbeleuchtung und stieg die Stufen hinauf. Das alles geschah wie in Zeitlupe und mit angestrengter Konzentration, als würde er diese Handbewegungen zum ersten Mal machen. Hilkenbach war gespannt, was sein alter Studienkollege ihm mitzuteilen hätte. Warum hatte er Bohm heute eigentlich nicht noch mal angerufen? Je höher der Kommissar stieg, desto nachdenklicher wurde er, er hatte ein mulmiges Gefühl in der Magengegend. Jede Treppenstufe war ein Hindernis, das es zu bewältigen galt. Wahrscheinlich hatte er heute nicht genug gegessen, er war einfach nicht dazu gekommen. Zum Essen musste Hilkenbach sich jedes Mal zwingen. »Kein Wunder, dass Sie nicht zunehmen«, hatte Wigger gesagt. »Sie essen ja wie ein Spatz.«

Außerdem hatten heute zu viele andere Sachen in seinem Kopf herumgespukt. Er hatte den ganzen Tag keinen logischen Gedanken fassen können, war die letzte Stunde ziellos durch die Stadt gefahren und hatte Selbstgespräche geführt. Er war abgespannt und müde, am liebsten hätte er sich ein paar Stunden hingelegt, auch wenn er bezweifelte, dass er nur eine Minute schlafen könnte.

Jetzt stand er fast vor Bohms Wohnungstür und wünschte beinahe, Bohm möge nicht zu Hause sein. Er hatte sich gedanklich nicht im Mindesten auf diesen Besuch vorbereitet, er würde sich wohl oder übel von Bohm überraschen lassen müssen. Köpenicker Straße 14, woran erinnerte ihn diese Adresse nur? Soweit er sich erinnerte, hatte Bohm damals in Schöneberg gewohnt. Dritter Stock, rechts.

Er dachte an das Frühstück mit Elisabeth Hillar. Wie schön sie war! Er sah ihre Knie in den schwarzen Strümpfen, und er tastete in Gedanken die Gefilde oberhalb des Knies ab, die er in Natura noch nicht bewundert hatte. »Bis Samstag, Hartmut!« Gerade mal zehn Stunden war das her, dass sie das gesagt hatte, und was war alles seitdem passiert!

Der Kommissar klingelte und betrachtete das Namensschild neben der Tür. Er grinste, jemand hatte über das O zwei Striche gekritzelt: Karlheinz Böhm! Kaiser Franz von Österreich, Gatte von Sissi, und … der Frauenmörder aus »Peeping Tom«!

Plötzlich erinnerte er sich: Köpenicker Straße 14, das war die Adresse von Lilli Breitzke gewesen. Warum war ihm das nicht sofort aufgefallen? Und vor allem: Was hatte das zu bedeuten?

Ihm schossen Fetzen aus seinem Gespräch mit Wigger durch den Kopf: Es gibt zwei Kettenbriefe … Egener und Co. … im ersten Brief das Motiv für den zweiten. Wirre Gedanken und Erinnerungen, längst Vergessenes und Verdrängtes gingen ihm durch den Kopf, aber er war außerstande, sie zu ordnen oder einen Sinn darin zu erkennen. Er und Lilli, Lilli und Bohm. Und Egener. Hilkenbach war völlig konfus! Was hatte das zu bedeuten?

In diesem Moment wurde die Tür geöffnet.

»Hallo, Hartmut, ich habe dich schon etwas eher erwartet.«

Während Bohm scheinbar keine Schwierigkeiten hatte, ihn wiederzuerkennen, musste Hilkenbach zweimal hinsehen, bevor er in diesem großen, schwergewichtigen, beinahe glatzköpfigen Mann den lieben Karlheinz von damals erkannte. Bohm trug eine Jogginghose und ein rotes Sweat-Shirt, darüber eine gestrickte Hausjacke. An den Füßen hatte er lediglich Pantoffeln. Ein absurder Aufzug. Juristen hatte Hilkenbach eigentlich anders in Erinnerung.

»Du bist allein gekommen?« Bohm schien wirklich überrascht und schielte am Kommissar vorbei in das inzwischen wieder dunkle Treppenhaus. »Oder kommt der Rest nach?«

»Welcher Rest?« Hilkenbach drückte erneut auf den Lichtschalter und sah Bohm verstört an. Beide Männer schienen etwas ganz anderes erwartet zu haben, sie standen sich schweigend gegenüber und wussten nicht recht, was sie von dieser seltsamen Situation halten sollten.

»Natürlich bin ich allein gekommen«, fuhr Hilkenbach etwas eingeschüchtert fort, »du hast mir ja nicht gesagt, dass ich noch jemanden mitbringen sollte.«

Bohm grinste plötzlich, trat ein Stück zur Seite und machte mit der rechten Hand eine einladende Geste.

»Oh, ich glaube, jetzt verstehe ich …«

»Das Gleiche kann ich von mir leider nicht behaupten.« Hilkenbach trat zögernd ein. Er musste sich an Bohm vorbeizwängen. Wenn es in seinem Kopf nur nicht so drunter und drüber ginge. »Klär mich doch bitte auf.«

Bohm lachte und schloss die Tür.

Hilkenbach zündete sich eine Zigarette an, vielleicht um seine Unsicherheit zu verbergen. Warum redete Bohm so seltsam, und warum grinste er ständig wie ein kleiner Junge? Der Kommissar zuckte zusammen, als er die Tür ins Schloss fallen hörte. Er nahm den Hut ab und legte ihn auf die Garderobe, den Mantel behielt er an.

»Hübsche Frisur hast du«, spielte Bohm auf die Narben an Hilkenbachs Kopf an.

»Du hast ja mittlerweile überhaupt keine Frisur mehr«, erwiderte der Kommissar. »Aber dafür bist du fett geworden.«

Wieder lachte Bohm. Er führte den Kommissar in die Küche und bat ihn, Platz zu nehmen. Hilkenbach setzte sich, ließ aber Bohm nicht aus den Augen. Dieser ging hinüber zum Küchenschrank und öffnete die oberste Schublade. Er nahm etwas heraus und steckte es in seine Hausjoppe. Dann setzte auch er sich an den Tisch.

»Kaffee? Bier? Sonst was?«

Dreimal schüttelte Hilkenbach den Kopf.

»Du hast meinen Brief wahrscheinlich nicht bekommen?«, fragte Bohm.

»Deinen Brief?«

»Auf die Post ist eben auch kein Verlass mehr.« Bohm lachte wie ein alberner Junge. »Dabei war es eine Eilzustellung.«

Hilkenbach blieb still.

2. Der Brief

Es war bereits nach sieben, und Wigger saß noch immer hinter seinem Schreibtisch. Berichte, Berichte und nochmals Berichte! Protokolle über Protokolle. Für jeden Pups ein Formular. Und alles in dreifacher Durchschrift. Wigger hasste diesen Schreibkram, diesen Bürokratenmist. Als er zur Kriminalpolizei gegangen war, hatte er sich diesen Job ganz anders vorgestellt. Er würde mit Blaulicht durch die Stadt düsen, so hatte er gedacht, würde hier und da einen Räuber oder Mörder fangen, hin und wieder mit der Pistole herumballern (keine Automatikwaffe, sondern ein altmodischer Trommelrevolver), und er würde am abendlichen Stammtisch immer eine Eindruck machende Geschichte zum Besten geben können. Von wegen! Er hatte nicht einmal einen Stammtisch.

Stattdessen saß er nun hier und kritzelte in seiner etwas unbeholfenen, kindlichen Schrift Notizen und Vermerke auf Formulare. Wiggers Berichte waren echte Schmuckstücke, kleine Kunstwerke. Quasi als Sabotage benutzte er bis zum Erbrechen genau die Beamtenausdrücke, die er so inständig hasste. Seine Berichte wimmelten von Worthülsen wie »demzufolge«, »alldieweil«, »desungeachtet« oder (wenn er einen sehr guten Tag hatte) »derowegen«. Einmal hatte er ein Formblatt mit »untertänigst Khm. Wigger« unterschrieben. Niemand hatte es gemerkt.

Wigger grinste, als er daran dachte, zog aber sofort wieder einen Flunsch. Es ärgerte ihn, dass dieser überflüssige Kram als Vorwand für Überstunden benutzt wurde. Wieder einmal war er Brutzingers Prügelknabe. Und er gab Hilkenbach die Schuld dafür. Natürlich war dem Kriminalhauptmeister klar, dass Brutzinger es gewesen war, der den Kommissar beurlaubt hatte, obwohl er genau wusste, dass eh schon zu wenig Leute da waren. Trotzdem richtete sich Wiggers Groll nicht gegen den Kriminalrat, sondern gegen Hilkenbach. Dieser hatte immerhin durch seinen Westdeutschland-Trip dafür gesorgt, dass die Schreibarbeit liegen geblieben war. Und wie üblich musste Wigger nun die Suppe auslöffeln!

Er stand auf, ging zum Regal und zog den Duden heraus. Eine Ausgabe von 1959, eine Fundgrube für veraltete Redewendungen. Er suchte ein paar Sekunden und lächelte schließlich glückselig. Er klappte das Buch zu und beendete seinen Bericht mit dem Nachsatz: »ad usum Delphini« – für Kinder bestimmt!

Er knallte den Deckel der Aktenmappe zu und schleuderte sie mit Wucht auf den Boden, wo sie genau in der braunen Lache von Hilkenbachs verschüttetem Kaffee landete. Zum Glück war die Pfütze bereits trocken.

»Erledigt!«, rief Wigger, drehte sich um und zog die nächste Akte aus dem Schrank. »Und dich schaff ich auch noch«, fauchte er das Schriftstück an. Es klopfte leise an der Tür, und im nächsten Augenblick stand Sabine im Zimmer.

»Wie wär's mit Anklopfen?«, brummte Wigger mürrisch, obwohl er froh war, dass ihn jemand bei der Arbeit unterbrach. Er zündete sich eine Zigarette an und lehnte sich zurück.

Kommentarlos verschwand die Sekretärin wieder im Vorzimmer, hämmerte mit Wucht gegen die Tür und trat ein.

»Meine Güte, wie sieht's denn hier aus!«, sagte sie. Kopfschüttelnd begutachtete sie das Durcheinander auf dem Boden und auf dem Schreibtisch. »Machst du gerade Frühjahrsputz?«

Wigger antwortete mit einer Grimasse und fletschte die Zähne.

»Ich wollte eigentlich nur kurz Bescheid sagen, dass ich gleich fertig bin und dann gehe.«

»Dann tu das doch«, grunzte Wigger.

»Was?«

»Bescheid sagen.« Er blies ihr den Tabakrauch ins Gesicht.

»Hiermit sage ich Bescheid, dass ich gleich fertig bin und dann gehe.« Noch immer schüttelte sie den Kopf.

»Die Ratten verlassen das sinkende Schiff.«

Ein Aktendeckel knallte, und die Mappe landete mit einem Rumms auf dem Boden.

»Erledigt!«

»Kommst du heute vorm Kino noch zu mir in die Wohnung? Ich koche uns auch was Schönes.« Sie wusste, dass Wigger unausstehlich war, wenn er schlecht gelaunt war, aber sie wusste auch, dass man ihn jederzeit mit einem guten Essen ködern konnte. Also fragte sie: »Wie wär's mit Hasenkeule in Knoblauchsoße?«

»Ja, ja! Wenn ich mit diesem Scheiß hier fertig bin.« Wigger sah Sabine nicht an, hörte ihr auch kaum zu. Er griff zum Duden und fand auf Anhieb, was er suchte: mich oder mir hat gedünkt (auch: gedeucht). Deutsche Sprache, schöne Sprache!

»Aber reg dich vorher ein bisschen ab!«, sagte Sabine beim Hinausgehen. »Ekel!«, setzte sie kaum hörbar hinzu.

Zusammen mit dem Zuknallen der Tür flog eine weitere Akte auf den Stapel neben dem Schreibtisch.

»Erledigt!« Wigger sprang auf und ging zum Fenster, um ein wenig Luft zu schnappen. Die Arbeit des Kriminalbeamten besteht zu achtzig Prozent aus Abwarten, hatte Hilkenbach behauptet. Sehr zweifelhaft, dachte Wigger, jedenfalls bestand sein Job zu neunzig Prozent aus Papierkram.

Wigger lehnte sich mit dem Rücken ans Fenster und betrachtete seinen überfüllten und verdreckten Schreibtisch, die Kaffeeflecken bemerkte er erst jetzt. Dann besah er sich das Chaos auf dem Fußboden und zuletzt Hilkenbachs beinahe leeren Tisch.

Sein Blick fiel auf den Brief, der am Nachmittag für den Kommissar gekommen war. Wenn Sie glauben, dass es wichtig ist, können Sie ihn ja öffnen. Wigger hatte Lust, Konfetti aus dem Brief zu machen. Nein, eigentlich hätte er schon gern gekiebitzt. Er ging hinüber und sah nach, ob er verschlossen war. Natürlich war er verschlossen! Schade. Warum sollte er den Brief aber eigentlich nicht öffnen, immerhin war er ins Büro, an die Kripo, geschickt worden, ein privater Brief war's also kaum. Wigger hielt den Brief in seinen Händen und betrachtete den roten Aufkleber: »Eilt«. Er wollte das Kuvert schon öffnen, überlegte noch einmal und zögerte. Ach was, vielleicht bedeutete dieser Brief noch mehr Arbeit. Er legte ihn zurück, ging an seinen Schreibtisch, spuckte in den Papierkorb, sah hinein und sagte: »Igitt!« Er hatte Zahnfleischbluten.

Wieder sah er zu dem Brief hinüber. Die Neugier war stärker. Wenn er schon Hilkenbachs Arbeit nachholte, so konnte er auch dessen Briefe lesen. Wigger grinste schelmisch, öffnete den Umschlag und las.

»Ach, du Scheiße!« Er stand starr an den Schreibtisch gelehnt und wurde bleich im Gesicht. Sogar die Sommersprossen verblassten. Er nahm die Zigarette aus dem Mund und trat sie auf dem Fußboden aus.

Es war der Kettenbrief! Der gleiche, den auch Egener erhalten hatte. Der gleiche Text, die fehlende Namensliste, alles stimmte. »Dieses Papier wurde an Dich gesandt, damit Du Glück bekommst.«

Wigger las den Brief noch einmal, an einer Stelle unterschied er sich doch von dem anderen. Der Mord an Egener war bereits aufgeführt: »Friedhelm Egener trat vor Kurzem sein Glück mit Füßen und wurde bei einem Einbruch in sein Haus von den Räubern umgebracht.«

Wigger fühlte, wie seine Knie zu zittern begannen, er musste sich setzen. Was er in Händen hielt, war die Ankündigung eines Mordes. Das konnte nur eines bedeuten: Hilkenbach war das nächste Opfer! Der Mörder wusste, dass der Kommissar ihm auf der Spur war und fühlte sich in die Enge getrieben. Also musste er den Kommissar loswerden. Das war die einzig logische Erklärung. Falls diese ganze Sache überhaupt etwas mit Logik zu tun hatte.

Natürlich hätte dieser Brief auch ein geschmackloser Scherz eines Kollegen sein können. Um sich über Hilkenbach lustig zu machen. Aber der einzige, dem solch schlechte Scherze einfielen, war er selbst. Doch er, Wigger, hatte das hier nicht verzapft. Der Kriminalhauptmeister saß bewegungslos auf seinem Stuhl und starrte auf das Papier in seinen Fingern. Erst jetzt bemerkte er die kleine handgeschriebene Notiz am unteren Rand des Briefes:

»Bravo, Hartmut! Ich freu mich auf Deinen Besuch!«

Was sollte denn das?! »O Gott«, schoss es Wigger durch den Kopf, »der Studienkollege!«

Aber wer konnte das nur sein? Hatte Hilkenbach den Namen erwähnt? Nein, Wigger konnte sich nicht erinnern. Der Kriminalhauptmeister versuchte, ruhig und besonnen zu bleiben. Das war kaum möglich. Sein Herz raste. Er besah sich den Stempel auf dem Briefumschlag. Der war verschmiert und nicht zu entziffern. Das hätte ihn eh nicht weitergebracht. Plötzlich strahlte sein Gesicht. »Aber natürlich!« rief er. »Ich Idiot!«

Er lief hinüber zu seinem Schreibtisch und riss die Schublade heraus. Die Lade fiel hinunter, und der Inhalt flog und kullerte durch die Gegend. Wigger wühlte auf dem Boden herum und kroch unter den Schreibtisch. Schließlich fand er die verdammte Notiz. Der rote Ascona! Der oder keiner! Beim Aufstehen schlug Wigger mit dem Hinterkopf an die Schreibtischkante. Das hätte weh tun müssen, aber er merkte es nicht einmal. Wigger riss seinen Mantel vom Haken und rannte zur Tür.

»Jesses! Was ist denn das für ein Schweinestall!« Ein Bass donnerte durch den Raum. Brutzinger! Der hatte Wigger gerade noch gefehlt.

»Sie wollen so doch wohl nicht das Büro verlassen?« Brutzinger bekam einen Asthmaanfall, er keuchte: »Was ist hier eigentlich los?«

»Keine Zeit für Erklärungen!«

»Wie bitte?«

Als Antwort knallte Wigger die Tür von außen zu.

Sabine, die den Krach aus dem Büro mitbekommen hatte, war zu Tode erschrocken, als sie jetzt das verzerrte, einem Wahnsinnigen gleichende Gesicht Wiggers vor sich sah. Er starrte sie an. Sie starrte zurück.

»Gottfried! Was ist denn?«

»Ich muss weg!«

»Und was ist mit dem Film?«

»Ach, vergiss es!«, rief er, schon halb im Flur.

»Und das Essen?«

Weg war er.

3. Der Mörder

Wie hatte er nur so blind sein können?! Hilkenbach hätte sich am liebsten geohrfeigt. Seltsam gebückt, die Hände krampfhaft gefaltet, saß er Bohm gegenüber am Küchentisch und starrte auf die rotweiß rautierte Tischdecke. Und auf die Kaffeetasse, die vor ihm stand. Bohm hatte den Tisch wie für ein Kaffeekränzchen gedeckt. Selbst Gebäck fehlte nicht.

Warum war er nur so dämlich gewesen? Wieso hatte ihn Bohms Nachricht, seine merkwürdigen Anspielungen, nicht stutzig gemacht? Warum war er nicht zu Wigger hinaufgegangen und hatte den Brief an sich genommen? Warum?

Der Kommissar presste die Lippen aufeinander, sodass sie nur noch als blasser, schmaler Strich unter dem Schnurrbart erkennbar waren. Er kratzte sich den Kopf, die Krusten auf den Wunden juckten. Hilkenbach knibbelte an ihnen herum.

»Tut's noch weh?«, fragte Bohm.

Hilkenbach antwortete mit einem verständnislosen Blick.

»Dein Kopf«, erklärte Bohm.

Ach was!, dachte der Kommissar, sagte aber nichts. Weh tat ihm etwas ganz anderes: Wie hatte er nur wie ein blutiger Anfänger in die Falle gehen können? Immer wieder stellte er sich diese Frage. In eine Falle zudem, die (wenn er Bohm glauben durfte) gar nicht als eine solche gedacht war. Deshalb der ungläubig staunende Ausdruck in Bohms Gesicht, als er Hilkenbach allein vor der Wohnungstür stehen sah! Wahrscheinlich hatte er mit einem riesigen Polizeiaufgebot gerechnet. Mit seinem Brief an Hilkenbach hatte er ja geradezu seine Verhaftung provoziert. Er hatte aufgeben wollen.

Wie hatte Bohm vorhin gemeint: »Ich wollte ein guter Schachspieler sein und selbst den König umwerfen, bevor ich matt gesetzt würde. Woher sollte ich wissen, dass du von Schach keine Ahnung hast.«

Wie wahr!, dachte der Kommissar. Selbst jetzt blickte er noch nicht ganz durch, alles war irgendwie schemenhaft, alles vage! Hilkenbach musste resigniert einsehen, dass er im Prinzip die ganze Zeit nichts verstanden hatte. Jeden einzelnen Punkt hatte er begriffen, ihm war es sogar gelungen, einige Details logisch miteinander zu verbinden, aber der Gesamtzusammenhang war ihm stets unklar geblieben. Er hatte es nicht zugeben wollen, hatte Theater gespielt. Er hatte Wigger und den anderen, vor allem aber sich selbst etwas vorgemacht. Hilkenbach, der Maestro. Pah!

Jetzt saß der geheimnisvolle Mörder direkt vor ihm, aber Hilkenbach konnte beim besten Willen nicht behaupten, es sei ihm irgend etwas klar geworden.

»Es ist schön, dich zu sehen.« Bohm schien sich tatsächlich zu freuen und meinte: »Auch wenn du nicht sehr gesprächig bist. Ich hab in den letzten Tagen viel an dich gedacht.« Er lachte und goss sich mit der linken Hand Kaffee in seine Tasse. Er stellte die Kaffeekanne zurück auf die Wärmplatte und fragte: »Du willst wirklich keinen? Das ist guter holländischer.« Hilkenbach schnaufte geringschätzig, und Bohm zuckte mit den Schultern.

»Kannst du dich noch an unsere Diskussionen von damals erinnern?«, fragte Bohm beinahe im Plauderton, als säße er mit einem guten Freund in einer Kneipe, als wäre die Pistole in seiner rechten Hand gar nicht vorhanden. »Mir kommt's manchmal so vor, als sei's erst gestern gewesen.« Er sah den Kommissar abwartend an, aber es kam keine Reaktion. Darum sagte er: »Ja, die Zeiten haben sich ganz gewaltig geändert.« Er grinste und fuhr sich mit der linken Hand über die kaum noch vorhandenen Haare am Hinterkopf.

»Vor allem du hast dich verändert, Hartmut. Hilkenbach, der Möchtegern-Schopenhauer. Ich kann mich noch gut daran erinnern, wie du andauernd Nietzsche zitiert und über ›Jenseits von Gut und Böse‹ philosophiert hast.« Er nahm einen großen Schluck Kaffee und schüttelte sich. »Bah. Der Kaffee ist auch nicht mehr der wärmste!«

Schade, dachte Hilkenbach. Er hatte erst vor kurzem einen alten amerikanischen Film gesehen, in dem jemand mit brühend heißem Kaffee außer Gefecht gesetzt worden war. Diese Möglichkeit schied also aus.

»Und dein albernes Verbrecher-und-Genie-Gerede«, fuhr Bohm fort. »Vom Verbrecher zum Genie sei es nur ein kleiner Schritt, und oft sei das eine ohne das andere gar nicht denkbar. Ha!« Bohm lachte höhnisch und versuchte, den Blick des Kommissars zu erhaschen.

Dieser schaute nach wie vor stur nach unten und war in seinen eigenen diffusen und selbstanklagenden Gedanken vergraben.

»Aber vielleicht hast du sogar recht gehabt.«

Der Kommissar horchte auf und fragte: »Du hältst dich also für ein Genie?«

»Nach deiner damaligen Definition könnte man das so sehen.«

Diesmal war es Hilkenbach, der »Ha!« sagte.

Bohm überhörte das und sprach unbeirrt weiter.

»Erinnerst du dich noch an deinen Liebling Raskolnikow, dein Held aus ›Schuld und Sühne‹? Wie oft hast du uns dargelegt, Raskolnikow habe völlig recht gehabt und hätte sich niemals dem Untersuchungsrichter Porfiri stellen dürfen. Wer etwas erreichen will, der darf auch Gesetze übertreten. Muss es vielleicht sogar. Ich zitiere dich, Hartmut. Weißt du noch. Und ich armer Tropf hab damals verzweifelt versucht, meine Vorstellungen von Recht und Ordnung zu verteidigen. Was wohl erst recht dazu geführt hat, dass ihr mich nie ernst genommen habt.«

Bohm redete ganz gemächlich und sachlich, er zeigte keine Spur von Aufregung. Auch die Schweißflecken unter seinen Achseln waren eher auf seine Leibesfülle als auf Nervosität zurückzuführen.

»Ich weiß genau«, fügte er grinsend hinzu, »dass ihr euch hinter meinem Rücken über mich lustig gemacht habt.«

»Nicht nur hinter deinem Rücken«, entfuhr es Hilkenbach.

Wieder überhörte Bohm Hilkenbachs Bemerkung. Er hörte nur das, was er hören wollte, so schien es dem Kommissar.

»Findest du es nicht auch witzig«, fuhr Bohm fort, noch immer ein leicht ironisches Grinsen im Gesicht, »dass sich mittlerweile die Fronten so verschoben haben? Heute bin ich in der Rolle des Mörders Raskolnikow, und du bist der Untersuchungsrichter. Heute bist du Kommissar und jagst die Verbrecher, für die du doch angeblich soviel Sympathie hattest. Von einem Extrem ins andere, keine Kompromisse, was?«

»Und was hast du davon, wenn du mich jetzt umbringst?«, fragte Hilkenbach abrupt und richtete sich auf, den Blick auf Bohms Pistole gerichtet.

»Dabei hätte ich beinahe den gleichen Fehler begangen wie Raskolnikow in Dostojewskis Roman.« Bohm redete weiter, ohne auch nur die geringste Reaktion auf Hilkenbachs Frage zu zeigen. »Auch ich hätte mich beinahe gestellt.«

Er lächelte verschmitzt wie ein kleiner Lausbube.

»Hast du nicht gehört? Ich hab dich was gefragt!«, fuhr Hilkenbach ihn an. »Was willst du denn damit erreichen?«

Bohm sah den Kommissar mit großen Augen an, es schien, als kehrte er aus einem Traum in die Realität zurück.

»Was ich damit erreichen will? Gute Frage.« Er neigte den Kopf zur Seite und streichelte mit der Pistole sein Kinn. Hilkenbach wollte die Situation ausnutzen, doch sofort war die Pistole wieder auf den Kommissar gerichtet. Bohm schüttelte mitleidig den Kopf. »Vielleicht will ich ein System vervollständigen oder ein Prinzip zu Ende führen. Nenn es, wie du willst.«

»Was willst du dir beweisen? Dass du ein ganz cleverer Junge bist? Dass du tatsächlich ein Genie bist?«

»Quatsch. Warum bezeichnest du es nicht ganz einfach als das, was es ist: Rache?«

Hilkenbach verstummte. Er konnte nicht folgen. Wofür wollte Bohm sich rächen? »Aber was bringt dir denn mein Tod?«, fragte er. »Du kannst schließlich nicht alle Polizisten in Berlin umlegen.«

Bohm lachte schrill auf, sodass der Kommissar erschrocken zurückwich.

»Ach Gottchen, Hartmut! Du hast aber auch gar nichts verstanden. Was hat denn die Polizei damit zu tun?«

Hilkenbach sah ihn verwirrt an.

»Und ich hab wirklich gedacht, du hättest alles durchschaut«, rief Bohm erregt. »Ich hab dich beinahe für einen Könner gehalten, du hast tatsächlich gute Arbeit geleistet.« Belustigt betrachtete er das verstörte Gesicht Hilkenbachs.

»Ich hab dich nämlich die ganze Zeit beobachtet. Dein Besuch bei diesem Krüppel, dein Abstecher nach Hamburg. Ich hab tatsächlich geglaubt, mein Spiel, wenn man es so nennen will, sei aus.«

Hilkenbach schüttelte resigniert den Kopf. Hatte er nicht sogar vor dem Haus den roten Ascona stehen sehen?

»Eigentlich wäre ich ganz froh darüber gewesen, wenn du mich entlarvt hättest. Denn, um ehrlich zu sein, irgendwie hab ich dich immer gemocht. Du warst nicht so verlogen wie alle anderen, hab ich jedenfalls gedacht ... Aber so, wie es jetzt aussieht ... Du kennst ja die Geschichte mit dem geschenkten Gaul.«

Hilkenbach schwirrten Bohms Worte im Hirn herum. Wie hatte er das gemeint? *Was hat denn die Polizei damit zu tun?*

Und endlich begriff er, aber sicher! Ganz und gar nichts hatte die Polizei damit zu tun. Plötzlich war alles logisch, ganz simpel. Und er hatte bis jetzt wie ein Kurzsichtiger bis auf Nasenlänge davorgestanden, ohne es zu kapieren. Sein Fehler war es gewesen, immer nur alles rekapituliert und nachrecherchiert zu haben, er hatte seine Kraft daran verschwendet, bereits Geschehenes zu beweisen, anstatt die Theorie weiterzuspinnen und das Folgende vorherzusehen. Auch jetzt war er wieder einen Schritt zu spät gewesen, aber nun verstand er: Bohm hatte es nicht auf den Kriminalkommissar Hilkenbach abgesehen, es ging ihm vielmehr um den ehemaligen Philosophiestudenten, der nur zufälligerweise bei der Polizei gelandet war!

Wie hatte Tenbrink vor ein paar Tagen gefragt: »Haben Sie nie solche Briefe erhalten?« O doch! Auch er, Hilkenbach, hatte schon Kettenbriefe erhalten, massenweise. Und mehrmals hatte er mitgemacht. »Na, sehen Sie!«, hatte Tenbrink geantwortet. *Na, sehen Sie!* Aber Hilkenbach hatte nichts gesehen.

Einen dieser Kettenbriefe hatte er von Friedhelm Egener erhalten!

Bohm lehnte sich zurück, beobachtete aufmerksam jede Bewegung des Kommissars und fuhr in seinem Monolog fort. Es schien ihm egal zu sein, ob Hilkenbach zuhörte oder nicht.

»Das Witzige an der Geschichte ist, dass alles mit einem Zufall begann. Wenn dieser Hillar nicht herzkrank gewesen wäre, vielleicht wäre dann gar nichts passiert. Eigentlich wollte ich ihn nur etwas beunruhigen.« Bohm stockte. »Nein, vielleicht wollte ich ihn sogar umbringen, wer weiß …«

Hilkenbach hörte tatsächlich nicht zu. Was Bohm erzählte, hatte er sich so oder ähnlich bereits gedacht. Er wollte endlich wieder seinen Verstand benutzen und den Rest, der ihm noch unklar war, ergründen. Er hatte also damals den Brief von Egener bekommen, aber an wen hatte er ihn weitergegeben?

»… von da an war alles klar, ich hab sie nur noch abgehakt, einen nach dem anderen. Systematisch, wenn man so will. Ich hab mir sehr viel Zeit gelassen, es hat mich aber auch einige Mühe gekostet, die Adressen in Westdeutschland herauszubekommen. Egener und dich hätte ich auch schon früher erledigen können, aber ich hab mich strikt an die Liste gehalten. Einen nach dem anderen …«

Hilkenbach zuckte mit einem Mal zusammen und sah Bohm, der nach wie vor süffisant grinste, überrascht an. Köpenicker Straße 14. Lillis Adresse!

»Es hat alles mit Lilli zu tun, nicht wahr?!«

Bohms Gesichtszüge erstarrten, das Grinsen war verschwunden, seine Lippen zitterten leicht. Langsam öffnete er die Tischschublade, zog ein Blatt Papier heraus und hielt es Hilkenbach hin. Das Papier war schon recht vergilbt, auf dem oberen rechten Rand war ein Datum zu erkennen: Mai 1974.

Hilkenbach nahm das Blatt in die Hand und las. Es war ein Kettenbrief, *der* Kettenbrief.

»Küsse jemanden, den Du liebst, wenn Du diesen Brief erhältst und mache den Zauber mit.«« Im ersten das Motiv für den zweiten!

Unten auf der Seite stand die Namensliste der Teilnehmer:
Arno Hillar
Dieter Kannenberg
Josef Tenbrink
Bruno Fetzner
Friedhelm Egener –
und an letzter Stelle: Hartmut Hilkenbach!

»Du hast es nicht gewusst, ihr alle habt es nicht gewusst«, sagte Bohm, und seine Stimme klang eiskalt, »aber wir waren verlobt!«

»Ach, wirklich?«, sagte Hilkenbach und dachte: Was du nicht sagst!

4. Die Fußgängerin

Wigger war ein sehr gemütlicher Mensch. Alles an ihm war langsam und gemächlich, nur sein Mundwerk nicht. Wigger hasste Anstrengendes und Aufregendes, das schadete dem Teint, behauptete er. Als phlegmatischen Teddybären hatte Hilkenbach ihn einmal bezeichnet, Wigger hatte das als Kompliment verstanden.

Spornte man Wigger zur Eile an, so entgegnete dieser unweigerlich mit einem flapsigen Spruch. Immer den Ball flach halten, lautete seine Devise. Genau wie beim Fußball. Er selbst hatte diesen Sport allerdings nie betrieben, er war ihm zu anstrengend. Wigger drehte lieber einmal in der Woche ein paar Runden im Hallenbad. Fett schwamm oben.

Wigger brachte selten etwas aus der Fassung, und das war es, was Sabine so an ihm mochte. Nichts konnte ihn beeindrucken, weder Hilkenbachs Unberechenbarkeit noch Brutzingers Begriffsstutzigkeit. Leider auch nicht ihre eigene Liebenswürdigkeit.

Sabine war tatsächlich entsetzt, als sie Wigger so außer Rand und Band aus dem Büro stürmen sah. So was hatte sie noch nicht erlebt. Wigger hatte einmal einen Zug, den er hätte nehmen müssen, vor seiner Nase wegfahren lassen, weil er es abgelehnt hatte, die letzten Meter bis zum Bahnsteig zu rennen. Und jetzt das! Sabine machte sich ernstlich Sorgen. Und natürlich war sie traurig, dass aus der Verabredung am Abend offensichtlich nichts wurde. Dummerweise hatte sie schon den Hasen zum Auftauen aus der Gefriertruhe genommen.

Zur gleichen Zeit ärgerte sich Brutzinger im Zimmer nebenan über die Sauerei auf dem Fußboden. Und über die Impertinenz seiner Untergebenen. Er dachte dabei nicht nur an Wigger. Was die sich in der letzten Zeit erlaubten, ging auf keine Kuhhaut mehr.

Und wie das hier aussah! Er stellte die Aktenordner zurück ins Regal und schob die Lade wieder in den Schreibtisch. Brutzinger verabscheute Unordnung. Sie machte ihn krank. Das Schlachtfeld, das Wigger an seinem Arbeitsplatz zurückgelassen hatte, verursachte beim Kriminalrat einen Schüttelfrostanfall. Gleichzeitig fühlte er sich erniedrigt, weil er als Chef die Drecksarbeit machte. Und niemand da war, an dem er sich abregen konnte. Zu Hause wartete seine Frau mit ihrer ewig schlechten Laune auf ihn, mit ihren Vorhaltungen und ihrem schnippischem Gehabe. Der Gedanke an seine Gattin war kein tröstender. Dann schon lieber Überstunden.

Brutzinger seufzte. Noch vor wenigen Tagen hatte er seine Überstunden bei Sabine abgefeiert, aber damit war ja nun auch Schluss. Undank ist der Welten Lohn, dachte er und hatte schreckliches Mitleid mit sich. Ein Scheißleben war das!

Wiggers Mazda raste mittlerweile mit einem Affentempo am Landwehrkanal entlang. Richtung Osten. Gleich würde er auf die Hochbahn der Linie 1 stoßen. Und dann immer geradeaus.

Wigger saß verkrampft hinter dem Lenkrad und zündete sich mit einer Zigarette die nächste an. Er schwitzte und fuhr sich mit dem Ärmel über die Stirn. Rauch stieg ihm in die Augen, er zwinkerte. Plötzlich sah er vor sich ein Bremslicht. Im letzten Moment schoss er links an dem Wagen vorbei. Hinter ihm auf der Überholspur ging ein BMW in die Eisen. Das war knapp!

Wigger war erst vor wenigen Minuten in den Wagen gestiegen, doch es schien ihm, als wäre er schon Stunden unterwegs. Es ging ihm alles viel zu langsam. Verdammter Stadtverkehr, selbst abends kam man kaum von der Stelle. Und hatte man mal freie Bahn, so ließ die nächste Baustelle nicht lange auf sich warten. Wigger fuhr beinahe mit 100 Stundenkilometern und überholte wagemutig alles, was sich ihm in den Weg stellte. Er hatte nur einen Gedanken im Kopf: Möglichst schnell nach Kreuzberg!

Hoffentlich würde er noch früh genug ankommen, um etwas tun zu können. Denn Hilkenbach saß vielleicht schon im dicksten Schlamassel! Er sah ihn schon in einer Blutlache auf dem Boden liegen, genau wie Egener. Oder zerstückelt wie Fetzner.

In der Eile und Aufregung hatte Wigger gar nicht logisch denken können, er hätte zum Beispiel die Kollegen in Kreuzberg anrufen können. Die Streifenwagen hatten wenigstens Blaulicht und Sirene. In seiner Scheißkarre hatte er nicht einmal ein Funkgerät.

Aber wahrscheinlich hätte er auch nach längerem Überlegen niemanden zu Hilfe gerufen. Irgendwie hatte er das Gefühl, die Sache allein durchziehen zu müssen. Brutzinger Bescheid zu sagen, wäre sowieso unsinnig gewesen. Bis der verstanden hätte, wäre Hilkenbach längst ein toter Mann. Nein, jetzt ging es um jede Minute. Lange reden half nichts. Wahrscheinlich hätte er vorher ein Formular ausfüllen müssen, überlegte Wigger. Ein Kommissar-Lebensrettungs-Formular. In dreifacher Durchschrift.

Wigger war klar, dass er in bester Hilkenbach'scher Manier auf eigene Faust und Verantwortung vorgehen musste. Der Kettenbrief-Fall hatte sich eine eigene, völlig autonome Welt geschaffen. Diese Welt war unwirklich, unlogisch und nicht zu verstehen. Nicht für Außenstehende. Niemand erhielt Einlass. Und niemand kam hinaus. Jedenfalls nicht lebendig. Wer hinaus wollte, endete in einer Namensliste in einem Kettenbrief. Eine Liste toter Mitspieler. Es gab nur noch drei lebende Personen in dieser künstlichen Welt: der Mörder Bohm, dessen Verfolger Hilkenbach und schließlich er, Wigger. Und er war der einzige, der den Kommissar noch retten konnte.

Hätte Wigger nur einen Augenblick in aller Ruhe darüber nachdenken können, so wäre ihm die Unsinnigkeit dieser Schlussfolgerung klar geworden. Aber zum Überlegen blieb keine Zeit. Er hatte genug damit zu tun, in den Kurven auf der Fahrbahn zu bleiben. Er drückte die Zigarette aus, mit der er sich gerade die nächste angesteckt hatte, und pustete den Rauch gegen die Windschutzscheibe. Der Rauch bildete Schlieren an der Scheibe. Wigger kurbelte das Seitenfenster herunter, allmählich lichtete sich der Schleier wieder. Und als hätte der Luftzug auch in sein Gehirn geblasen, schoss es ihm plötzlich durch den Kopf: Vielleicht handelte es sich gar nicht um eine Falle! Denn das war es, wovon Wigger ausgegangen war: Hilkenbach war in einen Hinterhalt geraten. Man hatte ihn reingelegt.

Aber das stimmte gar nicht. Wigger stutzte und schloss das Fenster. Zum ersten Mal, seitdem er das Büro verlassen hatte, versuchte er nüchtern und logisch zu denken. Wenn dieser Bohm den Kommissar hereinlegen wollte, hätte er es ihm dann vorher schriftlich mitgeteilt? Hätte er ihm zugerufen: »Hier, bitte, verhafte mich!«? Wohl kaum! Es war also keine Falle.

Andererseits hatte Hilkenbach den Brief ja gar nicht erhalten, hatte demnach keine Ahnung, mit wem er verabredet war. Das wiederum konnte Bohm nicht wissen. Oder doch?

Was also bedeutete das »Bravo, Hartmut! Ich freu mich auf Deinen Besuch«?

Wigger brummte der Schädel, er wusste nicht, was er denken sollte. Was er sich auch zusammenreimte, es ergab keinen Sinn.

Er sah aus dem Seitenfenster, die Lichter des nächtlichen Berlins schwirrten an ihm vorbei und ließen ihn schwindlig werden. Vor seinem Wagen kämpfte ein Fahrradfahrer gegen den stürmischen Wind an, sein

Fahrrad schwankte hin und her. Wigger fuhr ganz nah auf, schaltete das Fernlicht an und hupte. Der entsetzte Mann auf dem Drahtesel machte einen akrobatischen Sprung nach rechts in die Büsche und war samt Gefährt verschwunden. Scheißradfahrer, dachte Wigger.

Was sollte er nur tun, grübelte der Kriminalhauptmeister. Wahrscheinlich würde er sich mal wieder zum Idioten stempeln, würde abgehetzt und atemlos auf der Szenerie erscheinen, während Bohm und Hilkenbach gemütlich Kaffee tranken: Bohm mit Handschellen und Hilkenbach mit der Pistole in den Händen. Aber der Kommissar hatte keine Pistole! Konnte er jedoch wirklich so ahnungslos sein? Unwahrscheinlich, jedenfalls hatte er stets so getan, als wüsste er schon alles. Der große Hilkenbach, der alles im Alleingang schaffte, das große Genie! Nein, diesen Triumph wollte Wigger ihm nicht gönnen.

Vielleicht war alles aber auch ganz anders. Vielleicht war Bohm das nächste Opfer. Er hatte den Brief bekommen und ihn an den Kommissar weitergeleitet. Nein, das klang auch nicht sehr wahrscheinlich.

Warum ruf ich Hilkenbach nicht einfach an? dachte der Assistent, vielleicht ist er ja noch gar nicht losgefahren! Dass man auf die einfachsten Ideen immer zuletzt kommt!

Der Wagen sauste gerade am Halleschen Tor vorbei. Quietschend blieb er vor dem Postamt stehen. Wigger sprang hinaus und stürzte zu den Telefonzellen. Kartentelefon. Kartentelefon. Kartentelefon. Wigger besaß keine Telefonkarte. Schließlich atmete er auf. Ein Münzfernsprecher! Er ging in die Zelle. Schon nach wenigen Sekunden kam er wieder heraus, trat laut fluchend seine Zigarette aus und drehte sich um.

»Typisch«, sagte er, als er das Schild an der Glastür sah. »Defekt!«

Ihm war nun alles egal, er rannte zum Wagen zurück, ließ den Motor aufheulen und brauste los. Lieber zum Narren werden, als sich nachher Vorwürfe machen!

Irgend etwas fehlte jetzt. Richtig, die Zigarette. Als er sich nach der Schachtel bückte und einen Augenblick nicht auf die Straße sah, überquerte eine alte Frau, mit Plastiktüten beladen, die Straße an einer Fußgängerampel. Sie hatte grünes Licht.

Im letzten Moment konnte Wigger das Steuer herumreißen und nach rechts ausweichen. Ein Radfahrer sprang rechtzeitig ab, bevor sein Rad meterweit durch die Luft geschleudert wurde. Wigger trat mit voller Wucht auf die Bremse, was jedoch die Wucht, mit der das Auto gegen die Litfaßsäule prallte, nur unwesentlich verringerte. Das letzte was Wigger sah, war das Plakat eines Sex-Shops, zwei goldene Sternchen auf einem hübschen Paar Brüste. Dann wurde es dunkel.

LETZTER TEIL

»Seid darauf gefasst. Die falschen Leute sterben, ein paar von ihnen, und der Grund ist der: Das Leben ist nicht gerecht. Vergesst den Quatsch, den Euch Eure Eltern erzählen ... Ihr werdet viel zufriedener sein.«
William Goldmann, »Die Brautprinzessin«

1. Das Motiv

»Ja, wir waren verlobt und wollten noch im selben Jahr heiraten.«

Seitdem Bohm von Lilli erzählte, hatte er keine Bewegung mehr gemacht. Wie versteinert saß er am Tisch, die rechte Hand um die Pistole gekrallt, die ausdruckslos gewordenen Augen starr auf Hilkenbach gerichtet. Seine Stimme war eisig und kalt wie ein sibirischer Winter. Und obwohl er nun langsam sprach, nicht in Sätzen, sondern in einzelnen, abgehackten Worten, klang seine Stimme fester, bestimmter. Es schien, als wollte er mit aller Macht die Gefühle, die in ihm wüteten, unterdrücken. Er zeigte keine Trauer, keine Verzweiflung. Keine Tränen in den Augenwinkeln, wie man das aus Hollywood-Filmen kannte. Er zeigte keine Erregung, nur ein leichtes Zittern des rechten Mundwinkels verriet, was für ein Sturm in seinem Innern tobte. Sein Blick ließ auch keinen Hass erkennen, er schien auf eine erschreckende Art gefasst. Fürchterlich entschlossen.

»Wir hatten schon einen Termin beim Standesamt. Aber dann habt ihr sie umgebracht!« Das Zucken im Mundwinkel nahm zu. Nur leicht.

Ja, jetzt erinnerte sich Hilkenbach wieder. Den vermaledeiten Kettenbrief, der direkt vor ihm auf dem Küchentisch lag, hatte Hilkenbach von Egener erhalten. Und er hatte ihn unter anderem an Lilli weitergegeben.

»Unterbrich auf keinen Fall diese Kette. Es würde großes Unglück auf Dich herabbeschwören.« Lilli hatte Hilkenbach ausgelacht: »Du glaubst doch wohl nicht, dass ich bei so einem Schwachsinn mitmache?«

Sie hatte nicht mitgemacht. Der Brief war datiert vom Mai 1974. Nur wenige Wochen später war Lilli tödlich verunglückt.

»Darf ich rauchen?«, fragte Hilkenbach und nahm, weil von Bohm keine Reaktion kam, eine Gauloise aus der Schachtel und zündete sie an. Hilkenbach blies den Rauch genüsslich in die Luft und zog den gläsernen Aschenbecher zu sich. Es war ein Werbegeschenk einer Zigarettenfirma: Der Geschmack von Freiheit und Abenteuer.

»Wie bist du eigentlich an diese Wohnung gekommen?«, fragte Hilkenbach. »Meines Wissens hast du damals nicht hier gewohnt.«

»Die Wohnung gehörte Lillis Eltern«, antwortete Bohm. »Nach Lillis Tod hab ich sie darum gebeten, die Wohnung an mich zu vermieten.«

»Natürlich haben sie zugestimmt«, meinte Hilkenbach ironisch, »damit es in der Familie blieb.« Er grinste andeutungsweise.

»Immerhin war ich fast ihr Schwiegersohn.« Bohm machte eine kurze Pause, nahm einen Schluck Kaffee, stellte die Tasse wieder auf den Tisch und fuhr sich mit der linken Hand über seine fettige Glatze. »Mittlerweile hab ich die Wohnung gekauft.«

»Aha, von den Schwiegereltern also«, sagte der Kommissar und dachte: Du verdammter Lügner! Er wusste genau, dass Lilli niemals etwas mit Bohm gehabt hatte, geschweige denn mit ihm verlobt gewesen war. Bohm und Lilli waren uralte Bekannte gewesen, hatten wahrscheinlich schon im Sandkasten miteinander gespielt. Aber Lilli hatte sich niemals für Bohm interessiert, nicht so, wie dieser sich das wahrscheinlich gewünscht hätte. Dass Bohm in Lilli vernarrt gewesen war, hatten alle gewusst, auch Lilli. Sie hatte nur darüber gelächelt. »Der nette Karlheinz«, so hatte Lilli ihn oft genannt. Nicht gerade eine Anrede für einen Verlobten.

Wahrscheinlich hatte der unglücklich Verliebte immer wieder Anlauf genommen, ihr seine Liebe zu gestehen, hatte es aber nie übers Herz gebracht. Und dann war Lilli plötzlich gestorben. Vielleicht hatte er sich nach ihrem Unfall so in seine Trauer hineingesteigert, dass er sich schließlich selbst von ihrer Verlobung überzeugt hatte. Und die Eltern Breitzke ebenfalls. Oder war diese Geschichte auch bloß ein Hirngespinst?

Hilkenbach war davon überzeugt, dass Bohm jeglichen Bezug zur Realität verloren hatte. Paradoxerweise spürte der Kommissar jedoch nicht die geringste Angst. Seitdem er wusste, was Bohm dazu getrieben hatte, war jede Nervosität von ihm gewichen. Für ihn stand nun eindeutig fest, dass Bohm krank war. Irr, verrückt!

Und obwohl Hilkenbach wusste, dass ihn dies eigentlich nur noch gefährlicher, noch weniger berechenbar machte, hatte er lediglich Bedauern für ihn. Bohm tat ihm leid. Und wie konnte man jemanden fürchten, für den man Mitleid empfand?

Bohm hatte all diese Morde begangen, um eine Frau zu rächen, die er seine Geliebte nannte, die aber niemals seine Geliebte gewesen war. Doch gerade weil diese Liebe so unglücklich, unerwidert und absurd gewesen war, war Bohms Reaktion so extrem, so blutrünstig gewesen. Bohm war nicht zum Mörder geworden, weil Lilli seine Freundin oder seine Verlobte gewesen war, sondern weil sie all dies eben *nicht* gewesen war. Ein Fall für die Psychopathologie. Eine verrückte Geschichte!

»Dies ist schon eine seltsame Situation. Wie in einem schlechten Roman.« Bohm sprach genau das aus, was Hilkenbach gerade dachte.

Der große, schwergewichtige, glatzköpfige Mann bemühte sich, wieder sein überheblich ironisches Grinsen aufzusetzen, doch es misslang ihm gründlich. Sein Gesicht blieb eine Maske. Er sah aus wie eine Marmorbüste, mit ausdruckslosen Augen.

»Wer würde so eine Konstellation schon für wahrscheinlich halten? So viele Zufälle gibt es nicht einmal in den Geschichten von Victor Hugo«, fuhr Bohm fort, während er Hilkenbach betrachtete, ohne ihn jedoch wirklich anzusehen. Plötzlich lachte er. »Zuerst der Zufall mit Hillars Herzinfarkt. Und dann die Tatsache, dass der letzte auf der Liste ebenjener Kommissar ist, der den Mord an dem vorletzten aufzuklären hat. Bisschen viele Zufälle, findest du nicht?« Er schüttelte den Kopf und grinste. »Bisschen viel, wohl wahr! Aber wie so oft ist die Realität absurder als eine Fiktion«, sinnierte er weiter und bekam einen verklärten Blick.

»Du bist pathetisch«, sagte Hilkenbach.

»Ja, wir beide sind pathetisch. Und absurd!« Das gekünstelte, unechte Grinsen verschmolz wieder mit der leblosen Maske seines Gesichts. »Aber wir wollen in unserer Absurdität wenigstens konsequent sein ... Und wirkliche Konsequenz bedeutet Tod!« Während er das sagte, fuchtelte er mit der Pistole vor Hilkenbachs Nase herum.

»Eine plumpe Philosophie, findest du nicht?«, erwiderte Hilkenbach und drückte die Zigarette im Aschenbecher aus, ohne dass seine Hände auch nur andeutungsweise zitterten. Er hatte sich und die Lage unter Kontrolle. Nur seinen Magen nicht, der grummelte und knurrte. Vielleicht würde eine weitere Zigarette abhelfen.

»Ich bin kein Philosoph, Hartmut. Dafür warst du doch zuständig, oder? Früher zumindest. Wahrhaftigkeit und Wissen und Ethik und Erkenntnis und der ganze Mist können mir schnuppe sein. Meine Wahrheit würdest du eh nicht verstehen.« Bohm sah dem Kommissar ins Gesicht und schob ihm den Aschenbecher hin, als er sah, dass dieser sich eine nächste Zigarette aus der Schachtel fischte. »Du rauchst zu viel, Hartmut.«

»Na und?«, entgegnete der Kommissar. »Da du mich ja gleich erschießen wirst, habe ich wohl kaum noch die Zeit, an Lungenkrebs zu sterben.«

Wieder lachte Bohm verkrampft und gekünstelt und verstummte gleich darauf. Schließlich sagte er: »Ich weiß genau, was du jetzt denkst, aber so verrückt bin ich vielleicht gar nicht.«

O doch! Er ist verrückt, dachte Hilkenbach. Daran konnte keinerlei Zweifel bestehen. Das Wie und besonders das Warum seiner Morde war trotz aller Systematik so lächerlich irr, dass Hilkenbach im Kino genüsslich geschmunzelt hätte.

Und als hätte er wiederum in den Gedanken des Kommissars gelesen, sagte Bohm: »Ich hab mal einen Film im Kino gesehen. Ein düsterer Streifen, darin war es immer Nacht, und es hat ständig geregnet. In diesem Film jedenfalls hat es ein Kommissar mit einer Reihe von Morden zu tun, die einer Gesetzmäßigkeit unterliegen. Der Kommissar knackt das System und kann somit den nächsten Mord, sowohl Ort, Zeit wie auch Opfer, vorhersagen. Gleichzeitig erfährt er aber, dass der Mörder zwischenzeitlich umgekommen ist. Was meinst du, macht der Kommissar?«

»Er begeht den Mord selbst, um die Reihe fortzusetzen.«

»Richtig!« Bohms rechte Hand mit der Knarre darin zitterte. »Du würdest wahrscheinlich sagen: Das ist wahnsinnig. Ich sage: Das ist nur konsequent. Das ist systematisch.«

»Der Wille zum System ist ein Mangel an Rechtschaffenheit«, antwortete Hilkenbach mit einem Zitat.

Bohm lachte grölend und rief: »Du und dein Nietzsche! Ganz der alte Hartmut! Genau wie damals.«

»Damals!« Hilkenbach prustete verächtlich und verschluckte sich am Zigarettenrauch. »Du hast also tatsächlich all diese Morde und Mordversuche begangen nur aufgrund eines dummen Zufalls, aufgrund eines Datums?« Er tippte mit dem Zeigefinger auf den Kettenbrief vor ihm: Mai 1974. Er sah Bohm an. Das Zucken im Mundwinkel war heftiger geworden, und die rechte Hand zitterte noch immer.

»Ich kann ja verstehen«, fuhr Hilkenbach fort, »dass dir Lillis Tod einen schweren Schock versetzt hat, dass dich das aus der Fassung gebracht hat. Aber wie kann ein logisch und klar denkender Mensch einen Zusammenhang mit einem Kettenbrief vermuten? Das nenne ich allerdings verrückt.«

»So?« Bohm lächelte schelmisch. »Und wieso bist du mir dann auf die Schliche gekommen? Doch nur, weil du bei Egeners Tod ebendiesen Zusammenhang selbst vermutet hast. Gegen jede Logik und Vernunft. Und wahrscheinlich gegen jegliche Polizeipraxis.«

Der Kommissar überlegte. Er überlegte lange. Plötzlich rief er: »Aber das ist doch etwas völlig anderes! Lilli ist nicht umgebracht worden, sondern bei einem Autounfall ums Leben gekommen. Sie ist zu schnell gefahren, aus der Kurve geschleudert worden und gegen einen Betonpfeiler geprallt. Wie will man da allen Ernstes einen Faden zu dem Kettenbrief spinnen? Nur weil er zufällig eine Woche vor dem Unfall ihr zugeschickt worden ist? Das ist doch dummes Zeug!«

Aber Bohm machte tatsächlich den Kettenbrief für Lillis Tod verantwortlich, und er hatte alle Mitspieler zur Verantwortung gezogen. Einen nach dem anderen. Verrückt!

»O nein, wahnsinnig bin ich nicht. Zu Anfang war ich es vielleicht, kurz nach ihrem Tod hatte ich meine Sinne sicher nicht unter Kontrolle. Aber mit der Zeit hat sich das geändert, in gewisser Weise hat alles sich verselbständigt. Verstehst du, irgendwann hatte es gar nichts mehr mit

Lilli zu tun! Es ging nicht mehr darum, irgendwen oder irgendwas zu rächen. Ich hatte ein Ziel vor Augen und das wollte ich erreichen. Es war wie ein Trieb, jedoch einer, bei dem der Verstand nicht aussetzte. Ich weiß genau, was ich tue, aber es hat keine Konsequenz auf die Tat selbst. Es war wie ein Zwang, etwas zu Ende zu führen, der Grund dafür war nach einiger Zeit völlig unwichtig … Und glaub ja nicht, es wäre mir immer leichtgefallen, aber dagegen anzukämpfen hätte keinen Sinn gehabt … jedenfalls nicht über längere Zeit.« Bohm machte eine Pause und sah Hilkenbach beinahe verträumt an. Plötzlich grinste er, ein kindliches, schelmisches Grinsen.

»Im Prinzip kann man es mit einem Buch vergleichen, das man bis zum Schluss lesen muss, obwohl man es langweilig oder schlecht geschrieben findet. Es ist ganz einfach unbefriedigend, es nur angelesen wieder ins Regal zu stellen.«

Hilkenbach hörte interessiert zu. Nach allem, was Bohm erzählt hatte, war dem Kommissar klar, dass es keinen Sinn haben würde, auf Psycho-Doktor zu machen. Die Du-brauchst-ärztliche-Hilfe-Masche würde nicht funktionieren. Jetzt ging es auch nicht darum zu reden, sondern zu handeln. Bohm versuchte zwar, einen entschlossenen Eindruck zu machen, aber der Kommissar bezweifelte, dass er wirklich bis zum Äußersten gehen würde. Trotzdem wollte Hilkenbach es erst gar nicht darauf ankommen lassen. Bohm würde keine Chance haben, wenn der Kommissar aufpasste. Zunächst musste er ihn aus der Fassung, aus der scheinbaren Ruhe bringen, ihn provozieren und dann im gegebenen Moment zupacken.

»Ich habe nicht vor, den Psychologen zu spielen, wem sollte das noch was bringen? Du bist wahnsinnig, und wir beide wissen das.«

Hilkenbach streichelte zufrieden seinen Schnurrbart, als er die gereizte Miene Bohms sah, der nun höhnisch auflachte.

»So? Weißt du das? Ich an deiner Stelle würde hier nicht den Überheblichen spielen. Du hast heute schon einmal bewiesen, dass du nicht so schlau bist, wie du tust.«

»Vielleicht. Aber bilde du dir nicht ein, du könntest Gott spielen. Du bist genauso ein armes Würstchen wie wir alle. Ohne die Knarre wahrscheinlich noch um einiges ärmer!«

Hilkenbach wurde nun laut, er sah Bohms zitternde rechte Hand und die immer größer werdenden Schweißflecken an den Achseln, und er fuhr fort: »Du wirst mich sowieso nicht erschießen. Das hättest du doch schon vor einer Stunde tun können. Stattdessen lässt du deinen schwachsinnigen Seelenschmus an mir aus. Als wäre ich dein Beichtvater. Kennst du keine Krimis? Weißt du nicht, dass Mörder am Ende dem Kommissar immer alles erzählen, dass sie ihn aber niemals erschießen? Niemals!«

Bohm fuchtelte aufgeregt mit der Pistole herum.

»Erschießen kann ich dich jederzeit, und wenn du weiterhin so einen Mist erzählst, wird es mir sogar Freude bereiten.«

»Dass ich nicht lache! Du spielst doch nur Theater, und du weißt es. Versuch nur, auf Rambo zu machen! Du bleibst dennoch das winzige Licht, das du immer schon warst!«

»Halt deine verdammte Klappe!«

»Das hättest du wohl gern!« Hilkenbach jubilierte, gleich hatte er ihn soweit. Bohm konnte die Pistole kaum noch gerade halten. Ein blitzschneller, gezielter Schlag aufs Handgelenk, und der Spuk wäre vorüber.

»Ich knall dich ab, verdammt noch mal!« Beide Mundwinkel zuckten jetzt nervös. Bohms Hemd war mittlerweile klitschnass.

»Und weshalb das alles?«, fuhr der Kommissar fort und fixierte sein Gegenüber. »Wegen Lilli Breitzke! Die war's doch nun wirklich nicht wert! Ich muss das schließlich wissen, denn im Gegensatz zu dir hatte ich tatsächlich was mit Lilli. Ich kann dir sagen, ich hab sie ordentlich durchgefickt. Und ich war bestimmt nicht der Einzige!«

Als Hilkenbach die hasserfüllten Augen Bohms sah, wusste er, dass er einen Fehler gemacht hatte und zu weit gegangen war. Das hätte er nicht sagen dürfen. Jetzt musste er handeln, bevor es zu spät war.

»Du Schwein!«, stammelte Bohm und drückte ab.

Im selben Augenblick hatte sich Hilkenbach auf ihn gestürzt.

2. Die Gattin

Als Brutzinger an diesem Montagabend zu Hause ankam, hatte sich seine Laune nur unwesentlich gebessert. Dieser Tag war wirklich wie verhext! Trotzdem hatte er unterwegs eine Flasche Champagner und einen großen Strauß Rosen gekauft. Nein, eigentlich nur den Champagner, die Rosen hatte er schon vorher besorgt. Er hatte sie Sabine als nachträgliches Geburtstagsgeschenk überreichen wollen, aber die Sekretärin hatte die Blumen glattweg abgelehnt. Statt die Friedenspfeife mit ihm zu rauchen, hatte sie ihm den Fehdehandschuh vor die Füße geworfen. Versöhnung ausgeschlossen!

Da Brutzinger ein praktisch denkender und handelnder Mann war, wollte er sie nun seiner Frau übergeben. Und Schampus war nie verkehrt! Zu feiern gab es zwar nichts, ganz im Gegenteil, aber ihm war halt nach Champagner zumute gewesen. Jetzt erst recht! Beleidigen ließ er sich nicht. Wer war er denn! Was glaubte diese Sekretärin eigentlich, wen sie vor sich hatte!

Einen schönen ruhigen Abend in seinen vier Wänden wollte er nun verbringen, vielleicht eine Partie Scrabble mit seiner Frau spielen, sich mal wieder mit ihr unterhalten. Das alles hatte er schon so lange nicht mehr getan. Rosen würden dabei sicherlich nicht schaden. Wahrscheinlich würde sie stutzen und gleich etwas argwöhnen, sie war schließlich nicht dumm, aber einen Versuch war es allemal wert. Ein kluger Kopf hatte mal gesagt: Frauen wissen, dass es keine Liebe gibt, darum legen sie so viel Wert auf Liebesbeweise. Rote Rosen etwa. Brutzinger hätte wissen sollen, dass er mit so einer fadenscheinigen Taktik bei seiner Gattin nicht durchkam.

Gisela Brutzinger war eine große, hagere Frau mit funkelnden blauen Augen und einem Damenbart über der Lippe. Ihr glattes, in der Mitte gescheiteltes Haar war schulterlang und hennarot gefärbt. Sie sah aus wie eine Frau, die sich gern vergnügt. Es aber nur selten tut. Die Frau eines Polizisten eben. Eines Polizisten wie Brutzinger. Und eine Frau, die sich ebendies schon seit geraumer Zeit immer wieder vorwirft. Jahrzehnte vergeudeter Zeit. Sich so was einzugestehen, war bitter.

Als sie Brutzinger vor über dreißig Jahren das Ja-Wort gegeben hatte, war sie noch ein dummes Mädel aus einem kleinen Ort in der Nähe von Schwäbisch-Gmünd gewesen und Brutzinger der junge, flotte Polizist aus der Landeshauptstadt Stuttgart. Erst später hatte sie mitbekommen, was für einen provinziellen Langweiler sie zum Mann genommen hatte. In den Siebzigern hatte Brutzinger sich dann nach Berlin versetzen lassen, dort verdiente man besser, und es war einfacher, Karriere als Beamter zu machen. In Berlin konnte sogar jemand wie Brutzinger Kriminalrat werden.

Seine Frau hatte den Gedanken, von Bolschewiken umgeben zu sein, nicht sonderlich erregend gefunden, aber sie hatte sich daran gewöhnt. An die Stadt und an ihren Gatten.

Frau Brutzinger wusste von den Eskapaden ihres Mannes mit der Sekretärin. Sie hatte eine feine Nase und Sabine ein aufdringliches Parfum. Und Brutzinger wusste, dass seine Gattin das wusste. Aber sie sprachen nicht darüber. Nie. Sie sprachen überhaupt sehr selten miteinander und wenn, dann stritten sie meistens. Als Gisela Brutzinger hinter die Affäre ihres Mannes gekommen war, hatte sie ihm eine Szene gemacht, hatte seine Sammlung alter Schellack-Platten zertrümmert und einige Nächte bei einer Freundin verbracht. Danach hatte sie das Thema nie wieder angeschnitten, hatte höchstens hin und wieder eine spitze, ironische Bemerkung fallen lassen: »Du hast ja einen ganz roten Kopf. Du solltest nicht so viele Überstunden machen, die schaden deiner Gesundheit.«

Zum letzten Geburtstag hatte sie ihm eine in Leder gebundene Ausgabe von de Sades »Die 120 Tage von Sodom« geschenkt. Sie hatte eine Widmung hineingeschrieben: »Vielleicht kannst du ja noch was lernen.«

Brutzinger hatte sich nicht sonderlich über dieses Geschenk gefreut. Die obligatorische Krawatte wäre ihm lieber gewesen.

Aber schließlich war ihr die ganze Angelegenheit zu albern vorgekommen, der Ehebruch war ihr gleichgültig geworden, wie ihr Ehemann ihr eben gleichgültig geworden war. Sie war eine sehr stolze Frau und viel zu intelligent, um sich von jemandem wie Brutzinger kränken zu lassen. Die Ehe war für sie abgeschlossen, auch ohne Scheidung. Und das ließ sie ihren Mann spüren.

Als Brutzinger an diesem Abend mit einer Champagnerflasche und einem Strauß roter Rosen vor der Tür stand, wusste sie natürlich sofort, was los war. Sie hätte sich freuen oder Genugtuung empfinden können, sie hätte Mitleid mit ihrem Mann haben oder ihn belächeln können wegen seiner Naivität, aber sie fühlte nichts. Es war ihr einfach egal.

»Danke«, war alles, was sie sagte. Sie schnitt die Blumen an, stellte sie in eine Vase und diese auf den Fernseher.

»Heute keine Überstunden? Es ist doch Montag.« Sie grinste, als sie merkte, dass ihr Gatte zusammenzuckte. »Du hast doch mal gesagt, da müsse die liegengebliebene Arbeit vom Wochenende nachgeholt werden.« Sie ging in die Küche nebenan, um Sektgläser zu holen. Sie schaute durch die Durchreiche und fragte: »Oder bist du krank?«

»Heute hab ich mir freigenommen.« Brutzinger versuchte, ihre Hand zu halten, als sie sich zu ihm auf das Sofa setzte. Sie zog die Hand fort und öffnete die Champagnerflasche. Es knallte, und der Korken flog an die Decke. Sie goss ein.

»Heute Abend bekommen mich keine zehn Pferde mehr aus diesem Zimmer«, sagte Brutzinger und prostete seiner Frau zu. »Wir machen es uns richtig gemütlich.«

»Das wäre ja mal was ganz Neues«, sagte sie und nahm einen Schluck. So sehr sie wusste, was dieser Champagner zu bedeuten hatte, so sehr war sie doch einem Schlückchen nicht abgeneigt. Es war eine teure Marke, ein edler Tropfen.

»Nein«, meinte Brutzinger und räkelte sich auf dem Ledersofa, dass es quietschte. »Heute gehöre ich nur dir.«

Das Telefon klingelte.

Brutzinger brummte: »Ich geh nicht einmal ans Telefon.«

Frau Brutzinger war dieses selbstgefällige Gehabe ihres Mannes zuwider. Wie der sich aufspielte. Dabei schaffte er es nicht einmal ansatzweise, sein schlechtes Gewissen aus seinen Gesichtszügen zu verbannen. Sie sagte: »Dann geh ich eben.«

Sie ging in den Flur, nahm den Hörer ab, sagte: »Hallo« und lauschte andächtig.

»Ja, einen Moment«, hörte Brutzinger seine Frau ins Telefon sagen und anschließend zu ihm: »Martin, es ist für dich. Irgendjemand aus dem Urban-Krankenhaus.« Sie machte eine kleine Pause und stand nun in der Tür zum Wohnzimmer. Sie klimperte affektiert mit den Augenlidern, steckte lasziv wie Marilyn Monroe den rechten Zeigefinger in den Mund, deutete mit dem dann auf den Hörer und sagte: »Deine Sekretärin, glaube ich.«

Schwerfällig, aber mit rasendem Herzen erhob sich Brutzinger. Wenn man erst einmal in so einem Sofa versunken war, dann war es fast unmöglich, wieder herauszukommen. Er zog sich die Hose zurecht, sie war heruntergerutscht, und ging zum Telefon. Er konnte seine Aufregung kaum verbergen. Er räusperte sich.

»Ja? Was gibt's denn, Sa... äh ... Fräulein Hellwig?«

Seine Frau grinste ihn an und ging zurück zu ihrem Champagner.

Brutzinger sah nachdenklich aus, als er zurück ins Wohnzimmer kam. Plötzlich schüttelte er ärgerlich den Kopf.

»Schlechte Nachrichten von deiner Sa... äh ... Sekretärin?«

Brutzinger bekam die Ironie in dieser Frage nicht mit. Er antwortete: »Wigger hatte einen Unfall mit dem Auto. Er liegt auf der Intensivstation.«

»O nein!« Frau Brutzinger war ehrlich erschrocken. »Der arme Kerl.« Sie hatte Wigger einmal auf einem Polizeiball kennengelernt. Sie hatte schallend über seine Witze und Zoten gelacht. »Ist es ernst?«, fragte sie.

»Er liegt im Koma. Aber er ist außer Lebensgefahr. Mehr weiß ich nicht.« Brutzinger machte eine Pause und sah seine Frau an. »Dieser Idiot! Dieser Depp! Der hat sich schon vorhin aufgeführt wie ein Irrer!«

»Wahrscheinlich musst du jetzt doch noch raus?«, fragte sie.

»Von wegen! Ich hab gesagt, ich bleibe hier. Also bleibe ich auch hier!« Er ließ sich ins Sofa fallen und versank darin. »Im Moment kann ich eh nichts tun.«

Wieder klingelte das Telefon.

Brutzinger machte keine Bewegung. Seine Frau schaute ihn vorwurfsvoll an und meinte: »Vielleicht ist es noch mal das Krankenhaus.«

»Ja, ja, ich geh schon«, brummte er. Seine Laune war auf einem Tiefpunkt angelangt. Er quälte sich erneut auf die Beine und schlurfte in den Flur. Er telefonierte sehr lange, sagte aber kaum etwas und sprach dann sehr leise. Als er aufgelegt hatte, kam er nicht ins Wohnzimmer zurück, sondern blieb in der Tür stehen. Er sah verstört aus.

»Was ist mit Wigger?«, fragte seine Gattin.

»Es ging nicht um Wigger.«

»Was ist denn passiert?«

»Wenn ich das nur wüsste.« Er drehte sich um, ging zur Garderobe, nahm seinen Mantel und zog sich an. Wieder erschien er in der Tür. »Tja, jetzt muss ich wohl doch noch mal raus.«

Er schüttelte ungläubig den Kopf und ging.

Gisela Brutzinger goss sich ein weiteres Glas Champagner ein, aber es schmeckte ihr plötzlich nicht mehr. Sie verschloss die Flasche und stellte sie in den Kühlschrank.

3. Die Beförderung

Wigger stand in der eiskalten, nach feuchten Mänteln, verfaulenden Astern und abgestandenem Blumenwasser riechenden Leichenhalle und starrte auf den mit weißen Rosen geschmückten Sarg. Eiche massiv, sie hatten sich ganz schön ins Zeug gelegt. Der Sarg war bereits geschlossen, Wigger hatte Hilkenbachs Leiche nicht mehr gesehen. Und es war ihm nur recht.

Kopfschuss. Sofortiger Tod. Kurzer Prozess.

Wigger fühlte sich völlig fehl am Platze, die ganze Zeremonie war ihm peinlich, diese Beerdigung war eine Schmierenkomödie, eine Farce.

Ihn plagte ein unbestimmtes, logisch kaum begründbares Gefühl der Schuld. Hatte er denn nicht alles versucht?! Er hatte sich doch nichts vorzuwerfen, oder?

Wigger schaute sich um, es waren fast ausschließlich Polizisten anwesend. Nur wenige Gestalten, die er nicht kannte, wahrscheinlich Nachbarn oder entfernte Verwandte. Hilkenbach hatte weder Geschwister noch Frau oder Kinder gehabt. Ein wahrer Lonely Wolf, einsam bis in den Tod. Wigger dachte daran, dass *wolf* im englischen Slang auch Schürzenjäger bedeuten konnte. Na ja.

Eine hübsche, braunhaarige Frau um die Vierzig fiel Wigger auf. Weil sie so schön war und weil sie wirklich traurig schien. Sie hatte Tränen in den Augenwinkeln. Vielleicht war sie auch so schön, weil sie so traurig war.

Vorn, zwischen Sarg und Priester, stand Brutzinger und hielt eine sehr lange, sehr pathetische und sehr peinliche Rede. Eine Lobeshymne auf »unseren lieben, geschätzten, auf so tragische Art von uns gegangenen Hartmut Hilkenbach.« Brutzinger schaffte es tatsächlich, eine trauernde, weinerliche Miene aufzusetzen. Der macht sich bestimmt keine Vorwürfe, dachte Wigger und hörte weiterhin angeekelt zu.

»Wir verlieren mit Kommissar Hilkenbach eine unserer fähigsten, zuverlässigsten und loyalsten Kräfte. Eine starke Persönlichkeit, ein vorbildlicher Polizist. Nur wenige Tage vor seiner Beförderung zum Oberkommissar ist er in Erfüllung seiner polizeilichen Pflichten aus dem Leben geschieden.« Er schniefte theatralisch. »Der Polizeipräsident von Berlin hat daher auf meinen Vorschlag hin beschlossen, unserem verdienten, hochgeschätzten Hartmut diese Beförderung nun nach seinem Ableben zukommen zu lassen, sozusagen als nachträgliches, wenn auch etwas hilfloses Dankeschön ... Danke, Oberkommissar Hilkenbach.«

»Das ist doch wohl die Höhe«, brummte Wigger, während alle anderen bewegt den Kopf senkten. Nicht nur, dass Brutzinger den Kommissar kurz vor seinem Tod gefeuert hatte, jetzt kompensierte er seine Gewissensbisse auch noch durch eine posthume Beförderung. Nach der Beförderung vor die Tür und der Beförderung ins Jenseits kommt nun die Beförderung zum Oberkommissar. Herrlich! Hilkenbach war wahrscheinlich der einzige Beamte in ganz Deutschland, der innerhalb einer Woche gleich dreimal befördert worden war. Und wahrscheinlich erfolgte diese letzte auch nur, weil sie den Staat eh keinen Pfennig kostete: keine Angehörigen, keine Pension! Man hätte Hilkenbach auch zum Bundespräsidenten küren können.

Wigger schien es, als hätte er diese ganze Szene schon einmal erlebt, ganz genau so. Oder vielleicht geträumt. Es kam ihm alles so bekannt vor. Déjà-vu nannte man das wohl. Seltsamerweise konnte Wigger sich sogar an diesen unangenehm modrigen Geruch erinnern. Gab es so was wie Déjà-senti?

»Wir alle haben Hartmut Hilkenbach geschätzt«, fuhr Brutzinger in seinem Sermon fort, »nicht nur als Kollegen, sondern auch als guten Freund ...«

»Verdammter Heuchler!«, zischte Wigger so laut, dass einige Trauergäste sich empört umdrehten. Wigger zog einen Flunsch und fletschte die Zähne, und die missbilligend dreinschauenden Gesichter blickten pikiert wieder nach vorn. Nur hinter sich hörte der Kriminalhauptmeister eine Frauenstimme, die ihm leise zuflüsterte: »Bravo, junger Mann. Sie gefallen mir.«

Wigger wandte sich um und sah eine rothaarige Frau von etwa fünfzig Jahren, die ihm aufmunternd zulächelte. Irgendwoher kannte er das Gesicht, er konnte es jedoch nicht sofort einordnen.

»Wieso sagen Sie ihm das nicht ins Gesicht?«, fragte die Frau und wies mit einer Kopfbewegung auf Brutzinger.

»Ins Gesicht bekommt er höchstens meine Faust.« Wigger schaute, als hätte er sich selbst auf eine Idee gebracht.

»Au ja!«, begeisterte sich die Frau hinter ihm und meinte dann zweifelnd: »Das würde Ihrer Laufbahn aber nicht gerade gut tun.«

»Ich bin ohnehin die längste Zeit Polizist gewesen.«

»Wieder ein hoffnungsvolles Talent verloren gegangen!«

Wigger grinste und fragte: »Darf ich erfahren, wer Sie sind?«

Die Frau blickte ernst zu Brutzinger hinüber, der gerade seinen Schlusssatz formulierte, und meinte: »Ich bin seine Frau.«

Wigger brüllte los vor Lachen. »Wunderbar!«, rief er und klatschte in die Hände.

Ein Sturm der Empörung brach nun ringsherum los.

»Unverschämtheit! ... So was aber auch! ... Wir sind doch nicht in der Kneipe! ... Flegel!«

Die Stimmen der Trauergäste überschlugen sich, wie wild gewordene Furien stürzten sich die Leute auf den Assistenten und rissen ihm die

Kleider vom Leib. Sie bissen und kratzten ihn, und plötzlich war Wigger übersät von blutverkrusteten Wunden, die weh taten. Und Hilkenbach stand neben ihm und hielt seine Hand. »Ich vergebe Ihnen«, sagte der Kommissar. »Was vergeben Sie mir?«, fragte Wigger. »Dass Sie mich umgebracht haben«, antwortete Hilkenbach, dessen Gesicht immer mehr verschwamm und dessen Leichenhemd jetzt wie ein weißer Arztkittel aussah. Der Arzt Hilkenbach sagte mit einer Stimme, die gar nicht zu Hilkenbach gehörte: »Ich glaube, er wacht gerade auf.«

»War er denn immer noch im Koma?«, sagte eine andere Stimme mit schwäbischem Akzent.

»Nein, er hat nur geschlafen. Aber sehr, sehr lange geschlafen.« antwortete der andere, und er fügte hinzu: »Er schläft sehr unruhig. Manchmal schreit er, wacht auf und schläft gleich wieder ein, um kurz danach wieder loszuschreien.«

Wigger öffnete langsam die Augen, er lag auf dem Rücken, den Kopf auf der Seite. Er sah eine weiße Wand und ein halb durch Lamellen verdunkeltes Fenster. In Streifen fiel gleißendes Sonnenlicht auf Wiggers Gesicht, die Helligkeit schmerzte, er drehte sich auf die andere Seite und sah dort zwei schemenhafte Figuren, eine weiße und eine schwarze. Wigger konnte nichts deutlich erkennen, das Bild, das er vor Augen hatte, wirkte wie ein Aquarell. Titel: Der Erzengel Gabriel und der gefallene Engel Luzifer.

Doch allmählich bekamen die Schemen festere Konturen, und er erkannte in der schwarz gekleideten Person Brutzinger. Die weiße Figur kannte er nicht, aber sie trug den gleichen Arztkittel, den Hilkenbach in seinem Traum getragen hatte. Wigger schloss die Augen, um sich zu besinnen und den Leichenhallen-Traum zu verscheuchen. Und plötzlich sah er eine Fußgängerampel und eine Litfaßsäule, die sich ihm mit ungeheurem Tempo näherte. Und zwei goldene Sternchen auf einem hübschen Paar Brüste.

Er war im Krankenhaus!

Wieder schielte er durch die sich schwerfällig öffnenden Augenlider und betrachtete die beiden Männer. Der Arzt lächelte ihm zu, wie eine Mutter ihrem grippekranken Kind, Brutzinger stand neben ihm mit seinem vertraut dämlichen Gesichtsausdruck und wusste nicht, wohin er seine Hände tun sollte. Mal hatte er sie hinter dem Rücken verschränkt, mal faltete er sie vor seinem Bauch. Schließlich machte er einen Schritt auf das Bett zu und legte seine speckige Hand auf die Bettdecke, auf Wiggers Bein. Dieser zuckte zusammen und sein Gesicht verzerrte sich. Er schrie.

»Oh, Entschuldigung«, sagte Brutzinger unbeholfen und machte drei Schritte zurück. »Wie geht es Ihnen denn?«

Wigger schnaufte: »Das fragen Sie besser den da.« Er deutete mit dem

Zeigefinger der rechten Hand auf den Arzt. Das heißt, er wollte es tun, konnte es aber nicht, da sein gesamter rechter Arm eingegipst war. »Oh, verflucht!«, murmelte er und schloss die Augen. Er wollte lieber nicht sehen, was sonst noch an ihm kaputt war. Hoffentlich war wenigstens noch alles dran!

»Sie haben wirklich Glück gehabt«, sagte der Arzt.

»Was Sie nicht sagen!« Wigger starrte nun zur Decke, die war angenehm farblos. »Ich hatte schon mal mehr Glück.«

»Sie sollten froh sein, dass Sie überhaupt noch leben.«

»Und dass man Ihr Bein retten konnte«, fügte Brutzinger hinzu.

»Danke«, sagte Wigger und sah zu den beiden Männern hinüber. »Dann kann ich ja bald wieder Fußball spielen.«

Der Arzt lachte, und Brutzinger versuchte, es ihm nachzutun.

Plötzlich riss Wigger die Augen auf und starrte Brutzinger sekundenlang bewegungslos an. Er merkte mit einem Mal, warum der Kriminalrat ihm zunächst nur als schwarzer Luzifer aufgefallen war: Brutzinger war ganz in Schwarz gekleidet, er trug einen feierlichen schwarzen Anzug, sogar seine Krawatte war pechschwarz, ohne Muster. Wigger sah hinunter zu den Füßen, sie steckten in schwarzen Seidenstrümpfen und diese in auf Hochglanz polierten schwarzen Lackschuhen. Wiggers Augen traten aus den Höhlen, er stierte in Brutzingers Gesicht, sodass diesem angst und bange wurde.

»Was haben Sie denn, Wigger?«, fragte Brutzinger entsetzt.

Wigger flüsterte stotternd: »Sie waren auf seiner Beerdigung, nicht wahr?«

»Wie bitte?«, druckste Brutzinger herum. »Was reden Sie denn da?«

»Sie waren auf Hilkenbachs Beerdigung, verdammt noch mal!«

Brutzinger sah den Arzt ratlos an. Dieser presste die Lippen zusammen, zuckte leicht mit den Schultern und nickte zögernd.

»Ja«, sagte Brutzinger ganz leise. »Woher wissen Sie?«

Wigger schloss resigniert die Augen. Also doch! Eine Träne hing in seinen Wimpern und konnte sich nicht entschließen herunterzufließen. Wigger wollte nur noch schlafen, doch er wusste nicht, ob seine Träume angenehmer sein würden als die Realität.

 **Mani Beckmann**

Geboren 1965 in Alstätte/Westfalen, studierte Film- & Fernsehwissenschaft und Publizistik an der FU Berlin. Er arbeitet als freier Filmjournalist für Zeitschriften und Magazine und als Drehbuchlektor für die Abteilung Fernsehfilm des WDR/Köln.
Mani Beckmann schreibt Kriminalromane, Drehbücher und Historische Romane (seit 2009 auch unter dem Pseudonym Tom Finnek). Er ist verheiratet, Vater von zwei Söhnen und lebt mit seiner Familie in Berlin.

Der Autor im Internet: www.manibeckmann.de

Von Mani Beckmann sind bei BoD ebenfalls lieferbar:
  Moorteufel (Historischer Roman)
  Die Kapelle im Moor (Historischer Roman)
  Teufelsmühle (Historischer Roman)